仁江湖花

樊国宾 著

广西师范大学出版社
·桂林·

仁慈江湖
RENCI JIANGHU

图书在版编目（CIP）数据

仁慈江湖 / 樊国宾著. --桂林：广西师范大学出版社，2021.9
　ISBN 978-7-5598-4021-9

Ⅰ. ①仁… Ⅱ. ①樊… Ⅲ. ①散文集－中国－当代 Ⅳ. ①I267

中国版本图书馆 CIP 数据核字（2021）第 141175 号

广西师范大学出版社出版发行
（广西桂林市五里店路 9 号　邮政编码：541004）
　网址：http://www.bbtpress.com
出版人：黄轩庄
全国新华书店经销
天津图文方嘉印刷有限公司印刷
（天津宝坻经济开发区宝中道 30 号　邮政编码：301800）
开本：880 mm × 1 230 mm　1/32
印张：11.625　　字数：200 千
2021 年 9 月第 1 版　　2021 年 9 月第 1 次印刷
印数：0 001~6 000 册　　定价：62.00 元
如发现印装质量问题，影响阅读，请与出版社发行部门联系调换。

仁慈江湖,与血腥江湖反对。

中国的观音只管救人,却不责备人,这是我们人格精神中缺乏"罪感"的基础,其实也不是真正的慈悲。

——《师父》

序 "仁慈江湖"乱弹

朱又可

张玞女士编辑了《骆一禾情书》,她转来几篇相关的文章,我从几位名家之外,唯独挑出来一个名字陌生的樊国宾的《一场爱情考古发现》。

张玞约略地说樊国宾是山西人,从事艺术出版,但从那时起我就惦念着这一位在写作圈外颇有实力的隐者。

于是约他在《南方周末》开起了专栏,专栏名他想了一大堆,我从中选了"仁慈江湖"。这四个字,庄重内敛,又有不露声色的对立的张力,仁慈与江湖,风马牛不相及,一个是李白式的"十步杀一人",一个是放下屠刀立地成佛。

后来,樊国宾才告诉我,"仁慈江湖",是他的导师丁帆教授极少示人的一枚闲章。从江湖里面发现仁慈,或将仁慈注入江湖,这可不得了,有一夫当关万夫莫开之势,别开生面,人生大义存焉,一下子将某种久远失衡的价值,平衡过来了。

国宾其实就是这么一个人,半是庙堂半是江湖。

他从山西到沈阳,再从南京到北京,一路秉承的读书理想乃"君子不可以小道自域也",他从未自我框限过专业或职业,而是以"君子深造自得"为准则,笃定践行知行合一的"士"的修为。

在东北,他结识了夜班编辑、摇滚青年和里尔克译者陈宁。相识的场面很有戏剧性,崔健演唱会人山人海,陈宁像费里尼的电影《阿玛柯德》里的叔叔在橡树上怒吼"我要女人"那样,也从一棵树上吼道:"老蓝老黄老绿!"从此之后,那些在沈阳街头的夜晚,在国宾的回忆里,有说不出的粗粝的青春的魅力,而随着陈宁的英年早逝,他自己的青春期也结束了。

他又从江湖回归庙堂,告别胡天胡地风流,考入了南京大学丁帆教授门下读博士。北大与南大的旨趣有所不同,如果说学府也是小江湖的话,那么这一江湖"转会",让他进入了学术的新天地。

博士毕业的时候,他令人惊讶地决定离开学术道路而投身出版业。对于他的选择,丁帆教授不无惋惜,倒并不是担心徒弟会挨饿。可见,这师徒对于庙堂和江湖的分野之类,看法并不拘泥。

国宾跳进的出版业,原来是一个他自嘲的"火坑"。他现在同时肩负两家国字号文艺机构的管理重任，那又是不同的江湖，各种忙碌自不待言。拿他自己的话说，告别学术的二十年来，在世上磨炼，数度与流氓土匪蛇鼠小业主惨烈过招，不知荒芜了多少学术个性。心中难以释然的，是不曾改掉那些胶柱鼓瑟散漫放旷的毛病。

他的随身文件包里总是放着书，好整以暇，看上几页。酒后夜半回到家里，若有所思，则写下来，有时发到朋友圈。这些不急于出手的抽屉里的文章，有一种民间的色彩和况味。对于他这个文学博士来说，思接千载是"吾家事"，又勾兑了江湖，文字就有了力道，也就与同时代的文风拉开了审美的距离。

发在《读库》头条的长篇随笔《从北大到南大》，是少数几篇公开发表的文章之一。写这篇文章，他查阅了十年求学时期的日记，一笔一画不敢轻信记忆，那正是他承继下来的翔实谨严的学风的表现。

《师父》这篇，他倾注深情地写了颇有林下风、倡导与血腥江湖对立的仁慈江湖的导师丁帆先生。国宾说，丁帆教授现在称他"吾徒，亦吾友吾弟也"，甚或"吾当以弟子为师也"。他感谢北大和南大这十年读书给予他的两样最重要的东西：一是"人能笃实，自有辉光"的道理；一是"不降其志，不辱其身"，基于个人尊严的精神自由。特别是后者——"自由"在中国古文中的意思是"由于自己""不由于外力"，夭寿不贰，此刻自在。

国宾的文字里能读出"骨"来，骨鲠在喉的骨，这能看出他从师读书所建构的知识"道统"的源泉来。这种"骨鲠"，是古道热肠的"夫子自道"，有一种不合时宜的"迂阔"，以及"刻舟求剑"的执拗。这种大言炎炎，散发出知识的辉光；这种知识美学，见证"知识就是力量"，可是知识不等于就是美学，它们不过碰巧地在他身上融合起来了。它们在他手里简直是野性的，狼奔豕突的，不是一种装饰，而是一种性格。

《大江　大河　大酒》，哎呀，国宾是善饮者，每到大江大河大湖大海边，辄邀一二同好，浮几大白，似乎要把大江大河点化成佳酿，鲸吞虹吸了去，一樽还酹江月。"古来圣贤皆寂寞，唯有饮者留其名"——我一直不太明白，建功立业的圣贤们寂寂无名，而无事豪饮者却流芳百世，凭什么？可是转而一想，也对呀，饮者乃具有豪赌风范的舍弃者，遗世而独立，才为世所重，历代不汲汲于功名的放诞任侠之士，倒是颇合于"反者道之动"的"绝圣弃智"的真义。

喝酒之外，国宾兄还打过架，有一次在京城某饭局上，他将一个"艺术家"一脚踢飞起来，这种"名士"之风，令人不禁莞尔。

关于为什么会形成他的这种"知识美学"的风格，我想还有一个源头：国宾在大学时期也是一位校园诗社的活跃分子，所以，他的文学或学术之路是开始于诗的。"诗到语言为止。"

也就是说,所有写作者都到"语言"为止,不然"言而无文,行之不远",写那些劳什子有什么意思呢?

在一个语言比行为过剩的时代,在一个以取消人文气质为大趋势的世界里,在一个物质化的、财富拜物教的时代,知识显得特别没有力量,写作又何为?

我想,在一个"比"的语境里,写作就是没有意义的、可怜的、"无足观"的。可是,假如你不去比,而是为了自我拯救,进入精神甚至"精神胜利"的世界,进入外人难以理解的自我搏斗的场域,那么,写作本身就是有意义的。在别人眼中岁月静好,可是在像鲁迅那样"精神界的斗士"那里,却总有与不可见的恶作战的紧迫感,"两间余一卒,荷戟独彷徨"。关于这一点,保罗在《罗马书》中也证实了人的自我纠缠太厉害:"我愿意为善的时候,总有邪恶依附着我。"看,在朗朗白日下,与思想上的豺狼搏斗却具有危险性。

中国古人有所提醒,"学道而不能行者谓之病"。软弱如我们,都可能是"病人"。所以,这种精神上的"行",往往颇有"阻力",有时候到了"寸步难行"的地步。因此,写作作为一种存在方式,"我写作故我存在",你说它脆弱也好,你说它坚强也好,不停地写作,不停"行"所学所信之"道",就如西西弗斯不停地滚石上山。关于这种情形,里尔克告诉后来者:"没有什么胜利可言,挺住就是一切。"

国宾在丁帆导师之外,还推崇顾随。顾随却是连自己也不相信的:"身如入定僧,心似随风草。"我想,"随风草似的心",这才是人的普遍真相或窘相,而说出人的"软弱""不堪"的真相是需要大勇气的。

仁慈构成一个江湖,它就具有一种力量。作为"软弱"的写作,瞥见自我的"虚无"和"荒诞"景况的思考或写作,不用说就是一种大解放的力量。

在一个像国宾这样的做事者那里,他自然知道,言之有物,要言不烦,少少许胜多多许。

转了一大圈,国宾以江湖的方式回到了学术,回到了仁慈的江湖。

至于他自己算不算"仁慈",我也不知道。这是套用孔子回答季康子关于冉求和子路是否"仁"的问题:他老先生只知道两人治理千室之邑、千乘之国还行,"仁则吾不知也"。

目 录

上

师 父 / 005
观音在远远的山上，罂粟在罂粟的田里

父亲记 / 042
不幸的人一生都在治愈童年

从北大到南大 / 074
在这里读书，是为了蓄养一种"诗书宽大之气"

君子不器 / 129
一个白胖子！一个黑胖子！

艺术家的脾气 / 145

何妨做解衣盘礴一裸君？

前度佳公子 / 150

一棒一条痕，一掴一掌血。岂止读书，交往也当如此

光头大哥 / 161

人家骑马我骑驴，人家忙官我忙戏

人达四谛 / 180

不懂以雅量驭人心者，再宏大的事业也行之不远

王大嘴 / 189

真正的生活，是多一些不一样的生活

何时，何时，何时才是尽头？ / 199

晚上急行军，胸前挂着闹钟，双目紧闭，小声地唱着《国际歌》

一场爱情考古发现 / 209

爱情永不再澎湃的那种灰烬感

下

有致有节的古风 / 217
远非一场刺杀未遂事件那么简单

清官崇拜与酒后开车 / 223
不露声色,一切搞定,这种境界叫"垂拱"

寂灭与功德 / 229
死是清凉的夏夜,曹孟德说过

恩重如仇 / 239
当年卿卿我我的"恩义"哪里去了?

妓女椒树 / 251
我这人放荡得很,根本做不了良家妇女

喝汉酒 / 256
仿佛一千只蚂蚁急行军去偷袭贲门

鸭子听雷 / 264

歪着头听雷,却是鸭子的权利

我爱重组,我爱弗朗叙美学 / 279

想到漂亮姑娘,痛感人生卑琐,举起菜刀,咔嚓一声,将虎掌齐根斩断。

我认出风暴 / 283

赴死的光荣,比死亡更强大

大江 大河 大酒 / 339

等有钱了,就把我喜欢的人统统养起来,让他们想干嘛就干嘛!

仁慈江湖

上

师 父

小时候认为唐僧不配做师父：他没教过徒弟们半点功夫，反而动不动就念咒责罚，甚至断绝关系驱逐出门。寡恩刻薄至此，孙悟空竟然还能"夜思师父泪滂沱，报恩如此疚心多"，实在匪夷所思。

徐浩峰的电影《师父》则有点日式审美里"物哀"的余味，廖凡扮演的那个既潦倒又灰心的师父，在大激变时代里命运之式微，留与观众的恻隐之痛、累茵之悲，几近于不可承受之重。

那么，我们拜念的意义究竟又何在呢？

长大后渐渐懂了。"观音在远远的山上，罂粟在罂粟的田里"，师父之所以为师父，因为他是山上那个度众生者。世间之大，茫茫万劫，可能我们很多人最终都会省悟到——一生只享受了"内触妙乐"是残缺的,因为这是罗汉和菩萨、小乘与大乘、享清福还是享洪福、苍生跟渊薮之间的区别。

一

20世纪90年代,正如崔健在同名歌曲《九十年代》里所唱:"生活中有各种感觉／其实心中早就明白／却只能再等待等待／一天从梦中彻底醒来……"那时我正在东北一家出版社的文学室做图书编辑,与翻译《里尔克全集》后来又轰然死去的摇滚歌手陈宁日夜酗酒。我年少轻狂,像一只好斗的小公鸡,文艺批评文章频繁发表于几家行业杂志的头条,名字赫然排列在谢冕等大佬前面,心里不免会疑惑地想:属于我的时代是不是快到来了?!

但,我却并不快乐。我对自己不满,对我的单位,我的城市,我周围的方言,我的交往半径,我淤积已久无法蓬勃炸裂的情感……统统不满!论才量,我该做大事业、负大责任、受大痛苦、逢大绝望。目前这个小道场,轻风拂面而已,牛刀宰鸡而已,游戏而已。

按照存在主义的观点,"被抛"之生和"预判决"之死,都是人生的大规定性,是生存论前提。一生倏忽几十年,人既可变枯草,亦可成乔木;既可若蜉蝣,亦可类王虎,但最终千乘万骑上北邙，统统逃不脱凋零、灭亡和消失。

那还怕什么！想做什么事，就应该立即去做。

作为一个草根 loser，想改变现状，除了考博士还能有别的出路吗？1999年初春搜罗信息，发现北大已经考完了，南大还来得及报名——南大那几年在各类排行榜上正如日中天。

好吧，南大。

我是怎样坐着蜿蜒的绿皮火车，穿越辽东走廊华北平原江淮大地去南京赴考的？细节已完全想不起来了，只留下一些影影绰绰的记忆碎片：鼓楼校区湿漉漉的葳蕤大叶子植物，复试间内阅人无数的叶子铭先生面无表情的谜样目光……离宁前，心情迷惘，想不通自己踉踉跄跄到江南跑这一趟的意义究竟是什么。犹豫半晌，在汉口路邮局把一本陋著邮寄给了中国现当代文学名家丁帆，里面夹入一张写满骄纵字句的问候便笺，大意类似唐代朱庆馀"画眉深浅入时无"那首诗。

二十年后，和崔健喝酒，他笑着说：有很多事你当时想不通，别着急，过段时间再想，就想不起来了。

据丁帆后来说，我的分数不算特别高，但他为一介白衣书生的来日可期而心念一动。

哪有什么小概率逆袭。我们日后如何，那些可喜或乏善可陈的结局，其实都有迹可循。

1999年暮夏，蝉声聒噪的酷暑中，抱定"闻道"的决心，我只身南下,来到师父身边。

二

幼弱龆年时,丁帆就在祖父膝下悬腕运笔,习书临帖。

他的字风流蕴藉,自成一格,文意丰沛淋漓,在书法界十余年已成料峭传奇,虽千金而尺寸难求。

因为他定下的规矩异乎冷峻:一不卖,二不允许别人卖。

只送。

他送起字来异常慷慨——前提当然是你这个人能入他眼——完全一派张伯驹、溥侗式的翩翩公子习气。倘有机会与他同桌吃酒,便觉其声光电火,庶几可与那两位同日而语。

前不久南大 L 教授专程来京,邀我在天桥看话剧《繁花》。散戏后去留学路的街边摊子烤串喝酒。聊及丁帆,他沉默了一会儿,半认真半戏谑地感喟道:我们和他不一样……人家是贵族。丁帆听到这个说法后,不屑地说:屁贵族。

少年时便资性朗悟,博闻强记,读书日诵千余言。但生性顽劣,常率领一干孩童搅得周遭鸡犬不宁,人送外号"丁二爷"。

大学者陈乐素是史学大师陈垣的儿子,五岁即在家里读竹简斋《二十四史》。家庭的代际濡染,某种程度说,真是后天努力不可比的。与陈乐素一样,丁帆的童年经历与他的同代人是不大一样的。

优渥家境虽使他顺遂度过了那个万户愁苦的短缺时代(他那本趣书《天下美食》中有活色生香的种种记忆),后来的知识青年上山下乡运动却让他吃尽了各类苦头。在苏北农村他曾误将点灯用的煤油当成地瓜干酒一饮而尽,差点见了阎王。"知青文学"里大量文艺作品所描述的"有马好骑,有枪好背,有大森林"的浪漫神话,被充满了"荆棘"和"血雾"的现实戳破了。说到浪漫主义,今天全球范围内的很多现象——民族主义、存在主义、仰慕伟人、推崇非人体制、泛民主、极权主义——其实都深受浪漫主义潮流的影响,它们的共同表征是"精神状态比结果更重要,进而成为一种道德态度",但我更愿意认为这态度作为个体生命价值观很好,若成为人类社会激烈实验的指针,结果大多是百罪莫赎之悲剧,比如丁帆成长的那个时代。

在最好的年华里,他那些自幼名门养成的文明旧规,被凶恶蛮鄙的荒诞现实砸破击碎,直至彻底幻灭。他曾回忆自己的父亲如何从一个豁达开朗、极富个性的辅仁大学毕业生,变成了一个唯唯诺诺、与世无争的"好好先生"。

能走到今天,我想他会认为算是求仁得仁,并不觉委屈。后来在盛年时,他也曾见过人世间最冷的面孔,最怨毒的攻讦，但仍八风不动，懋德稳重，气定神闲。原因可能有三：其一，得遇良师，境界阔达，祛除了心中的怨愤和执念；其二，立言立功，渐臻善果；其三，义结诸多耿介爽朗的知己朋友，沧海一声笑，滔滔两岸潮，大慰平生。这些禀赋与获得来之不易，足以使一个人睥睨五蕴日常；这些修养与修炼聚沙成塔，最终会郁凝为一种贵重品格。再加上性本爱逍遥，所谓事功洪福，便不再构成束缚。

他后来秉持终生的"启蒙"价值担当，与这几段经历一定有着深刻关联。

汪曾祺回忆起自己惨遭批斗等经历时，说："我当了一回右派，真是三生有幸。要不然我这一生就更加平淡了。"记得有次聊起汪老这些没心没肺的话，丁帆突然扯高嗓门说：当然是这个道理。

人重要的不是年龄，而是经历。有些人活到一百岁也没经历过什么事。

《世说新语》说："我与我周旋久，宁作我。"所谓"周旋"，我的理解是："自己"这个东西是看不见的，只有跟很强的、水准很高的、可怕的东西狠狠碰撞，反弹回来，才会恍然大悟"自己"是什么。比如面对屈辱时，去和它干一仗，你就获得了玩味它的资格，进而才能成为你自己。

三

过去武馆和戏班子的师徒是性命相托,师父要负责徒弟的人生规范。

电影《霸王别姬》开场戏就是由于价值认同产生分歧,师父把徒弟绑在条凳上。虽然屁股被打得皮开肉绽,徒弟还得一声接一声高叫"打得好!"。

近年的《雨花》杂志连续发表了丁帆十二篇回忆自己老师的散文,涉及陈瘦竹、程千帆、陈白尘、钱谷融、曾华鹏、范伯群、章培恒、潘旭澜、刘绍棠、叶至诚等等中国现当代文学耆宿,篇篇文气皆风雷激荡、屡变星霜,更有推心置腹、披肝沥胆之深意浸润其间。然而,要说到椎心泣血,堪称感念于丁帆笔头更是心头的两位先生:叶子铭与许志英。

20世纪80年代,丁帆在当时本专业最高规格的《文学评论》上连续八年发表文章,引起叶子铭先生关切注目,以普通学历资格由扬州师范学院调入南大。我认为此事不逊色于当年蔡元培延揽梁漱溟、顾颉刚力荐钱穆的佳话。大学办出水平和活力其实并不难,有个重才识而不唯资历的校长即可。有位著名的校长说过,要想办好大学,只有一句话:招徕最好的人才,让他们快乐(recruit the best people and keep them happy)。这句话放在我们有些校长身上,就变了:招徕最好的奴才,让自己快乐。

南大从张之洞的"三江"到民国最高学府中央大学；从1952年被大卸八块，到20世纪80年代的匡亚明气象，命运之颠沛令人悲酸。然而一个世纪以来，该校始终不激不随，持重有节，形成了风骨深厚、强大清晰的校格。

入南大这样的名校后，凭那几个威赫业师对他的倚重，顺手读个博士"镀镀金"再容易不过了，丁帆却有点矜持，不屑于去谋那顶帽子。现在很多人把博士学位印在名片上，明明是讨饭的花招，不知道那叫寒碜吗？"天赋愚儒自圣狂，读书不肯为人忙"，非不能也，不为也。这一点"狂"，并非傲肆轻狂，而是袁宏道《疏策论》中所谓的"龙德之狂"。他没有像刘半农那样介怀之下发奋去攻取学位，而是如陈寅恪那样专注求索而刻意躲避学位。记得未必晓得，晓得便不必记得，"得鱼忘筌"的古训，不少人早就忘了。

1991年茅盾研究学会年会在南京大学召开。恰逢叶子铭先生大病骤发，许志英先生以系主任身份代为主持会务，丁帆和他住在南大招待所一间客房里整整聊了三个通宵。他俩半躺在床上，两杆大烟枪从叶子铭的病聊到人生的悲剧，从家庭琐事聊到天下大事，烟抽得昏天黑地，烟屁股堆积如山。早晨送开水的服务员一推开房门，被呛得退后一个大趔趄，差点摔倒在地。

另一次聊天也很雄壮，2002年的第一场雪，比以往时候来得更晚一些。为了劝丁帆当系主任，两人围着鼓楼半径大约两公里的雪地圆圈，像毛驴拉磨，走了整整三个小时。丁帆一口咬死：枪毙也不当。许志英先生却笃信能够劝说成功，最后还是以妥协失败而告终。

2007年9月，许志英先生在家中阳台惨烈自缢。

许志英先生自杀前，只留下一封遗书，是给丁帆的。读到最后一句"永别了"的时候，丁帆再难自抑，如雷轰顶，浑身颤抖，厥放悲声。

几年后，他在悼亡文章中丢魂落魄地说：这个世界上一直称呼我"小丁"的几位先生，全部走了。

今天的大学文化体制中，多数导师并不引导情操，当然，从逻辑上讲也没有这个义务。

南大中文系的师生之道，却沿革了史上李瑞清、黄侃、吴梅、方光焘、胡小石、汪辟疆、陈中凡、潘重规、杨晦、唐圭璋、吕叔湘、罗根泽等先贤的毓秀传统，讲究《大学》所谓的"明明德"。学生一进师门，在发愿学术精进的同时，需要建立广布大义于天下的雄心。

丁门也不例外。

丁帆应该已经培养了近百名博士，其中自称"妙人"与"痴人"者颇多。师门近十年曾在厦门、兰州、杭州有过几次聚会，但见一众人等懒懒散散，松松垮垮，像江户时代之后那些不务正业、吊儿郎当、废物点心式的日本武士，善良的百姓们会觉得这些"妙人"与"痴人"里面其实"坏人"居多。譬如某某吹嘘自己不久前曾亲眼见过一幅古画，据说是三国时期张飞画的美人，上面有关羽补的竹子，以及刘玄德的题跋——他说得正言厉色，煞有介事。某某则得意扬扬地向大家炫耀自己翻译叶芝诗歌《当你老了》的最新成果：当你老了，头发白，坐着火炕打瞌睡。五脊六兽翻诗集，回想当年眼神媚。一大堆人想上你，因你波大脸蛋美。幸好还有一"傻十三"，看你褶子已陶醉……

学问不好好做，成天琢磨如何"包饺子喂猪"，这帮家伙。

"坏人"们在背后叫他"老丁"，甚至"小丁"，近似亲狎。老丁知道后并不恼，还开心地笑。

俱怀逸兴壮思飞，长风万里送秋雁，雍容中正与笃定闲笔，花开的声音与春风的相契，颇有些金庸笔下嘉兴烟雨楼、光明顶、聚贤庄的传奇氛围，不像别人家那样森然有序。

无讲坛华幔，非五彩经幡，却有马过帝陵之萧意。

原因在于，丁门更注重中国传统建筑典籍《营造法式》里那种对精神底座的塑造，折射在学生的普遍气质上，反映为一种共同的"快活中的沉毅"。

是的，修砌再多再宏伟的建筑，都不如"唰"的一声打开扇子，更有统一山河之感。

与王尔德一样,少年时代的经历虽然可以铸就我们一生的心智,可那种记忆却是焦灼和迷惘的。只有大学时期——譬如我的南大、他的牛津——才算一生中"最像花朵的时光"(见1885年5月英国《戏剧评论》)。牛津那种特有的气氛,也就是那种可以自由地关怀智性事物的气氛受到了系统地保障和促成,这系统本身就使人快乐!回想起来,我也侥幸地觉得南大那几年,玩得开心,耍得痛快,狂得任性,配得上白衣飘飘、吴带当风、不羁落拓等等肉麻形容词。

重大的师生际遇是小概率事件。谭其骧一生的学术气象,与负笈燕京时顾颉刚的特殊眷顾有莫大关系,职业际遇则和邓之诚的热情推介有着深厚渊源。足见一生遇上个好老师,是三生的幸运(谭竟遇上两个)!

我曾经在博士论文封笔前,谈及与丁帆的师生际遇对人生的深广影响。现在回想起来,点点滴滴,涓流不尽,先生言行,恰如胡颂平那本《胡适之先生晚年谈话录》中的所感所受,智慧如海,谦光挹人,含雄奇于淡远之内。从一部论文起,我懂得了江湖浑浊,必须拿正做根基,用奇为变创,才能使无厚入有间,以神遇代目视。可惜自己资质平庸,到底未能走上学术研究的康庄大道。这番啼笑皆非的折腾,类似一个笑话:某人挑战《辟邪剑谱》或《葵花宝典》,打开扉页发现两行字——若想成功,必先自宫。待手起刀落、咬牙切齿一番苦练后,却在末页发现:若不自宫,也可成功。

硕士是方法论的确立，博士是学术个性的养成。有的博士一入门就学高手体态里的"沉肩坠肘"，内力不充盈而炫此技，后果是挤压上身的大动脉血管，把肺憋坏后吐血不止，名声还容易污损。老丁只要发觉这种苗头，就会使出金刚霹雳手段进行矫正，遏制"学术小网红"的招摇习气——那些年冒出来一批学术小网红，正如刘瑜讽刺的那样，逢人就问"今天你施密特了吗？"都想模仿青年斯宾格勒1920年2月与学术巨人马克斯·韦伯的学术PK，分明是一只学术蟑螂，却要张牙舞爪，做出一副学术巫师的样子。军体拳还没练熟，就端起重机枪猴急着要去扫荡中国文化。

说实在的，每每被问及"学的什么专业"时，我总是心生羞惭。"文学"这种专业，多少意味着恣意、无序和不靠谱！还有由文学滋生出来的新闻学，前不久看到胡舒立提倡"新闻专业主义"，心里不免犯嘀咕，觉得靠"问题意识"和"防火墙"几个取向，似乎还不足以撑出来一个专业学科。在我心中的专业等级制里，人家建筑史学才足够端庄、清正、矫矫不群……难怪林徽因女士改弦更张。

2000年一个广玉兰盛开的午后，丁帆将一项教育部课题交与我，主要学术目标是通过量化统计20世纪90年代现当代文学研究的全部论文，解析结论背后的规律。

我与项目组的李玫、范伟、傅元峰埋首于文科楼六层系图书馆汗牛充栋的尺牍间，频繁抬头互相嘲笑对方的"学术民工"气质。来自山东枣庄滕县、放弃复旦录取通知书转投南大、吹嘘幼儿园时代就在《儿童文学》上发表过小说的范伟先生饿了，从书包里摸出半根章丘葱、一张单县饼，左右顾盼发现无人注意，迅速把头埋到膝盖下，窸窸窣窣卷团起来，悄悄啃上两口（这几个家伙现在都成为各大名校的"博士生导师"，我经常在微信里严肃提醒他们不忘初心，牢记使命）。博士论文展开后，丁帆对我论据中的饼状/柱状图表颇示嘉许。当时既小有得意，又有几分迷惑——因为他一向的价值主张是义理重于考据，略别于学衡派经中央大学赓续至今的本系风气。2001年前后我写过一篇文章，比较80年代/90年代的学风，对指责80年代"空疏"的观点不以为然，我知道思维方式上的逻辑排中律有害，运用于政治还在"文革"期间害了无数好人，但我毫不讳言自己爱"荆轲刺孔"胜于爱"舞阳读经"，爱观念意义上的上下文格局，不爱兴致盎然地纠正错别字。有人说，理论著作，只有深浅之别，不应有哭笑之声。可是，无情之文与无情之人，定是无价值观之人。价值观都没有的人，还是人吗？退一步讲，即便哭笑之声，也有发自喉管与发自心坎之两造啊。

多年后，悟出自己骤发对"计量史学"的浓烈兴趣，实乃当年种植下的草蛇灰线，老丁是希望我们养成"有一分证据说一分话"的习惯。我通过 Clark 教授对姓氏与社会精英阶层固化关系的数据研究,兴致勃勃地窥见了"拼爹"古已有之的科学逻辑;通过龚启圣的计量模型对因果关系的检验,饶有意趣地发现中国两千年间任何十年,多一年旱灾都会使游牧民族攻打中原的概率增加 57.6%;哥伦布对美洲的发现(使得玉米经内亚、印度、菲律宾于 1560 年之后进入甘肃、云南、福建),降低了中国农民起义的频率。从此深感量化史学的结论是稳健的,很遗憾数学好的读书种子都去了计算机之类"变现"快的专业;同时为历史系遗憾,他们如果能适当招些数学系的好苗子,当是史学出新之一途,大可不必让这些"人精"都去做纳什与霍金。

至于自己,半吊子武功已废,属实是彻底来不及了。昏昧余年,忽于电石火光间领悟出老丁当年的苦心,倒也算愚笨有得。

毕业时做职业抉择,我没有像绝大多数同学那样去高校任教,而是跳进了出版业这个"火坑"(我曾经和同行们互相调侃说这是一个"把坏人变得更坏,把傻子变得更傻"的行业)——并非想到了"狐狸"和"刺猬"那个著名的区分,只是不满足于一生仅仅以学术思考去感知历史定律及生活世界。我曾做过几年大学教师,大学校园这个转圈的磨盘已经太熟悉了,而围墙外面未知的世界则充满危险与诱惑。尼采说过,只有危险的生活才值得一过。我坚信天地玄黄、帝王将相、饮食男女、生老病死与伟大的人生智慧之间,皆有枢机关联。早餐一顿胡辣汤,即可能成为历史的定语。这其间的暗码,谁又说得清楚呢?可能不是在清华园,而是抗战的大时代,是南渡厄居香港的颠沛生活,才让寅恪先生读通了《建炎以来系年要录》。

这次职业选择,类若龚自珍《乙丙之际箸议第七》中所谓的"自改革":"与其赠来者以劲改革,孰若自改革?"——我对集中于船头、不许船开、同时禁止到船尾去的科塔萨尔式的命令(助教—讲师—副教授—教授—博导—长江学者……),天生怀有深深的恐惧,相形之下,还不如一头栽入未知中!

也许,更深的恐惧是担心做不成一流的学问,却迫于为稻粱谋,积淤在学界沐猴而冠。我始终认为,学问要么不做,要做,就要有晚清川籍大学问家廖平那样"推倒一时,开拓万古;光被四表,周流六虚"的底气。1883年廖平在太原晋谒张之洞,曾于席间狂言:"苟《穀梁》有成,不羡山西巡抚。"(当时廖平正在著述《穀梁春秋经传古义疏》一书。康有为的《孔子改制考》和《新学伪经考》实质上是受廖平《知圣篇》和《辟刘篇》的启发)除非做学问的成就感能够大过做官的成就感,否则轻易不要涉足。

李光谟曾经回忆他父亲李济与蒋廷黻的一场对话,颇为有趣。1965年春天,李济赴美国参加学术会议,应蒋廷黻之邀住在他华盛顿的"大使"官邸多日。一次闲谈，李问蒋："廷黻，照你看，是写历史给你精神上的满足多，还是创造历史给你精神上的满足多？"李济向这位既是历史学家又从事多年外交活动的老友提出的问题，实际上就是学术和政治、问学与事功的关系问题，不过说得委婉了一些而已。蒋廷黻想了一下，做了一个俏皮的反问："济之，现代人是知道司马迁的人多，还是知道张骞的人多？"

丁帆深谙此理，他在给《主体的生成》一书所写的序言中，表达了对我未能投身学问的惋惜，但同时并不担心我在凶嚣红尘中会迷失初心，乃至挨饿。

男儿岂能死于榻上？毕业以后告别了学术，空有一身屠龙术，最后用来斩蚯蚓，二十余年在事上磨炼，数度与流氓土匪蛇鼠小业主惨烈过招，或硬着头皮上，或打个哈欠躲……不知荒芜了多少学术个性。心中难以释然的，是不曾改掉那些胶柱鼓瑟散漫放旷的毛病，未能抵达我所追慕的师生之道的典范——朱熹与李侗。

我弱是我，但丁帆的洒脱如光风霁月。说句狂妄的话，李侗早年的肥马轻裘豪迈放达与老年的"颓然如田夫野老"实不似、不及俺们老丁也。老丁后来在文学院院长岗位上的治院风格，很容易让人联想到他的一个前任伍叔傥先生。伍叔傥八十年前曾在中央大学中文系当了十年主任，他是五四时期的北京大学毕业生，思想开明，在他的主持下，罗织了各方面的人才,先后把罗根泽、孙世扬、顾颉刚、朱东润等先生请来中文系任教,老舍也被请来做过演讲。钱谷融当年是伍叔傥的学生,他晚年回忆道:"……他潇洒的风度,豁达的襟怀,淡于名利、不屑与人争胜的飘然不群的气貌,使我无限心醉。我别的没有学到,独独对他的懒散,对于他的随随便便、不以世务经心的无所作为的态度,却深印脑海,刻骨铭心,终于成了我根深蒂固的难以破除的积习,成了我不可改变的性格的一部分了!"

熏风未泯,我们也有类似钱先生那样的体会。

老丁有句名言:读书是师生,出门即兄弟。

我写过一篇关于喝酒的狂文,微信朋友圈发出来后,他立即转发并评论道:"作者乃吾徒,亦吾友吾弟也!"

还写过一篇关于朋友的散文《君子不器》,他又立即转发并评论道:"文字有大气象!传兼游、文及言、典与叙、史至今、露和晦,全融于行云流水般漂亮美妙的叙写与语言之间。散文随笔写到这个份上,吾当以弟子为师也!"

禅宗有语,"见与师齐,减师半德;见过于师,方堪传授"。史上那些真正的大师父,都会希望学生于不佞法外,能别有建树,其中深蕴有不尽的情义。正如顾随对叶嘉莹的期望,乃冀期她成为南岳下之马祖,而非孔门之曾参。

在学术上重复老师,是对老师最忠心耿耿的背叛。如果人们永远只做弟子，他就没有好好报答他的老师。

如此师生之道，颇有鹅湖、鹿洞遗风。如此遗风将来在师弟师妹中应该能够孕育出近乎神格的英杰，去背负一个门派的全部未来。"师道"一词最重要的含义，必须是精神骨血意义上的砥砺。

四

不容何病，不容然后见君子。

"九一一事件"发生当天，丁帆当着我们面大发雷霆："应该把这几个没人性的家伙开除掉！"原来有几个本专业的博士拍手称快，对死了一堆美国佬而幸灾乐祸。

意识形态冷血，一百年来伤害了中国文化中最深入人心的人格，即君子气象。这也是丁帆对人性、人道念兹在兹的价值观基础，并因此不容群众的蒙昧，他对"文革"的厌恶也基于此。在校时，他有一次专门和我谈起钱穆读孙嘉淦的《三习一弊疏》，认为凡山呼万岁伟大，"误尽苍生是此声"。是的，群众，群众，坐在赫里阿斯特法庭长凳上的陪审团成员们不是专家。这些人当中老人和伤兵的人数居多，他们把陪审员作为一项额外收入（少于一个体力劳动者的日工资）的来源。正是这些人判处了苏格拉底死刑。

某次酒酣,他曾和我谈起明末史事,从毛文龙死、袁自如剐、推阁党争、温周倾轧,到攘外安内之忧惶、抚剿之两难、杨嗣昌之收拾残局、君臣之相向涕泣,历史大洪水漫灌了多少精彩的生命?!以品望论,那时的士大夫无论风骨峭拔、性情慷慨者,抑或赋性贪鄙、机深柔佞者,放在今天,个个俱是天纵英才……可那又如何呢?武如洪承畴卢象升孙传庭,文如黄道周文震孟阮之佃,哪个是李自成张献忠之流堪比的呢?况且思宗身上焉有一丝亡国之君的气象?大明却亡得如此羞败彻底。说崇祯这个人能力有限,性格也有问题,这是事实,但崇祯年间,陕西延安府闹饥荒,小孩和单独行动者一出城门就凭空消失,山东沾化的人们互相交流食人心得,上海大街上老太太抓孩子吃(详见姚廷遴《历年记》)……这个怎么说?

文明不是王八,往往越古老的文明,越残忍愚昧。所谓"读中国史不能有怨妇情绪,要有全球视角"。

几年前去苏州开会,晚饭后,丁帆喊我在宾馆房间烟雾缭绕中神侃。话题聊及当年CC派、复兴社、蓝衣社如何争夺大学教授与学生(中央大学、浙江大学、中山大学),蒋介石又如何让他们之间相互制衡,它们与褐衫党、契卡、盖世太保的区别何在……哭笑不得,又感慨万千。然后又聊到戴雨农的精神资源仅仅是《孙子兵法》与《三国演义》,所以民国政客文化不可能跳出两千年秦政的儒生梦模式,因此也没必要过度美化民国。中国近现代的母胎过于颠顸肥大,辛亥革命与五四新文化运动之鼎革,有点像黑痣被切割后,胎记永远不会消失一样,今天中国诸多要害问题,根源不是十年二十年的问题,实在是一千年两千年的问题啊。从辛亥革命又聊到1453年君士坦丁堡的陷落,与"梁元帝之死""崖山绝望"一样,都是重要历史时期结束的标识性事件,乃至影响了今天国际格局的生成。与历史的无常相比,这样的历史节点更令人悚惧,它们是因果律,是所罗门裁定,又是新的机会窗口与合法性。历史就是现实的阴鸷诅咒,熟读历史者最大的悲哀,是看着那些没读过历史的人重蹈覆辙却无能为力。

这次聊天促使我毕业多年后,又下决心开始细读王应麟、钱大昕、魏源、冯桂芬、洪亮吉和麦克法兰。

论史犹如秋深闻寒蝉之声,凉意阵阵袭来。这一聊,竟不知不觉发现东方既白。

他一拍大腿,说:记得陆文夫小说《美食家》里那个朱自治吧?走,去怡园对面的朱鸿兴抢"头汤面"去!

姑苏城内清冷的早晨,那一大碗焖肉爆鱼面的浓醇鲜美,永难忘却。

蒙他的教诲,我后来在扛鼎两家国家品牌文艺机构时,坚持认为中国古代的礼乐传统以巫祝色彩为表象,其实最终奠定了一种秩序理性之外的"道统"担当。它萌生并茁壮于三代春秋的世界轴心时代，构筑了一条后来两千年间以"澄清天下之志"（陈蕃）为基调的精神理想脊脉，这才是文化出版组织矗立于天地之间的唯一价值元所在。同时，出版理念应该超越发轫于西方的民族/国家二元思维方式，尤其要避免媚趋时风，警惕"EVA（经济增加值）拜物教"——而是要把"天下观"作为出版社生产经营的优先级度量衡单位，先去研习跳高的横杆和世界纪录，再回头看跑道。以身观身，以家观家，以邦观邦，以天下观天下，克服心中兕虎，重建内容本位。

凡此种种，皆拜当年"闻道"信念所赐。

读圣贤书，所为何事？因为读书能将困难和悲伤提升到一个更高的、令人尊重的层面吧。怎么能不看书呢?！一个人如果不看书，他的价值观就只好由亲朋好友来决定。若论中国现当代散文中有价值观启示意义的篇章，坦率说，我比较佩服闻一多的《贾岛》、雷海宗的《君子与伪君子》、顾随的《苏辛词说》、俞平伯的《记在清宫所见朱元璋的谕旨》、鲁迅的《雪》和丁帆的《豁蒙楼上话豁蒙》几篇。

很多人那点可怜的历史知识，都是看电视剧得来的（中国电视剧，请加油！）。《雍正王朝》那首主题歌《得民心者得天下》淋漓雄浑，曾赚取了无数老实人的眼泪。然而历史就是历史，哑黑残忍，自循机杼。而有一种人，愈是在风雨如晦的时候，心灵愈是宁静。他能穿透所有的混乱和颠倒，找到最核心的价值,然后就笃定地坚持。是非真妄之际的判断是否峻切,是检验人格心性的严重时刻。

从这个意义上说,丁帆属于汉娜·阿伦特所定义的那种苏格拉底型知识分子的代表。

阿伦特在她未完成的著作《精神生活》中,用了一整章篇幅批判她挚爱一生的海德格尔。她认为海德格尔只注重不在场的东西(即"撤回的存在"),而对日常的身边处境不感兴趣。阿伦特特意比较了苏格拉底与海德格尔。作为古典时代的哲学家,苏格拉底自称"精神助产婆",难能可贵的是,他始终是在雅典的广场上,而不是在远离社会问题的书斋里"冥想"。这一点上,后世的中国王阳明与法国萨特亦是如此。一流学术导师的理念,是要让思想冲破牢笼,反思和消解一成不变的道德规约,更好地运用自己的主体判断力,在"真实"和"正义"不得不选边的时刻,选择真实。丁帆笃定地坚持:学者的思想一定要与现象世界,即时代的公共世界有密切的关联。而海德格尔刚好相反,其形而上思考导致了判断的死亡。海德格尔(包括卡尔·施密特)后来政治上的失足,究其本源,与价值判断含混有极大关系。

生活世界中的清醒价值判断是艰难的,因为"所有的人把时间花在了互相解释以及庆祝他们意见相同上"。萨特说的就是我们这些早已沉溺于"布热津斯基式奶头乐"之中的现代草履虫。

有人认为钱理群身上发生了"何其芳现象"（晚年"变异"现象），近些年处于一种"吊诡、乌鸦般的异类状态"，以至于把自己铸成了一个"令人为难"的矛盾体。认为"他的反思和自传中的关键词属于20世纪80年代，他的真诚令人动容，他的言路和思路令人为难""钱先生的立足点总是游离的，他对自己的定位也是在教员、软弱的知识分子、启蒙者、思想者等等之间游移""他的观点不是来自现实，他的现实反而多来自观念……他以寻找真理的方式拥抱了假相"。由于80年代同盟性的启蒙框架已然时过境迁，甚至认为钱理群执着于"国民性"本质论的文化观，大大限制了他自身的创造性研究。他那本《我的精神自传》充其量是一本省思式的不无笨拙的札记，忽视了精神在中国社会演进中的多样收获，同时对"人类的知识总量"缺乏了解。总之，"启蒙主义"这个推动力是悲壮的，但又是无力的，它无法准确解释当下的中国社会。所以钱理群的"告别"（不再著述言说）是正义的，命运、民族和文明社会资源已经给了他二三十年的表达平台和占有空间，无论成功与否，他都该退场了。这个退场的姿态，好比鲁迅笔下的"铸剑师"，铸剑不成，跃身炉中，以血献祭。

与钱理群一样，丁帆追求"独立"和"启蒙"的五四姿态，认为知识分子的"公共性"体现于他们未必能够"解决危机"，但一定不能忘却"制造危机"的本能。认为如果一个共同体仍在动辄发生人神共愤的各类灾害，知识分子就负有重要责任——因为他们没有去烛照黑暗、唤醒文明,没有如蔡锷所谓"为四万万国民争人格"。进而,他们就对不住这段身处其中的历史。

丁与钱的不同,在于丁同时对启蒙主义又有极深的质疑。他刀刃向内,悲凉地指出他这一代人文知识分子作为"启蒙者",其实尚未完成"自我启蒙"。类似廖平的念头:在所有读书人都盲目而热烈地追求"开民智"的思想氛围里,他却大声宣称自己的志向在"开士智"。然而,丁与钱更加本质的共同,则在于普通人很难做到的临难不苟和忠贞峥嵘,我私下认为这要比熟知多少个"施密特""阿甘本"之类重要多了。写几篇文章出几本书不难,到达德行崇劭、流风广被的境界谈何容易。

丁帆讲述过一个梦境:某次花果山开大会,齐天大圣一出现人家自动全体起立鼓掌,有其百猴十立亦十带,回左右有一小撮人亦然,有欲起立者抬起屁股又坐下,森林般的会场有如莫言作品中一片高粱地里被踩踏出一小块。

这是一个关于拒绝的故事。

拒绝是不易的。一世忠奸两重天,相形某校一批教授的七十二变,他深孚众望,却拒绝了某高大上机构聘为总主编的请求。"我知趣,推说没时间……其实我并不硬气,硬气的背后也有私心:规避冲突。因为正面冲突是要付出代价的。所以我非大勇者，只是小智者……还有就是我也不想把余生贡献给这留下骂名的事业。"

想起"中研院"当年打压钱穆入选院士，竟落后于弟子余英时入选。钱穆长时间郁郁难平，说：我应该是第一届入选的。

还酸酸地说，四十岁当选院士，未见得一定是好事。

我在严耕望《治史三书》中，也见作者隐晦提起这段往事——严能感觉得到这是钱穆的晚年恨事，以至于不敢明言劝慰。

名利游戏真是一块试金石啊，纵使你是一代宗师。

吕布丧命于白门楼，幕僚陈宫被擒，曹操想让他活命，他淡然拒绝，固请就刑，曹操为之流泪。而祢衡的拒绝方式则是狂，曹操对他，犹如后世袁项城之于章炳麟对勋章的拒绝。

不久前，丁帆严词拒绝了某著名杂志继某大佬之后要为他做"年谱别册"的恳求。杂志方认为"您的学问和威望学界有目共睹"，他的回复则是："说实在话，我觉得自己够不上这样高大上的宣传，我只把自己定位在二流学者的位置上，不敢领受如此之宣扬。恕不能从命了。谢谢！我已关照我的学生都不能做这个别册，实在是抱歉！再次感谢！"

小事一桩，被我们知道后，还是在内心震动了一小下：如果是我们，可能根本抵御不了这类诱惑——即便是大佬的"江湖名序",也是需要被不断展览和强化的,否则在圈子里就容易渐渐"脸生",会由郭德纲所谓的"VIP 中 P"变回为"P",被凉薄和忘却。伟大是管理自己,而非领导他人,尤其是在小事上需要管理自己,即所谓"慎独"。我们这些人做的事情,将来是要上史书的,所以需要养德望。当然,我们更大的可能是上不了史书,因为私德不谨和庸俗。文明在今天最大的问题是粗鄙化,人人在内心养一个"汉奸",与外在客观世界的不幸里应外合。通过此事,我们这些"小汉奸"学到了一点《史记》里关中樊仲子等人的"逡逡退让君子之风"。

十几年前,校长、书记反复找老丁,让他出任刚由中文系升格为文学院的首任院长。再三拒绝后,为让校方死心,他开出了条件。你道他说什么?——如果做院长,前提条件是某上级大领导必须去职。这真把校方噎了好几个跟斗。

趁他人在国外,文学院诸同人偷偷把他选为了院长。丁帆回来后勃然大怒,却又无可奈何。但他不情不愿地上任,真的导致上级领导离职了。

那好吧,《五灯会元》里记载深禅师与明和尚关于鱼挣脱丝网而出的辩诘认为,进了网且挣得出,才是正果,不做只顾自己清修的"自了汉"。所以就上任吧。难啊,雪亮聪明的人不足以担大任,一偏聪明的人不足以任全事。用有阴谋的人完成一事,每到中途必生变。与险诈人共事,更如瞎子登阶。顾随的一个戏曲剧本《马郎妇坐化金沙滩》中讲"云幻波生但微哂,万人海,藏身市隐。你道俺恋红尘,那知俺净土西方坐不得莲台稳"。

本校理科乃全国翘楚,院长们开会,有理科大佬调侃文科整天研究几个鲁迅这样的作家,没啥重要性。申报国家第一批中心时,某大佬问丁帆:你们现代文学在全国排第几?在世界上排第几?丁回答:在国内和世界上的排名,谦虚是前三,不谦虚是第一!丁走后,大佬说这个年轻人太狂妄了,我们专业在全世界才排到第五十三名。由于涉及学科建设和经费分配,老丁为此没少怒发冲冠。他无奈地和我聊过这些事,深感夏虫语冰之愤懑。

山骞不崩,唯石为镇。自古以来,局外之议论,不谅局中之艰难。老丁做文学院长,乃是道家所谓的"收拾入门":做不了处,看其脱略(若不经意,疏节阔目);做了处,看其针线(慎重周密,无有苟且)。生物界经常是牛摇尾巴,但在权力场中,常常是尾巴摇牛。鸡虫之争的嚣嚣名利场上,有定力能把持者能几人。任上,他有数度博弈,包括与青年。鲁迅持进化论,扛闸门放青年出去,但后来在广州、厦门看见清党,观念也动摇了,认为青年人坏起来不逊于老头。

他教导我说:衣冠要严谨,外相要庄严,以御倮虫。他把许景澄曾对自己学生陆徵祥说过的话讲给我们:"不要依恋正在没落的事情,更不要去追随它,也不要指责它,而是要尽己责……为此,要学会缄默,不管遭遇怎样的侮辱和欺凌。"

春秋责备贤者,国民党的革命是因为没有"士",才堕落成了党员。

他有一枚篆刻闲章,叫"一帆不顺时"。对他那个印章我颇有感触,更愿意理解为不肯"顺时"。

希腊神话中,伊卡洛斯忘了中庸之道,使用蜡和羽毛造的翅翼逃离,或被太阳烤死了或掉下来淹死了——但,不会有人关心这件事,大地上一切并无不同。然而,伊卡洛斯真的应该被嘲笑吗?何妨想想佛罗伦萨圣马可修道院北侧宿舍七号房间墙壁上那幅《受侮辱的耶稣与圣母与圣多明我》的油画里的光芒。

南大中文系承续了20世纪20年代本系学衡派的传统,眼光、胆量和断制,价值观与理念上的振衣提领。类似丁帆这样的有一大批教授,不做"两脚书橱",讲究思想的清楚与深锐。

书生自有嶙峋骨。宁可孤独,也不违心;宁可抱憾,也不将就。不入我心者,不屑以敷衍。世界上还有少数人,三尺剑一囊书满腹肝胆。慷慨块垒男子,自有一种倨傲,不像我们有太多的动物性生存智慧。

某次,他愤懑不平,准备第二天在会议上讲述思考已久的观点。闻讯以后,我连夜发微信劝阻,核心意思是"段位越高,弈局越少""名刀不能随便用,更不能轻易被蚊血玷污"之类,这才使他心意稍平。圆颅党人奋锐党人、春秋时期的死士、《权力的游戏》中的老斯塔克……才是凤凰翔于千仞之气象,这些人像过去的长城一样,在地平线上绵延起伏。但是长城现在没有用了,还被人们刻满了"到此一游"。

莫要看轻了豪杰,能做一番大事业的人,总有一段真挚的精神在其中——王阳明,你说得好。

五

2018年4月,S教授事件在网上发酵。

老丁向来对这种事情很头疼。大家都知道他的一个习惯,如果有女生找他谈论文,他办公室的门永远豁然敞开。这种对瓜田李下之嫌的刻意躲避,简直近乎迂腐,但在今天的大学里,似乎并不多余——有些教授连文章逻辑语法都错得一塌糊涂,又岂能管好自己的脐下三寸。

当年该教授从某校被引进时,是南大语言学学科建设的苦心举措,履历清白,并未发现任何污痕,因此与时任院长老丁之间前因后果的关联极为勉强。老丁却在卸任多年后,于朋友圈朗然表态:全部责任由我个人承担。

大家一片讶异,认为多此一举。我却在意料之中,毫不吃惊。

事不避难，义不逃责，素位而行，随适自安。雄山大岳的特点就是不躲闪。一个人肯这么做的前提，是早已不屑于什么人心鬼蜮。你说是老子杀的，便是老子杀的，黄药师不屑与宵小辩诬。《天龙八部》第五回写"莽牯朱蛤"咬死闪电貂，而大蜈蚣为躲朱蛤又钻进段誉腹中，朱蛤遂跟着进去追逐蜈蚣。两个剧毒物打通了小段的经脉，最终让他任性江湖，百毒无惧。必吞吐过毒燎虐焰，经略过险滩恶浪，方能负大责任，得大快活。丈夫何为？不靠谱的事边界清晰，靠谱的事迸溅华彩，做大事或大决定时肯担当。如此而已。

又一次，他独自驱车六百里北上，亲朋皆不知何故。很久之后方知是去探狱，为一个被构陷的好友。向他询问详情，他却摇摇头，不愿多说。实在抵不过大家的好奇，便小声说：凡朋友中有跌入囹圄缧绁之人，不分罪因，必会前去探望，因为那是人的落难时刻。

读《三国演义》，会感慨史册里英雄人头也很拥挤，但是既能成大事的主公，同时又是义薄云天的朋友，则罕少矣。君子陷人危，必同其难，岂可以独生乎？其声光与意义，在于事无大小不苟且。譬如《史记》，老丁性格深处认同更多的，并非开疆拓土的帝王将相们，而是曹沫、专诸、豫让、聂政那些刺客游侠。

在处理棘手事情或者酒桌豪饮时，我和他偶尔都喜欢"挑岬"不堪的人事。我想我们师徒在骨子里或多或少都有几分对武力的欣赏、对固有秩序的藐视、对丈夫义气的追求，甚至潜藏着"侠以武犯禁"的危险潜意识，都推崇一点江湖慷慨：鲁地朱家藏匿救助豪士，"振人不赡"以至"自关以东，莫不延颈愿交焉"；洛阳剧孟家贫，却"以任侠显诸侯"，专趋人之急，甚己之私。这些人的共同特点是其言必信，其行必果，已诺必诚，不爱其躯。

此乃一个"尚武"的大学文科教授。我从他身上学问没讨到多少，"歪门邪道"倒是学得飞快。2016年，我在三里屯附近一个名人荟萃的饭局上，路见不平出手痛殴某艺术家。事后，身在现场的诗歌评论家唐晓渡回忆说：但见蓝光闪过，国宾临空飞起一脚，将那厮踹倒在地！

晓渡老师诗一般的描绘中，"蓝光"是指我那天穿的一件竖领蓝色夹克，这件事被他生生形容成了当代鲁提辖拳打镇关西。

所谓"入世已拼愁似海，逃禅不借隐为名"。人在名位上，遭遇的阴邪苦痛会更多，因此更容易被来之不易的美弱打动。恶见的多了，就不恼了，反生怜悯。这一点上，我也自忖与他有一点共鸣与心契。

傲骨铮铮，却师道热肠。学生开口的事情他从来都不吝一丝力气，乃至一些吃喝拉撒让人听来荒诞无理的世俗请求。我们有时会当面讥讽他"耳根软",被弱打动时,立刻变成一个"滥好人"。

他曾经借《水浒》调侃自己:"我做人的原则是宋江的义;李逵的嘴;鲁智深的爽;吴用的谋;卢俊义的忠;林冲的情……哈哈!"

有个蒋师兄,才华横溢,快毕业了却懒得写学位论文,整天沉溺于电脑游戏。老丁电话追到宿舍,蒋师兄用手捏着喉管,女里女气地对着话筒说:"哦哦,您好您好,您是丁老师啊,蒋××不在,他刚才出去了……"

…………

后来师门聚会一见面,大家都会请出蒋师兄,逼他深情地唱那首《high 歌》:moutain top 就跟着一起来,没有什么阻挡着未来……你不在我不在,谁还会在!

为这个"总不在"的蒋师兄,老丁操碎了心。但也终于淬炼出了一部水准高妙、人人叫绝的博士论文。

有个张师兄,毕业后遍游牛津剑桥海德堡哥廷根,发誓要写一本关于尼采的巨著(是的,他长得也像尼采,读书时我们送他外号"张尼采")。二十年过去,仍未见这本巨著出版。老丁年年不忘,念念不忘,亲自盯着著名设计师周伟伟做封面,还在出差途中向出版社社长激动地过问。

"难道要等到我死后,才能看到他的才华显露出来?!"身边的"常随众"们听到老丁这句话,噤声不敢告诉张尼采。

不禁想起陈寅恪一生给陈垣、傅斯年写的少数几封信，都是替学生（吴其昌、孙道升、张荫麟等）谋职位的，他给杨树达写信只是为一位资质平平的肄业生刘世辅求职。王永兴是1990年才知道六十多年前他突然分到房子，是因为陈寅老给梅贻琦写了一封长信。

有人的地方就有江湖。我读金庸《天龙八部》，觉得乔峰的浩荡博大、虚竹的向死而生、段誉的深情专注，乃是一个大英雄身上的三个影子。

老丁每一枚印章之用处都是有讲究的，其中有一枚闲章赫然叫"仁慈江湖"。此章极少钤用，一旦盖出，必有极深用意。

据老丁的说法，仁慈江湖，与血腥江湖反对。

当然中国的观音只管救人，却不责备人，这是我们人格精神中缺乏"罪感"的基础，老丁认为这其实也不是慈悲。

六

曾搞到一瓶江苏汉墓出土的酒，不敢独藏，便起了要与老丁分享之念。此酒对于嗜酒之人而言，当然是秘品，是神品，是极品——我戏称其为"文物"，故作高深莫测状，讳言其来历。

2015年腊月，丁门三弟子密谋一番，自闽南、浙东、燕都同时出发，如林中响箭，疾射金陵。

我们三人分头出了机场车站,直奔南大西门晶丽酒店二楼。老丁已候在满桌佳肴旁多时!惊见三人须发皆白,金陵雪染霜挂之故也,不禁拊掌大笑。请出"文物"后,大家收敛笑容,但见窗外彤云密布,朔风渐起,雪下得越发紧了。席间聊及世相时局,古酒中立即有了几分霜重鼓寒之意。苍茫连广宇,寥落对虚牖,说时豪气侵人冷,讲处悲风透骨寒。推杯换盏间,师生四人压抑心中激荡,且尽一樽,挽取长江入尊罍,浇胸臆!方我吸酒时,江山入胸中!

散局时,已近黄昏。我们拱手抱拳,就此别过,分赴车站机场,各归南北东西。火车经过济南黄河大桥时,收到师尊发来短信一则,赫赫然七个大字:"从此天下藐名酒!"

几年后再见老丁,沉吟之余,他津津乐道出当年汉酒欢宴细节种种,竟罕见地夸赞我几人"有林下风"!

林下风并非虚炫,丁门之浩荡酒风早已蜚声在外。以女弟子为例,一位毕业后在西安工作的小师妹,五十度以上的白酒一次能喝两斤,之后看着瞠目结舌的师兄弟们,满脸内疚;另一位个子高挑的师妹,每回喝晕后都滔滔不绝讲外语,某次竟霍地起身,走过去豪迈地拍着丁帆的肩膀,点点头说:"嗯,是的,你是一个好老师!"

毫无疑问,她们中间会诞生中国的弗里达、李·米勒或纽约黑豹组织(black panthers)总部的阿萨塔·莎库尔。老丁苦笑着说:女人能喝,必有妖法。是啊,伍尔夫反问:为什么男人喝酒，女人喝水！为什么一个性别神气活现，另一个性别就得可怜巴巴？！

本门酒风鼎盛，当然都该归因于老丁。他在饭桌上从来都是清浊分明，酒逢知己千杯少，话不投机滚犊子。记得有个人说过："人生没有一点爱恨情仇，真是不配喝酒！"帝里风光好，当年少日，暮宴朝欢。况有狂朋怪侣，遇当歌对酒竞流连。难忘文期酒会，几回狂颠。身后磨盘那么大名气，也不如眼前一杯扎啤。

于是本门男生留下了"鼓楼医院挂过水，紫霞湖里遇见鬼，鼓浪屿上摔断腿，兰州街头被拒载"的不朽传奇。

七

2002年，挥别老丁，孑身进京。

6月30日，燠热的初夏夜晚，同门毕业欢宴。大家边看韩日世界杯德国队与巴西队的决赛，边与丁帆饮酒欢叙。

需要乘晚上9:50的火车告别南京赴北京报到，我提前离开饭局，背起双肩行李，告别诸位，打了一辆出租车赶往南京火车站。

21:20，到达站前广场。

准备下车去检票时，呆坐在车内动弹不得，眼泪突然夺眶而出。转头问司机：如果再回上海路那家饭店跑一趟，会不会误了火车？司机瞬间惊呆，仿佛耳朵听错了。

我斩钉截铁地说：掉头！

推开房门，深深鞠躬。擦泪，转身，出门，回到出租车上。

再见了，南京！我看见马路两边高大的悬铃木，模糊成两行音符，旋转升腾，幻化成一部滔滔壮阔、宽广巍峨的布鲁克纳《第九交响曲》。

气喘吁吁地跳上火车的刹那，铁龙长啸一声，昂首北上。火车驶过沉昏夜色中的长江。站在咣当作响的车厢连接处，我看见浦口的渔火，一簇，一簇，又一簇，明明灭灭。正是传说中的"江湖夜雨十年灯"。

据说那一刻，他也久久垂首，热泪长流。不久前，他与人说临终前，要用毛笔写一批信札给众弟子，第一封会写给我。

业感缘起，却不知所从何起。二十年后，雨一番，凉一番，我也到冬藏的年纪了。

"世味年来薄似纱，谁令骑马客京华。"

八

老丁近来经常谈论死。

红尘嚣嚣浩大，红尘中的"死"被定义为厄难和劫数。厄与劫,在音乐里叫"节",在中国弹曲叫"度曲",度厄如度乐曲。因此在我眼里,周遭一切都是罗马帝国晚期的竞技场,是《华严经》里的烂漫风景。

借由人间的道场,我们修行。但是,我们还应该眺望"观音"吗?

离宁后,我罕少去见他。仅有的几回,罔两问景影,讪讪吸纸烟,两人沉默如深山父兄,迹近尴尬。至礼如至痛,如果爱重一个人,不要说出来。

某次饭桌上,老丁曾经半开玩笑地说:你们别看我整天精神抖擞的样子,我如果死,可能就是"嘎嘣"一声寸断。

不,师父,不是这样的。

即便真有那么一天,我也愿意相信:

有一种死亡,就像庄严的入海口!

丁酉年深冬

父亲记

人类有"童年失忆症",即长大后记不起自己幼时的事情。

科学研究表明,人的最早记忆可能开始于三岁,因为三岁以前大脑尚未发育完全,负责记忆的功能区开工不足,其大小约略相当于一枚生涩的袖珍核桃仁。我很羡慕现在的孩子,由于声像视频技术的发达,不必再去费神记取自己早年的样子——等他们长大后,只需在谐谑自嘲中翻阅浏览播放就是了。

而我们这代人的儿时记忆,好比一段坏死后被截掉的残肢,谁又知道它如今在哪里呢?

一

十年前,剧作家魏明伦先生与我同游福建靖安土楼,路上

讲述过他的奇崛身世:

魏先生的外婆育有三女一男,她老人家是个"戏妖",喜欢看戏。

小儿(即魏的小舅)生重病,但外婆舍不下某出川剧,没去医院问诊,却背着孩子不由自主进了剧场。

孩子难受,在戏园子里不住哭号,众皆侧目,外婆却早已沉迷于剧情。为了能够继续看戏,竟下意识用手帕捂紧孩子的嘴。

待赏戏结束返家途中,才发觉孩子已经冰凉。

出生前,魏明伦在母亲腹中几乎被日机炸死。后来明伦先生出世,相貌酷似小舅,有一说是转世,魏先生竟因此成一代戏剧大家。

父亲的出生也类似魏明伦,有点小插曲。

1947年冬,父亲出生于太原。

父亲出生前不久,他八岁的二哥(即我的二伯父)非常贪玩,不小心踩入一盆火炭中,右脚烧得面目全非,伤口感染,很快夭折了。

因为家里人口太多,粮食实在不够吃,父亲出生当天,祖父祖母商量一番之后,决定把他"处理"了。

"处理"过程中,发现他右脚丫子上有一大块烫伤状紫痕印记,大家全都愣了。

姑姑自言自语：哎呀，会不会是二哥转世啊！

于是他活了下来。

我与姑姑一辈子都很亲，也是这个原因。姑姑晚年信了天主教，不久前去世，遗嘱反复要求按宗教方式请教友们做弥撒。奈何闭眼后的事情已经由不得她了——她被子女们运回丈夫家乡，敲锣打鼓入土为安——道没能成就肉身。

可见除了让夭折的孩子们转世，老天爷什么时候遂过人愿？

我的祖父是上党梆子剧团乐队的锯琴（弦子琴）首席。抗战胜利后，不知为什么非要拖家带口从太原回到晋东南。一大家子租了两辆大马车，足足走了两个月，才到达目的地，从此在太行山南麓与中条山合脉的一个依山傍水的村子定居下来。

美国宇航员阿姆斯特朗、奥尔德林驾驶"阿波罗11号"代表人类首次登陆月球那一年，也是陈寅恪、吴晗、刘少奇去世的那一年，我出生于四世同堂的祖母家。

当天亲戚熙攘，人声鼎沸，来了一堆沙汀《在其香居茶馆里》的邢么吵吵。凛冽的清晨，姓陈的驼背祖母咳嗽着出门倒马桶——是这样吗？袖珍核桃仁不可能记得了。

三岁随父母迁入新居。新居有个近两百平方米的大院子，院内长着一棵香椿树和一棵臭椿树。历年春天，母亲腌制的香椿芽都是早饭小米粥的美味伴侣。院子的西南角被父亲开辟出来，种了一些西红柿和紫茄子，在那个短缺时代，多汁多肉的蔬果给了我们一家四口无穷的喜悦。我不止一次误将黑亮的西瓜籽吞入胃中,忧心忡忡地等着它一年后长出根须,在我的喉咙口开出花来。

我这些愚笨的知识,父亲并不耐烦纠正,他的心思不在我身上。年轻时代的他身无分文却心忧天下,作为一个底层小知识分子,对世界大事与城市文明有着病态的憧憬。

多年以后做了校长,他要求学校的老师们学习普通话,同时要求加强中学政治理论课的哲学原典精读,譬如费尔巴哈谢林什么的,却被泥腿子出身的民办教师们集体嘲弄。他不以为忤,自己垂范在课堂上讲"哲学理论"、讲普通话——虽说那口蹩脚普通话比当地方言更加难以听懂。

有个放牛的老汉对他的虚荣颇为轻蔑,当面讥讽他:

"俺们这些每天摸牛尾巴的老农民,听不懂你这大干部说的啥哩。"

他倒是斗志旺盛,抖擞羽毛,立即反唇相讥道:

"每天摸牛尾巴——那么,请你告诉我牛尾巴上一共多少根毛?"

老汉瞠目结舌,无言以对,牵着牛愤愤离去。

回家后,他阿Q地对我们描述这场重大胜利,换来的却总是母亲的撇嘴与嘲弄,我和弟弟则在旁边不住地窃笑。

这些场景给了我幼年时期很多另类的欢乐。

对他这方面的执拗,我在内心颇有些鄙薄。我很早就认为:

所有的宣传教育，都要入脑入心甚至必须鸡汤化才有效果。譬如民间佛教，盂兰盆节的目连戏就是用小故事讲因果报应，阐释佛理，方有教化敦良之功效，总不能让善男信女都去读梵文译过来的经典吧！

一个人志向太大了，对他自己来说多半是一个不幸。不说那志大才疏的，也不说那怀才不遇的，单说那功成身就的，一般是少不了要勉强别人也勉强自己的。

多年后，父亲终于明白：幸福就是做一个不求进取的天才，胡乱快活一世。

"文化大革命"爆发时，他在深山一座仅有十几个儿童的小学教书，整个学校只有他一个老师（后来美其名曰"复式教学"）。看了陈凯歌的电影《孩子王》，我立刻觉得谢园演的那个晃荡着空袖管在山间徘徊的孩子王，简直就是他当年的翻版。学生手里无书可读，只好学大批判材料。批判文章学了一篇又一篇，但孩子们连小学课本上的生字都不认得。孩子王感慨万端，只得从认字记事教起。

1966年秋天，历经各种路途辗转，他挤上开往北京的火车去接受毛主席检阅。

悲催的是，穷乡僻壤得到消息太晚，毛主席接见完N批红卫兵后，决定"收手"，慰告广大红卫兵小将立足本乡就地闹革命。于是，火车抵达石家庄后，该小将被工作人员拦截下车，悻悻返回了深山小学。

然大山之深，焉能安放下一张宁静的课桌？他靠微薄的土地革命战争史知识与想象做了一面三角旗子，率领一干儿童下山来咸与维新策动革命。未料后来莫名其妙在什么"红字号"与"联字号"的派系斗争中，结结实实地挨了一顿皮肉之苦，蔫巴下来，回家反省去了。

"福兮祸所依，祸兮福所伏"，反省的结果是闲暇时与我妈妈的姻缘，以及我的出生。

多年后，我问他：这就是所谓"革命异化"吧——本来是反人性异化的道德革命，到头来却产生了更加残忍的革命异化。

他听罢，双目圆瞪，茫然半晌，完全不懂我在说什么。

二

好玩的是，父亲的性格元素里始终有童趣的一面，至今仍有。

他的虚荣与好奇心，可能根植于新中国成立后城乡身份切割所制造的阶层性自卑。现在回想起来，他这样的性格，反倒影响了我不从流俗、憎厌积习的性情养成。

譬如只要有出差的机会，他总会买回来一些稀奇古怪的玩意。某天他带回一把可以通过旋转按钮打开密码的锁头，令全体邻居惊叹不已，闻讯而来的人们如旱鸭子倒提般抻长脖子围观。后来我们将全家的巨额存款三十元人民币，放入那个靠密码控制的抽屉里，全然忘却了《庄子·胠箧》的深刻教诲。

20世纪80年代初县城发洪水，商店处理被冲毁的库存品，他用五毛钱买回来一个网格图案的塑料暖水袋。天哪！世界上竟有这等几近于玩具的奢侈品！

又一年，他竟然带了两只毛茸茸的鸭苗回来，那是当地三代以上的老人都没见过的奇怪家禽……我想，让周围这些土鳖开开眼界，进而佩服他的见多识广与不同凡响，才是他买这类东西的初衷。

他对动物园这种地方极为痴迷。70年代中期从省城带回来一张动物园的漫画示意图，孩子们都看腻了，他还有事没事拿在手里美滋滋地看。多年以来，但凡陪他去任何一个城市，他都会举手申请：参观当地的动物园。

前几年GPS汽车卫星导航系统开始普及应用，我开车带他去郊区，听着导航里林志玲温柔地指挥"前方一百米右转""距离最近的服务区还有五公里""前方进入隧道，请打开车灯"……

他沉默了好一阵子，终于忍不住赞叹道：

"这姑娘太厉害了！她咋啥都知道！"

听罢这话，瞬间错愕，我整个人都不好了。

…………

大量幼年记忆，需要在大人的帮助下才能准确恢复。随着年龄的增长，有时会突然发怔，依稀想起那时的点滴，冲动之下，操起电话去求证。这种时刻，父亲往往嗫嚅一番后矢口否认。而母亲，则已经把那些记忆干净决绝地带走了。我觉得自己犹如一个残疾者，那些记忆中呈透明色的缺失，或萎缩，或截除，永难复原了。

小时候对父亲的记忆，杂糅着两种矛盾体验：慈爱/恐惧。每每嗅到他办公室或旧式中山装散发出的劣质纸烟味道，就被对他的怕与爱弄得很撕裂。

20世纪70年代，全国人民都热衷于群众文艺活动。父亲在这方面的热情简直难以遏制，他不计任何报酬主动去设计黑板报，主动组织文艺会演（大多是歌颂毛主席和解放军的），甚至亲手写剧本。后来看到豫剧《耶稣娃》（当地除了本土剧种上党梆子，由于毗邻河南，也流行豫剧）中有如下选段：

> 冬至过了那整三天，耶稣降生在驻马店。
> 三仙送来一箱苹果，还有五斤肉十斤面。
> 小丫鬟手拿红鸡蛋，约瑟夫忙把饺皮擀。
> 店小二送来红糖姜水，喊一声：玛利亚大嫂，你喝了不怕风寒。

从文风判断，我十分怀疑作者就是他。

某次邻村庙会，我所在的小学组织了一支大刀队参加表演（东北话俗称"耍大刀"）。本人与有荣焉，且被遴选为指挥员，在刀阵前面扮演队长。

那日一大早，我需要到学校统一化妆。

慌不迭穿衣戴帽蹬鞋要出门时，父亲狞笑着站在门口，将我擒获。

后面的事情开始步步惊心——他非要在家里亲手给我单独化妆！

我悲愤，我惊恐，我无奈，我就范——在当天的演出中，全体赶集的乡亲终于懂得了六十张菲律宾跐猴屁股脸与一张刚果民主共和国勒苏拉猿脸的区别。

以后若干年里，我时常猜测他为吗要这么干？现在明白了，当时一方面为我自豪，另一方面那年等待调动工作，他整天闲得难受，技痒。

七岁那年，我到父亲任教的学校玩耍。一位个头不高、容貌娇好的女老师，久闻我是个"神童"，便从书架上取来一本厚达六百页的苏联小说交给我，有人还起哄架秧子，迫不及待地搬来一把小凳子，郑重其事摆放在院子中央。我讪讪坐定，托着腮帮子、眉头紧锁地开始阅读那些繁体字——在一群不断发出"啧啧"声的老师围观下，我吃力地跳过那些生僻词句，煞有介事地理解着人物关系，以"合理"的节奏翻过读罢的篇页。

父亲读过一些旁门左道的书，颇受甘罗方仲永曹冲司马光等古代神童故事的启发，某天晚饭后，他开始长时间端详我。

越端详越发现大儿子眉宇之间英气荡漾，于是一声令下，让我站好，清清嗓子，不疾不徐吟出一句：

大雪纷纷何所似？

之后，一脸焦虑地盯着我，坚信我能对出"撒盐空中差可拟"或者"未若柳絮因风起"。

然而让他绝望地看到的，是这个男孩呆若木鸡，耷拉着脑袋，满脸的羞惭与难过。

后来便失去了实验的兴趣。

这大概就是王朔所谓"一开始被人民所指望，后来又变得毫无指望"。

他大约忘记了我从小骨子里对寒窗苦读光耀门庭的本能恐惧。想当初我宁死不肯上幼儿园，他青筋暴突，如拎一只瘦弱的油鸡，拎起我的胳膊，用他那穿着日本皇军宪兵专用大头靴、总爱渗出恶臭脚汗的脚，左右开弓，迈一步，踢一脚，踢毽子似的把我踢进了幼儿园。

环顾周围那些拖着浓黄鼻涕的小朋友，我悲从中来，万念俱灰，恓惶认命，在半吊子老师的带领下，与一群呆鸟儿童齐声朗诵"毛主席万岁"——发蒙岁月开始了。

三

据说有学者在研究《鲜血梅花》《檀香刑》中的"暴力美学",即所谓权力意志统辖下,人之肉身可能承受的极限是什么。结论会很惊爆吗?反正本人听说过的匪夷所思的刑罚,也仅止于活撬猴脑、生啖醉虾、烙铁取鹅掌,以及著名的凌迟:据史料记载每刀割下的肉必须只有指甲盖大小。活剐一个成年人必须要施三千三百五十七刀。翼王石达开被捕后,他的一个幼子因为剐不够三千多刀,只好养到十八岁,才被绑缚刑场,剐够了刀数。

好在我国1905年已经废止了这种暴力美学,否则,父亲难保不会对我动这个念头。

初中以前,他责罚我的方式极具想象力。后来我颇替他惋惜,倘若他把这些创意才华用于写小说,那么第一个诺贝尔文学奖的中国得主——莫言,哪儿凉快就让他哪儿歇着去吧。

初中二年级,他可能因为割了痔疮或被大马蜂蜇了,盘腿坐在火炕边养病。我在对面的椅子上呼噜呼噜埋头吃面条,问答之间,一语不合,他倏忽展开大嵩阳掌,将合金铁锅之锅盖吸入掌心,那锅盖旋即以迅雷不及掩耳盗铃之势向我袭来。

艺不如人啊,我惨叫一声,仆倒在地,额头迸血,喷涌如注,草草包扎后,夺门而出,离家出走半个月。

小学二年级,暑假期末考试后因数学成绩下滑,被押入大堂,面对毛主席他老人家的画像,卷起裤管,露出膝盖,下跪于粗糙尖锐的大块炉渣之上。

三个小时后,两个膝盖血肉模糊,在奶奶和妈妈的凄怆哀告声中,获得恩准被抬往医院。

小学三年级,偷了生产队一株玉米。未曾煮熟,东窗事发,被提审至院子中央。他把两块耐火砖竖立起来平行摆放好,然后请我摇摇晃晃地站上去。立稳后将双手举过头顶。

他搬了张太师椅坐在一旁,手里攥着一根鸡毛掸子。

案犯的双手胆敢下垂半寸,劈头盖脸就是一顿杖责——这件事的关键不在肉身苦楚,关键是他老人家召来了一堆叽叽喳喳的邻居看热闹。通过羞辱某个人来建构他的羞耻感,效果的确大大的好,据说现在纪委干部在双规腐败分子时也学会了我爸这一套,老爷子太缺乏专利意识了。

《二十四孝图》里有个故事叫"黄香扇枕",说东汉孝子黄香幼时,夏天担心蚊虫叮咬其父,整夜在父亲床前扇扇子;冬天在父亲就寝前,则先用自己的身体去暖父亲的被褥(即《三字经》里的"香九龄,能温席")。

我就是这个故事的当代版。从小学二年级那个冬天开始,我被父亲要求每天晚上去给奶奶暖被窝,稍有不悦,则劈头一个大嘴巴子。

这是什么道理?儿子应该尽的孝,为啥把孙子顶上去?!

多年后,我方领悟了他的苦心。他亲历过的底层生活,过于苦寒，过于委琐，过于痛彻，过于悲凉。

我得出的结论是：要尽量对孩子好一些，让他们在小时候尽可能快乐。因为长大以后，他们会遇到很多痛苦，那时候，幼年的快乐就会成为他们最美好的回忆和安慰。心理学家说过，幸运的人一生都被童年治愈，不幸的人一生都在治愈童年。

我终于在家暴的惊悚中收摄了心意，开始发奋苦读。

四

谭其骧先生在山西大学做过一个讲座：山西在国史上的地位。他有个重要观点，认为山西在历史上占有重要地位的时候，往往是历史上的分裂时期。一旦全国统一，它既非交通要塞意义上的政治中心，也非黄河流域的农业重心，其地位就不那么重要了。谭先生的观察还是比较犀利的，在经济实力基础和簪缨文化氛围方面绝难与江浙地区比肩的山西，青少年要想出人头地，真是难于上青天。

村边有条马路，自古即交通要道，春秋战国时期著名的长平之战中获胜的秦军统帅白起，就是取道这里去坑杀四十万赵卒的（当地还流传下来一款小吃，叫"烧豆腐"，喻"烧白起"之意）。此后客货两运繁忙，两千多年间贸易往来一直川流不息。任何山外的消息，都来自这条马路。

1986年高考结束后的某天,父亲神采飞扬地迈着小碎步从马路上回来。喜讯显示,我已一举夺得本县文科状元。尤其语文,竟得满分。倘被第一志愿北京大学国际政治系顺利录取,他儿子将打破本地有史料记载以来的若干项纪录。

他被这个事实结结实实地击晕了。

可能就是从那时起,他在我面前甘拜了下风,从此开始对我小心翼翼,态度变得客套谦逊。

开学报到前,陪我去比较大的城市高平县城买衣服。

我说买牛仔裤,他说好,买!

我说买花格衬衫,他说好,买!

吃饭时,我说我也要喝酒!他犹豫了半秒钟后,赶忙说好,喝!

进入青春期是意识到父母并不完美;而成为大人则是原谅这一切。进入青春期是忍不了了,成为大人是不愿意计较了。可惜当年我根本不懂这些道理。

此后二十余年,我在叛逆和奋斗的道路上日趋嚣张,对于他的建议与论调日益厌憎。

与我两两相处时,他话少了许多。头发逐渐由乌黑变斑白,又变成花白。睡觉时打着那种彻底屈服了日常生活、底气不足的虚弱呼噜声,目光闪躲,唯唯诺诺,性情大变。

有一次在饭桌上,他借着酒劲和儿子们郑重地说:忠孝不能两全,你们各忙各的,不用管我。等我生活不能自理的时候,我就会喝药自行了断,决不拖累你们。

话音未落,我便嘲弄道:

"您这可真是生得伟大,死得憋屈!"

话说今朝脱下鞋和袜,不知明朝穿不穿,我还真佩服他这股子"重然诺,轻生死"的浑不吝劲头。

同时我心里说:您可比人家狄兰·托马斯差远了,人家是"太高傲了,以至于不屑去死"。

1974年秋,他找来一个河南木匠师傅,乒乒乓乓,做了三把敦敦实实的小木头椅子,刷了橙黄色油漆,用毛笔在椅座背面的暗角分别写上我、弟弟和他本人的名字,这是我家实物分配制度的伟大开端。

我和弟弟因为拥有了私人财产激动不已,从此日日警惕,决不允许对方错坐自己的椅子。

2004年春节回家过年,除夕晚上,父亲神秘地从木箱内取出两件一模一样的东西,分配给了我和弟弟。

打开后,我们发现原来是照相机。

那时的数码相机已相当普及,这种胶片相机罕有人再使用了。但看着他一脸的期待与隆重,我二人只得配合出一副狂喜不已的样子。

问题随即出来了:我们在使用后,崩溃地发觉此乃一次性照相机,用完即废,批发价格不超过十五元。据说这是教过的学生送他的礼物,我相信他压根不知道其价值几何,还自鸣得意地以为传给了儿子两件昂贵的家用电器呢。

我没扔掉它，珍藏起来，准备将来办个父亲的奇珍异宝展。

我买房子，理直气壮地打电话向他募款，他立即应承下来。几年后回老家省亲，整理卫生时，在箱子里突然发现了一张银行贷款单。原来他的工资都给母亲看病用了，资助我买房子的钱，居然是他咬牙在当地银行做的高利贷。我于剧烈的难过中又把那张贷款单藏回原处。我不能让他知道我发现了这件事，对于好大喜功的他，那会极伤自尊的。至今他还扬扬得意地以为成功瞒骗了我。

定居北京后，他和母亲过来短期居住。某天闲极无聊，他倒剪着双手站在天坛路边看一群工人栽电线杆子，一直看到天黑。

因为大小还是个末品小官员，无数的人都找他借钱。然而，借出去的那些钱基本上都是肉包子打狗了，因为在本地，"大借若还"才是借钱的最高境界。后来父亲便学习钱钟书，来借一千元的，干脆送给您五百元，您别还了。

我问他这么做的时候感想如何，他沉默几秒钟后说：无论是对自己还是对他人，只要情义不灭，尽心就好。切莫求全责备，生了执念。

他做校长还是很有派头的，由于慷慨仗义，喜欢啸聚各路人马，人脉颇为粗壮。当政期间，他奇迹般地募来巨款，盖起一座三层教学楼。盖楼是千秋功业，却惹来两件令他个人后半生痛苦不已的麻烦：一是赊欠了一部分河南工程队的款子，上级背信不肯支付，队长从此缠上了老樊同志。卸任校长快十年了，队长仍时不时杀进家门叨扰，老樊徒唤奈何，有苦难言，只得好酒好菜招待，日日把队长当爷供着。忍过事堪喜，他倒是觉得无所谓，修得一番周作人般的好心态。

二是"大厦"招标前，某亲戚要求承包大厦的所有木工活，被老樊同志婉拒，理由是避嫌。从此两家结为仇雠，一块上祖坟烧纸，亲戚都不理睬他，他苦笑着回来后戏称是"哑巴上坟"。牛岳路遇，老樊主动打招呼，等来的永远是一声轻蔑的低哼。亲人之间的势若水火，怎能不是他内心极凄苦的隐痛。

损公肥私的事情，他一生也没学会。

丛林以无事为兴盛，是非以不辩为解脱，这些事情，他后来一律沉默，不愿再提起。此乃章太炎先生所说的"大事既去，必生反噬"。也类若易中天先生所总结的"中国逻辑"：问态度，不问事实；问动机，不问是非；问亲疏，不问道理。三国杨洪得了个"忧公如家"的褒贬，我在成都武侯祠看到杨洪的泥塑时，感觉竟与父亲长得有几分像。又想起《旧约·创世记》第六章里有个句子：The earth also was corrupt before God（世界在上帝面前败坏了！）。

也正是在做校长期间，由于严格要求青年教师，1994年的某天深夜，四个青年教师居然踹开他的宿舍，要揍他一顿。所幸他那天不在屋内，免于一劫。

他后来找我诉苦，我点燃香烟，心中五味俱全。

自古以来在中国做领导就是个被烘烤的角色，借用明末王锡爵对顾宪成的一句话，王锡爵奇怪当时的舆情"庙堂之是非，天下必反之"，这有什么好奇怪的呢？

七十年前，中国人之所以不得不放弃两千多年的思想体系，痛苦地删除软件重装系统，也由于原先的儒家思想体系泥沙俱下，浸润于中国人日常生活与潜意识的每一个方面，举凡衣饰、伦常、政治、礼仪、道德、学术……无所不包。其中并非没有好的成分，而是它自成体系，根本不存在去芜存菁的可能性。那么，重装系统后的社会实验，其实也发生了深刻的精神心性结构的更迭。这七十年，正好是父亲亲历过的所有岁月，其间人性究竟发生了怎样的变异？！萨克雷说："如果一个人身受大恩，而后又和恩人反目的话，他要顾全自己的体面，一定比不相干的陌路人更加恶毒，他必须证实对方的罪过才能解释自己的无情无义。"

要殴打父亲的那几个人，后来都与他言归于好了，但也使他更加困惑了。

五

我归纳父亲的三个性格优点：率真、乐观、豁达。

这话看怎么论，其实也可以说是三个缺点：不稳重、浮躁、蠢萌。

但凡有朋友来访，他立即高谈阔论手舞足蹈得意忘形，言语间多强词夺理。

记得那些年，家中总有满座高朋（均是一些被我打趣为"土豪劣绅"的乡镇干部），喝酒猜拳声响彻云霄，大丈夫立于人世间的枭桀豪横之风在空气中震颤，那些金石铿锵之声濡染着我怯弱的心灵。成人后，每每遇到关键时刻我的干云豪气，回想起来，与那时蛮俚的猜拳声不无关系。

对他吃喝方面的漫无节制，我真是既蔑视又无奈。

他七十岁后，有一次在我面前自豪地吹嘘，说前不久参加某个婚宴，他喝了一斤白酒！吃了一整颗猪头！

震惊之下，愤怒之余，我咬牙切齿地说了八个字：过犹不及！为老不尊！

憋了一肚子气，我又恨恨地冲着他喊：老年人要淡泊欲望！气血既衰，戒之在得！

可他却一副二皮脸的样子，给我循循然讲起道理来：

"你不是戏剧出版社的吗？我给你讲个戏剧界的故事，肯定你没听过！"

他说伶界有两位以食肉享名,一位是老角儿王八十(王聚宝、王蕙芳之父),身材矮而壮,顿顿需一斤肉下肚才算饭饱。另一位是富连成社花脸"三瑞"之一的陈富瑞(其余两位是侯喜瑞、萧盛瑞),体胖,极能吃肉,尤其爱吃猪头,他家炉台儿旁必有一锅炖肉。陈富瑞自己讲,他在晚饭后睡觉前,要吃一个整猪头才可入眠。有一回他赴汉口演戏途经保定府站,车窗飘进熏鸡香味儿,登时勾出他的馋虫,遂自语道:"不行,我得垫补两口。"说完,一口气吃下两只熏鸡并九个馒头。陈富瑞剧艺很有火候,连唱戏带教戏进项不算少,可多半都送给了肉铺。

话到这份儿上,再骂他"肉食者鄙",根本没意义了。

我有一次尝试着与他探讨精神方面的苦恼,他则一口否认有这方面的苦恼。

一个人的魅力指数,取决于他身上自在劲头与非功利爱好的多少。现在再看他的价值观,也不是全然无道理。利禄嚣嚣,众生滔滔。"伯夷死名于首阳之下,盗跖死利于东陵之上",皆以恶骇天下,以悲别人生。没什么差别,没意思。嗯,照他的理论,如果当年秦桧不害死岳飞,难道岳飞能活到现在?!

他认为,比起"吃不饱穿不暖"的肉体痛苦,精神痛苦不值一提。他坚信世界是为活得长的人准备的,只有活得足够长,才能看得到结论:"活着是硬道理,健康幸福地活着是最硬的道理,高高兴兴活到一百二十岁,是最最硬的道理,其他全他娘的扯淡!什么狗屁精神!""再坚持十年,纳米机器人可以消灭一切癌症!3D打印技术可以打印心脏!我活到一百五十岁也并非不可能!"

真是狂悖无知啊!我摇摇头,表示夏虫不可语冰。

他这狂态令我想起邵大箴先生曾提到的一件事,李可染晚年对夫人说:我现在怎么画都画不坏了,怎么画怎么好,这可怎么办啊?!

唉,据说有人爱、有事做、有盼头,一个人就可以活得很滋润。

好吧,我再加上六个字:不知天高地厚。

父亲这一代人,现如今的口碑并不好。有个朋友对我说:中国超过六十五岁的人,他们说话,能别信就别信,他们懂的事情和道理比你少太多。他们那一代以及上一代里面,坏人很多,其中不坏的那些,大部分也是糊涂蛋。

当然这是偏激之语。然而我们已进入"银发族"社会,有一大批"银发族"的成长过程,确实是与圮毁文明的那场运动相关联的。由于那场浩劫的重灾害,"革命造反"精神根植于其身心,他们当中很多人都需要到老年学校重新回炉"仁义礼智信"这样的基本道德规范。"文革"之所以是"史无前例"(虽然实际上和历史有千丝万缕的关系),当然因为它是余英时所说的对中国民间社会的摧毁。

因为一些生活小习惯，比如喝水时发出咕噜咕噜的声音、在车里随意抽烟、吃完饭拿牙签在自己嘴里乱捅……我经常当面训斥他。

我厉声说：人在无意识深处有一种对自己身上进化残留的动物性的厌恶与原罪，譬如人们会对一个过于自私的人感到猥琐和烦闷；譬如人们在听到打嗝、放屁的声音时会不由自主地皱起眉头……都是因为它们暴露了人的动物性。一个人对自己要有一种"正义原则"上的自律，十八岁成年以后，就必须对自己的身心相貌负责。如果肥头大耳、疾病缠身、偏狭戾气、漫无节制，就只配叫动物。

听罢，他就像个做错事情的孩子一样，讪讪，低头无话。

孔子讲，对待父母最难的事情是"色难"，就是说最难做到的是肯给父母好脸色。电视剧《都挺好》里子女给父母买好房子、请保姆、吃大餐、去旅游，是物质上给父母的享用，这是低层面的"孝"。而高层面的"孝"，应该表现为对父母精神上的敬重和感情上的安慰。所以，能对父母做到和颜悦色，才是最大的教养。胡适曾在《我的母亲》里提道："世间最可厌恶的事莫如一张生气的脸，世间最下流的事莫如把生气的脸摆给旁人看。这比打骂还难受。"

想到这里，真想抽自己一个耳光，想打个电话给他道歉。

可如果道歉有用的话，那还要报应干什么？！

后来单位领导给我脸色看时，我只好这样想。

六

不知何时起,我改变了上班路上听 CRI(中国国际广播电台)英语新闻的习惯,转而听 MP4 里那些大杂烩歌曲,有许巍、蔡健雅,有关贵敏、德德玛,有上党梆子和京剧,有郭德纲、马三立,甚至还有二人转。

有一天,无意中听到歌剧《洪湖赤卫队》中韩英的唱段《看天下劳苦人民都解放》。

娘啊,儿死后,你把儿埋在那大路旁,将儿的坟墓向东方……

突然想起上小学时,一个夕阳斜晖的秋日下午,在家乡胡同里听到高音喇叭正反复播放这首歌。我站定在原地,久久痴呆。

这段痛彻心扉、怨怒交加的旋律,以后在离开妈妈外出上学工作的漫长岁月里,时常抓攫着我。

对母亲最早的记忆,是她驮着我出门去找医生。

她小心翼翼地应付凌乱不堪的台阶,我因此被颠上颠下,尽管烧得迷迷糊糊,却觉得很好玩。那时应该只有三岁吧。

后来上小学,有段时间放学后总要缠着她打纸牌。她无奈放下手里的活儿,来应付我的胡闹。我出牌不讲规则,她只得让着。

说来难堪,直到上了大学,只要回家,还是她给我剪脚指甲。有一年暑假回去,不记得因为什么,一进家门我就发脾气。五分钟以后,我高坐在凳子上,她弓下腰为我剪脚指甲,肩膀微微抖动,她在哽咽。

她至少目睹了三个婴儿在她面前死去。我深记得那个时代的气息,天寒地冻,院子里的石头总是暗褐色的。掀开布门帘,有烤红薯和小米的味道。

她曾经在舞台上演过女游击队长"英姑",现在有资料可查的是张金玲当年在电影《黄英姑》里扮演的一个革命孤儿,七岁父母被财主逼死,十年后逃出虎口,被一老人收为徒弟,从此练就一身好武艺。由红军政委刘青林引导走上了革命的道路。最终加入了中国共产党,成长为优秀的红军指挥员,践履了一条美好、深刻而理性的成长之路,从历史波澜壮阔之巨幅画卷的边角处汇入了历史的主流,在一场"重新安置人"的历史巨变中获取了名字、位置以及生命的意义。

后来听邻居提起这段往事时,她还很羞赧。不过,正是因为这出戏,小知识分子出身的父亲爱上了她。我问起这段美丽往事时,父亲矢口否认,只辩说他们俩是媒人介绍的。

她在沈阳见到一种面条,与她做了一辈子、颇为自豪的山西面条不同,味道很奇特,一直念念不忘。后来我告诉她,那东西叫"朝鲜冷面"。她那个凶年的国庆节,提出让我给她买一袋,春节带回去。

这是她一生中向我索取过的唯一的东西。

每次回家探亲,走的时候,她都要命令父亲给我张罗一大堆小米、红薯、黄花菜、浆水菜、黄豆、爆米花、玉米面,甚至本地做的一种带咸味的挂面。我极不耐烦,酸着脸发牢骚,说这些破东西我在北京根本就不吃,带着它们多累赘啊,几乎全部撇下。

那一刻,我看见她眼神中的羞惭、自卑和难过。事后记起这些眼神,也会隐隐生出悔意,但当时要装硬汉。

多年后定居在京,把她接过来小住。有一次逛街,她被美容美发学校的学员从街边捉了去练习,免费烫头。难为情地回家后,她被我们大肆赞美了一番。不久,要回山西了,她洗了又洗,想把头发捋直。我明白她的心思,想时髦一回,又不愿意听家乡邻居的闲话。后来再看给她拍的那些烫发照,人虽近六十岁了,那种端庄贤淑、善良美丽的气质,真的很摄人。

在20世纪以短缺匮乏为风尚的六七十年代里,她衣着干净简朴,却从未湮没过引人注目的美,那是一种女性的天生丽质与温良品行的浑然一体之美。周边邻居们都很敬重她,有的人甚至怕在她面前说错话,虽然她永远只是以和气、温婉的笑靥对人,话语罕少。我受阶级斗争之风浸染,内心比较排斥她的魅力,那是一种少年恋母的恐惧与厌烦杂糅交织起来的复杂情结，以至于初三时，有段时间我故意不和她说话，甚至在日记里诅咒她。她后来无意看见了，只是默默垂泪。

1998年夏天开始，父亲被母亲的病彻底套牢。

他辞去了校长职务。一个童心未泯、激情豪放的狂翁，一夜之间转换角色，成了后来他自嘲的"护工""保姆""厨师""洗衣工""清洁工"，以及闲来排遣病人烦恼、需要不断口吐莲花讲笑话段子的"单口相声演员"。他有两次逗得妈妈在长达十年难挨的苦痛中忍俊不禁时常莞尔：一次是他给妈妈洗脚时，故意垂头丧气地嘟哝"我这么大的干部现在居然干这个……"，妈妈扑哧笑倒，她心里对父亲的恩爱与感激后来是作为遗言留给我的；另外一次是在太原住院，由于父亲早生华发，与妈妈温婉秀丽的形象反差较大，同病房的病友误将我们三人当成了祖孙三代，妈妈便常常拿这事说笑。

母亲得的是丙肝导致的肝硬化。说来悲催且荒诞，她是之前由于一个胆结石小手术需要输血时，被矿务局医院把带有丙肝病毒的血浆输入了体内。那些年，河南、山西一带流窜着大批丙肝病毒携带者，通过二道贩子卖血给正规医院。

病重住院，母亲左手抓着弟弟的胳膊，倦苦地张望。我立即明白是在找我，赶紧把手递给她，浮肿而冰凉的右手，已经被针头扎得毫无光泽。她一生都是个清高矜持的人；如今尊严可谓丢失殆尽了。生命已经开始倒计时，我们心里都隐约明白,不敢说出来,也不愿去想这些暗示。

下午她昏睡的间歇,我用笔记本电脑看了电影《乞力马扎罗的雪》,主人公作家亨利其实不如自己标榜的那样绝对,他的妥协……正好是这部演员太奶油、配音太文艺腔、作曲太冗杂的大师电影可以唯一称道之处。因为这妥协,在目睹生命委顿的时刻,恰好隐喻着我们的焦虑:要闲适生活?要惊心生活?这正是生命的短和假。

眼前病房的白色被褥以及弥漫的消毒水气味令我深感无力,生老病死永远是人们不愿去想去触碰的知识盲区。"提出不能用经验的方式来回答的问题,这是神学和哲学的特权,关于最初事物和最终事物的问题就属于此列。"洛维特在《世界历史与救赎历史》里说得很明白,这类经验很难共情,只好各自去体会。

在我的印象中,母亲犹如一个以莫须有之名被囚禁的罪妇,在老家那个幽闭的四合院里,在温熏昏胀的火炉边,孤孑一身,目光呆滞。她自幼即自命菲薄而宽厚待人,遇到万不能忍的时刻,则饮泣自责。

生活于她,不过是《尼各马可伦理学》中所谓的"无意义的时间洪流"。

多年后,有个悲戚的画面一直萦驻于我脑中。母亲站在北京南二环护城河边上,盯着车水马龙的二环路,用幽幽的语气说:这么多的车……

父亲脸颊抽搐了一下,然后面无表情地瞥了她一眼。

母亲凶年的那个中秋节,我在病榻前给她过了最后一个生日,把奶油抹了她一脸。她不再像以前那样嗔怪我了,疲倦安详地笑。很快再次昏迷入院,清醒后拒绝打针吃药,拒绝进食,把我叫到床前,气若游丝地和我聊天。

她说:

……给我洗洗头发。

……放心不下你弟弟。

……我走以后,把你爸接走。

……给我买一身好衣裳。

……你爸是好人,下辈子还要和他做夫妻。

(这话后来又与父亲讲过,父亲冷着脸,答说"哪里有什么下辈子"。看看《浮生六记》里的芸娘与沈复,会明白什么叫情深不寿。)

…………

次日凌晨,我必须出发,要赶到上海去参加首届中国校园戏剧节开幕式。

告别时,我拍了拍她的脸。她勉力地笑了笑,说疼。

转身出门,哀死的心里无比清楚:这就是永远的诀别了。

等再回她身边,就是奔丧了。

妈妈生病需要的人血白蛋白药剂十分昂贵,父亲的退休工资这些年全部充公，成了母亲的医药费。弟弟在兰州大学历史系读硕士，我在南京大学中文系读博士，之后分别在大同和北京工作，远乡迢遥，常年不能侍奉慈亲于身旁。2006年后，妈妈发生肝昏迷的频率越来越快，她是怎样一趟趟被运送到医院的？父亲这个热情外向、喜欢享乐的老卡拉马佐夫，究竟替我们兄弟尽了多少孝道？

生了孩子不是说以后有人会惦记你，而是你一直有人可以惦记。

谈何惦记，按理说他应该抱怨。但从他嘴里一句怨言都没听到过。

人一生会长大三次。第一次是发现自己不是世界中心的时候；第二次是发现有些事情即便全力以赴，也无可奈何的时候；第三次是即便有些事情会无能为力，依然会尽力争取的时候。有一类人，不管生活多么无助和绝望，始终保持为他人（当然包括亲人）着想的温暖和善良，保持不给别人添麻烦的高尚心灵，不去消费别人的痛苦。在《杀死一只知更鸟》里，父亲对玩弄气枪的孩子说：记住，杀死一只知更鸟就是一桩罪恶，因为它们只唱歌给人听，什么坏事也不做。

父亲当然不是个可以做完美人生榜样的人，他身上的臭毛病也很多。但有个作家说得好：世界上的事情，最忌讳的就是十全十美。你看那天上的月亮，一旦圆满了，马上就要亏厌；树上的果子，一旦熟透了，马上就要坠落。凡事总要稍留欠缺,才能持恒。

通过母亲生病这件事,父亲教给我最重要的修养,即学会换位思考,即便做不到,也务必能体谅他人的不易,这是一个成年人最基本的素质。

2008年12月10日清晨,妈妈灯枯油尽,撒手而去。

挽幛上用了一张她烫发的黑白照片。

棺殓的人给她穿上了我为她买的"好衣裳"。

"日暮狐狸眠冢上,夜归儿女笑灯前。"次年清明,我带了冷面给她。她葬在了家乡的"大路旁"。坟茔每天都有风吹过,风过时,衰草无声抖动,大地一片安静,只有远处的炊烟仿佛在说话,听不清楚。

料理丧事的日子里,父亲始终一脸冷漠。

母亲下葬次日,我要赶回北京上班,他送我到家乡的路口。

汽车发动的时刻,我降下车窗与他告别。一件难以置信的事情发生了:

——他忽然厥放悲声,号啕大哭起来。

凌乱白发在初冬的朔风中瑟瑟抖动。

这是我有生以来第一次看见他落泪。这个强悍、自满、好奇、永远对世界蓄满欲望的老头,像个受尽委屈的孩子一样,用袖子不停地擦拭着夺眶而出的泪水与鼻涕。

可能是不愿让我难过,他冲我摆摆手,转过身去。

看见他肥厚的双肩不住地抖动。

我内心受到极大的震撼,想粗鲁地拉开车门,冲上去紧紧地抱住他,告诉他,我也和他一样悲怆无助。

但我没有。我枯寂地转头望望那条妈妈曾走过无数次的街道,继承了他的铁石心肠,没有再看他,果断驶离了家乡。

后来鳏居在家的日子,他心如死灰,厮混岁月。

那段时间里,他每天吃方便面。偶尔强打起精神来做饭,切菜的时候,大颗的眼泪却噼里啪啦往下掉,被泪水泡过的菜只得重新洗过。

去年,他有了要修家谱的冲动,四方搜罗资料,最终动手写成了两万字的初稿。国庆节回去看他,他郑重地交给我,仿佛结束了一件大事,仿佛此生使命已全部终结,可以安心了。

我,却有一丝说不清的惶惑与不安。

七

这是一个最普通不过的中国版俄狄浦斯的故事。

父亲,究竟在亲伦关系里意味着什么?2007年,我和朋友臧长风曾编过一本书,名字就叫《父亲记》,里面各路名人们深情回忆了自己的父亲。

编的过程中很感慨，尽管天下的父亲们出身经历各自不同，但家嗣传承中的情感密码，却有着如此复杂而浓郁的共性。

一个小孩不小心摔了个嘴啃泥，站起身后，开始四处寻找，屋里、屋外、厨房、卧室、楼上、楼下，费时良久，找了个遍，终于见到爸爸妈妈，然后"哇"的一声，泪飞顿作倾盆雨。

人其实很卑微，最终留下的不过是够做一匣火柴的那点儿磷。就像这个小故事里的孩子，人生本身的疼痛其实并不恐怖，大多数情况下自己能够承受。亲人之间也不必过于牵肠挂肚，因为每个人都自带风水，操心没有用。但我们在一些富于命运特征的时刻，还是会不舍自己的亲人。父母是我们与死亡之间的那堵墙，他们一去，你将逃无可逃。

人间的事往往如此，当时提起痛不欲生，几年之后，也不过是一场回忆而已。

最终，我们每个人都将永别这个浮华世界。

在未来若干年里，我们还将互相告别。

我常常想，将来的那个最后瞬间，希望在他安心合目时，我可以完整地懂得失怙之痛的意思，同时懂得生命与情怀的重量。

从北大到南大

古人有"十年读书,十年登山,十年检藏"之说。

我对三个"十年"的理解是——如果懵懂少年与衰弱老年不算,人生最好的时光只有中间三十年:前十年读书修身,中十年经世致用,后十年沉潜总结。

多大岁数就干多大岁数的事情,所谓"合时宜"也。我始终对王德顺爷爷颤抖着一身腱子肉走T台、杜拉斯奶奶和二十岁大学生安德烈亚谈恋爱、王力先生七十岁开始学越南语、朱光潜先生九十岁又去学俄语之类的行为感到迷惑不解。老房子应该做博物馆,而非动辄着火。

但林语堂又说:人身血中有虫,叫人奸淫,叫人偷盗,叫人想做皇帝,叫人想做诗文。

此虫咬人,叫你不做不休,并不问年龄。

我的"十年读书",确切讲,应该是1992—2002年。

对这十年的描述,约略相当于精神自传。而书写自传,属于老年人的"检藏"行为。

是的,白云苍狗,兔起鹘落,我老了。

一

1992年秋,燕园作为20世纪80年代中国"精神策源地"的骄傲尚未褪色。三角地虽然开始出现酸犟（一种幽微的赌气心态）的托福GRE培训机构广告,但狂邀各系高手到宿舍与自己争辩哲学观点的招贴依然不少;学校邮局门口放一摞当天出版的《中国日报》(CHINA DAILY),自己取报自己放钱自己找零;柿子林地摊每天都在卖打口磁带与老木的《新诗潮选集》;东边电教馆则挤满了观看《去年在马里安巴》的人头;大讲堂内羞辱各路名人的嘘声一浪高过一浪……

我骑着一辆破旧二八自行车,与佘树森老师在蔡元培胸像前匆匆分别,一路穿梭——经济学有一种"自行车理论"——骑速越快则越稳,闪过斯诺墓、俄文楼、塞万提斯青铜雕塑、勺园、校医院和燕南园,回到48楼。

一个鹞子翻身,爬上3015的上铺,打开艾布拉姆斯的《镜与灯》。

我看到艾布拉姆斯说:抒情诗勾勒出来的不是史诗中超

人般的英雄形象,而是一群陷入自我分裂和迷幻无法解脱的痛苦灵魂(嗯,正是此时此刻的我!),随着19世纪中期城市阶层的激烈分化与市民斗争,现实主义的叙事越来越多地受到注目,诗歌则成为浪漫主义坚守的最后一块阵地,直至象征主义的兴起。

每年3月26号海子自杀祭日的晚上,北大都会有一个大型朗诵会。

那年在电教中心报告厅,这个追思性质的聚会照例举行。

我找了个靠墙的位置坐下来。身旁是一个戴帽子的男孩,极善于自来熟的样子,透过镜片,用闪烁不定的目光盯了我几秒,和我握手:

"我是中文系的忍冬。"

接着,他告诉我一个悲伤的消息:戈麦刚刚投水自杀了!

然后快速塞给我一叠戈麦遗诗的打印稿。

我当时根本不知道戈麦是谁。惭愧之余,酝酿了一下情绪,准备进入悲痛环节,他却转头又问我:

"老钱(钱理群)的电话要不要?他周末住城里,来,你记一下!"

我彻底蒙圈!我要老钱在城里的电话干什么?!

这个聚会弥漫着一种神秘怪异的气氛。

我看见长着两颗可爱兔牙的谢冕先生举着话筒，扬着手臂在滔滔不绝。西川坐在第一排，垂头丧气，一言不发。

犹豫了一会儿，我起身离开现场，出门，跑到旁边的第一教学楼，去读那段时间正在迷恋的《叶隐闻书》，看主人公说的凡事一旦对搏，如何以决死之心求决胜之法。

但海子决绝的死，胜利之处究竟何在呢？

我在北大到底学了些什么？

有一份自选课程表，已经漫漶泛黄，最近翻拣以前的日记时发现了它。

想起那个时候的自负与激情，或者"自我分裂和迷幻无法解脱"，多年以后颇有一点"白发宫女闲坐说天宝"的况味。誊录如下：

周一：上午A（7:20—9:20）　上午B（9:40—11:40）下午（2:00—6:00）

英语（文史楼111）

曹凤岐：股份制与证券市场研究（三教201）

胡代光：西方经济学名著选读（一教306）5～7节

曹文轩：当代文学（三教106）7～8节

周二：上午A（7:20—9:20）　上午B（9:40—11:40）

下午（2:00—6:00）

  萧琛：市场企业与产业组织（三教304）

  金开诚：文学要籍解题（三教210）

  程为敏：公共关系（三教505）5~7节

  张一弛：宏观经济学（生物楼101）7~8节

  张颐武：90年代文学研究（三教107）

  乐黛云：中西比较诗学（三教402）

周三：上午A（7:20—9:20）　上午B（9:40—11:40）
下午（2:00—6:00）

  张少康：中国古代诗画书乐论（一教307）

  韩毓海：当代文学（三教305）

  孟华：中法文学关系（三教101）

  孙立平：发展社会学（三教106）

  （美）F.杰姆逊（詹明信）：比较文化专题讲座（三教501）

周四：上午A（7:20—9:20）　上午B（9:40—11:40）
下午（2:00—6:00）

  英语（文史楼111）

  李思孝：从古典主义到现代主义（三教404）

  陈平原：现代学术史研究（三教503）

薛旭：企业战略规划（三教 101）

周五：上午 A（7:20—9:20） 上午 B（9:40—11:40） 下午（2:00—6:00）

萧国亮：经济社会学（文史楼 318）

杨岳全：市场营销学（三教 305）

袁方：社会学方法论（文史楼 108）

罗荣渠：现代化的世界进程（三教 106）

钱理群：哈姆雷特/堂吉诃德的东移（三教 201）

周六：上午 A（7:20—9:20） 上午 B（9:40—11:40） 下午（2:00—6:00）

蒋绍愚：文史哲名篇比较阅读（文史楼 207）

陈跃红：比较文学概论（三教 305）

周日：上午 B（9:40—11:40）

厉以宁：宏观经济运行专题（电教 106）

  我在北大上的是个研究生班，算不上真正的北大校友——彼时心气甚高，以陈寅恪十三年游学德国、瑞士、法国、美国而故意不取学位为效仿，精神志向的目标乃是"闻道"，不愿去专注于某一学科，担心被某个具体专题束缚住之后，便没有时间再去了解别的知识——实际上真正的原因当然是愚昧，是幼学肤浅，所以在终生热爱和仆从专业的选择上长时间处于迷惑状态，哪里配得上去攀附陈寅恪先生。将军赶路，不追小兔，寅恪先生三十岁之前，大经大典已经读完，"大半能背诵，且每字必求甚解"，突厥文、巴利文、波斯文、西夏文熟稔程度有如母语，人家才不屑于文凭学位。

因此从这份课表看上去，那时我饥不择食，或者说慌不择路，曾犹豫着想攻读与经济学或社会学相关的什么专业。有个姓温的发小，也曾经是小有名气的校园诗人，那几年像梅菲斯特勾引浮士德一样，反反复复向我灌输"你挣一百万，就值一百万；你挣一百块，就只值一百块"的道理。据说在那两年出去的留学生中《毕业歌》歌词已经改成了："美金，美金，不断地增长！同学们，同学们，快拿出力量，担负起自己的兴亡！"

现在回头看，倒是非常庆幸没有选择通过"美金增长"去实现前途之兴，因为自己压根就不是那块料。如青年赵俪生和青年王瑶聊天后分析的结论：进《宰辅传》压根没门，进《忠烈传》未必有资格，进《货殖传》根本没那本事，到头来还是努力挤进《儒林传》吧。

许多细节确实记不清了，从这张课程表上看，似乎那时尚未实行双休制度。

二

写过一篇有关梁宗岱的普通作业,却得到孙玉石先生热情洋溢的评语与 95 分的全班最高成绩。评语如下:

> 这份作业是我看到的这一课作业中最好的一份。写得认真,思考得深入,涉及面也广。能在整个诗学发展中论述一些问题,有扎实而勇于创新的好学风。

这桩小事导致我错估自己的学术天赋,并在 20 世纪 90 年代中期一头扎进研究生涯中(幸亏后来又迟疑着退却出来)。多年后读《我们的五院》,看见张颐武教授的回忆文章,方知通过作业激赏学生的才华,乃是孙先生的习惯。

人在青少年时期能被前辈鼓励,对他日后的自我期许实在是太重要了。

季羡林认为人一生最美好的时期是"teens"(美式英语专指"青少年",相当于我们的初高中)。那几年,他在山东大学附中和济南高中每次考试都考取甲等第一名,得到王寿彭(清状元)的扇页与对联褒奖,虚荣心爆棚,这是他从自卑到自信、从马虎读书到勤奋学习的重要转折点。季由此总结说虚荣心不是作祟,虚荣心是作福。或者准确讲,是荣誉感作美。

入校当天，孙玉石先生以中文系主任身份给我们"训话"。他个头不高，脑壳浑圆，翩翩西装，喜欢打手势，讲话已经丝毫听不出辽宁海城口音，像当年罗常培先生那样，仍然是把"中文系不培养作家"那个著名观点讲了一通。然而，后来在课堂上，他抑扬顿挫地朗诵的那些李金发、戴望舒、卞之琳的诗歌，却蛊惑了不少学生飞蛾投火般奔着当作家的糟糕理想去了。

韩毓海刚留校不久，上第一节课时，我们就被他的开场白惊呆了。他对下面黑压压的人头说："你们不要去听孙玉石老师的课！"……接着开始讲老北大是因为三只兔子而成名（老兔子蔡元培，中兔子陈独秀，小兔子胡适。三人年有长序，但都属兔）；讲章太炎的门生江浙考据学派与校长严复所属桐城派的对垒；讲洪堡传统的学术自由与教育独立。于是乎，我们便不再愕然，便也不认为那句话乃是私愤。

曹文轩教授在 2016 年获得著名的国际安徒生文学奖，他在意大利发表了诗意盎然的获奖感言，却让我忍俊不禁——想起当年他在课堂上嘴里好像含了颗鹅卵石，努力讲普通话的样子。

有一次，他从讲台下来，直接走到课桌跟前，盯着我说："你就是樊国宾？"

我边点头,边淌汗,心里暗呼:"我去,完蛋了!肯定是结课论文挂了……"

不料,却是交给我一项工作:担任他正主编的一本诗歌赏析著作的章节撰写人。过些日子居然还拿到了稿酬。

我用这笔钱,买了一套《淮南子》和一套《斯宾诺莎文集》。

斯宾诺莎在阿姆斯特丹和海牙,靠磨镜片维持生活,物质欲望淡漠,政治上声誉不佳,四十四岁壮年时刻因肺痨病死去。《伦理学》最末两卷,看到他说在自然状态下无"是"也无"非",意见上的自由很要紧——我们所遭遇的事在多大程度上由外界原因决定,我们就相应会受到多大程度的奴役——我们有几分自决,便能有几分自由。

读到这里,二十三岁的我内心澎湃起来,"人只要不由本愿地是大整体的一部分,就受着奴役"!自由人最少想到死!……斯宾诺莎的智慧对一个小地方出生、心智尚未健全的中国青年,此刻产生了天崩地裂般的心灵震撼,这真是个严重的时刻!他老人家知道吗?!

而刘安"匠心经营,极有伦脊,非漫然獭祭",几乎就是与斯宾诺莎的互证。"圣人不以身役物,不以欲滑和",怎能不让人立即想起斯宾诺莎的"哪怕我一家人受罪,对我有什么关系?我照旧能够道德高尚"。

几年后,我代表一家出版社到曹文轩燕北园家中约稿。两人在客厅正欢叙时，突然雷鸣电闪，大雨滂沱。来不及再深谈目录、体例、合同之外的高尚话题，打开他硬塞给我的日式雨伞仓皇离去。

再后来，我从那家出版社去职了，这本书就没有出版。从此，也再未见过曹先生。

相似的一次经历，也是在离开北大后，作为《求索斋书法——罗荣渠遗墨选》一书的责任编辑，到历史系罗荣渠先生家中，拜访他的遗孀周颖如先生。

颖如先生是著名的英语翻译家，一看就是大家闺秀出身，眉目间依稀留存着早年天生丽质、贤淑优雅的名媛范儿。但此刻却行动迟缓，神色抑郁。

她翻了半天书柜，把罗先生的《现代化新论》和《美洲史论》各一册送给我。接着缓缓在藤椅上坐下来，喃喃自语道："罗荣渠是累死的……"

这意思我懂，罗荣渠先生晚年连午觉都舍不得睡，各方文债累累，狂热伏案工作，倘若不是累乏了身体，凭他意志之坚韧，长寿是不成问题的。中年由于父亲出身原因被冤枉，处境艰难绝望之时，罗先生还能用《红灯记》中李玉和的唱段，写信暗示弟弟罗荣泉："时令不好，风雪来得骤，妈要把冷暖时刻记心头。"同时鼓励弟弟把中国封建社会发展的长期性和停滞性作为中国历史研究深度的一个测量器，作为一个"多元联立方程式"。这是何等的远见、襟怀与精神当量。

我对罗荣渠先生的好感,不止于周颖如先生说的勤奋,恰恰更多是有些人批评他的"不能从一而终,爱赶时髦"。罗荣渠钟情史学,经常在朋友面前模仿他所钦佩的先生们,如向达、郑天挺、杨人楩等讲课时的章法、语调和手势。但人至壮年春秋鼎盛时,他没有安守已经果实累累的"二战"史、拉美史研究,没有留恋来之不易的专业大佬名位,毅然杀入陌生的"现代化理论"学科,显然是志在将个人的史学研究和匡世济民之大用融为一体。因为,作为后发式和应激式的现代化,那正是中国改革开放风雷激荡、准备轰轰隆隆拉开大幕的 20 世纪 80 年代初。

编辑这本书法集时,特别留意到两方印章,一方是"曾经沧海难为水",一方是"漫驾笔波学楚狂"。罗先生遗墨中还有壮烈语句曰"希抱刘越石之孤愤,希张横渠之正学",这些篆文语句自有深蕴,成为我后来继续向学历程中始终追慕的高远志趣。

戴锦华,江湖人称"戴爷",刚从北京电影学院调回北大,课堂场场爆满,桌椅全部被外校来旁听者霸占,搞得我们这些需要拿学分的人只好靠着窗户站桩。

她讲电影史,口吐莲花,如瀑布飞屑,一会儿犹在镜中,一会儿智者戏谑;一会儿浮出历史地表,一会儿杀入迷幻花园；从《青春之歌》到《霸王别姬》，从《逃离德黑兰》到《恺撒必须死》……每节课听下来，我都必须昏昏沉沉到小卖部来一罐冰镇可乐，否则大脑就像当年连续行驶了两百公里的老式夏利车，要开锅了！然后，如一只被下了药的蟑螂，挪回到教室门口走廊边，和她互相点燃香烟。

戴爷只抽混合型。20世纪90年代初，这种烟的劲儿多冲啊，豪横的糙老爷们儿都边抽边咳嗽，但戴爷没事。

有次老家来了个同学，跑去旁听戴锦华讲比较文学。课间，他问一个研究生："同学，您说'比较文学'是不是就是中国和外国比较？"那个研究生迷惑地看了他半天，最终叹了口气，拍拍他的肩膀说："唉，老弟，一切都可以比较！"我哭笑不得地听完他们这一席对话，胃疼了一整天。

陈贻焮、金开诚、褚斌杰、乐黛云、袁行霈、严家炎、李思孝、张少康、赵祖谟、葛晓音、夏晓虹……或当时谈宗，或文章宿老；或磨砖成镜，或壶中日月；或楚璧隋珍，或郊寒岛瘦；或风樯阵马，或拔山举鼎。有人说中文是世上最没用的学问，这些课听下来，便悟觉无用之用，方为大用。

离校后多年，洪子诚先生还一直与我通信联系。每次收到他疏雅冲淡的字笺，不由心生强烈内疚——他那么忙，还搭理一个籍籍无名的后生小子，每信必复，每复必上千字，娓娓道来，苦口婆心，这是何等郁郁葱葱的德行啊！

历史系周一良先生门下的博士杨光辉,曾经是我在某出版社工作时的领导。据杨社长回忆,一入校,周先生就要求他们啃英文版《世说新语》。一开始颇不理解,但杨后来进入《汉唐封爵制度》课题研究时,懂得了太初先生的心思,学术心性为之豁开。

2012 年我在牛津大学访学时,感觉每个学院都像中国西部那些缺乏修缮的庙祠。这僧寺一般的大学,沉淀着某种"等闲零乱掠人衣"式的读书人操守。钱钟书的校友在这里写出了《哈姆雷特》《乌托邦》《国富论》《荒原》《历史研究》等等。他压力怎能不山大?后来《谈艺录》和《七缀集》的碧海掣鲸功夫,除了吃重的童子功,当然有牛津的导师们对他的激赏之功啊!牛津这个地方,难免沾染上驰骛于看得见、可以示人的"能率"的狂妄,如果某个学生有超凡的才调,导师会对他特别注意,会对着他一直冒烟,冒到他的天才出火!自此他的一生内心都唯我独尊。

是的,拜北大老师们所赐,在这里我画好了一生的灵魂图纸,或者说我人生旨趣的(宋儒所谓的)"四梁八柱",主要构造于这一时期。朱熹说,"阳气发处金石可透,精神一到何事不成"。现在回想起来,如果不是早期在北大蓄养起来的阳气精神,后来再入丁帆先生门下时,断然不会有师生之间的金石回响。

师生恩遇如此,恋人相契、朋友交往也是如此。灵魂是不能配对的,你非要找灵魂伴侣,那是把责任推卸给别人。只有灵魂独立,灵魂之间的相遇欣赏才有趣。

20世纪80年代末,在北大体会最深的,就是师生们整体开始冷静下来,思考如何再造知识界的"主能指"。

一次讨论课上,佘树森先生推开一教课堂的门,他夹个棉布包,歪头看了我们一会儿,笑着坐下来,和大家聊起最近几年的思潮。

他若有所思地说:

"每一代人都需要抒情……

"北大很多教授意识到:中国的事情,只能慢慢来……"

记得那节课,我们激烈地讨论了人类历史上许多次重复发生的规律——各国的知识分子如何踩着走向天堂的鼓点,热热闹闹地走进了地狱。之前十年,"民主"一词曾被大家嚷嚷得像漫天降落的甘露雨滴,但这次讨论课得出的结论却是"反民主之心不可有,防民主之心不可无"——雅各宾派借民主之名砍下多少人的头颅;韦伯描述的三种权力形态(法制型、传统型、卡理斯玛型)其实已经道破了天机,在组织化日益复杂的现代社会,权力的来源根本不会是民主民意,而是科层制度的"强制性协作"。

喊口号有什么用呢?幻想希腊城邦式民主,羡慕总统坐地铁、外交部部长下班亲自买肉……理想主义有一个遗传学上的怪病:理想越崇高,就越不容易兑现——因为怀抱理想之人缺乏对理想的管理能力。

理想的汹涌涨潮与泡沫退去,我正好都亲身经历了,而且是在北大这个现场,真可称之为惊雷暴雨般的精神洗礼。

这次研讨课的话题变得越来越阴郁。

两个月后,佘树森先生病逝。

三

有书商借北大招牌赚钱,出了一批《在北大听讲座》。

翻阅过后,苦涩一笑。

那些年听了无数的讲座,回想起来其实都有点不正经,哪像这套书所呈现的那么馆阁庄严。

李德伦带着中央乐团到大讲堂谈交响乐《威廉·退尔序曲》,千余观众正陶醉于他的莲花妙语中,忽然推门进来一个二愣子学生,嚷嚷着要找"李国庆"。七十五岁的李老先生停了下来,帮他一起找。

最后没找到李国庆。老头嘟哝了几句,又抬起指挥棒。

某日,不知什么学生社团把季羡林、黄楠森、来鲁华请到文化活动中心,来座谈所谓经济大潮下的"五四精神与北大传统"。这个题目本身就出得很愚蠢,让老头们说什么好呢?发言正无趣之时,画风突变,逆转成了与旁听的一位清华学生的两校优越感争论。

季羡林轻轻咳嗽了一声,大家静了下来,只听见季老低声说:

"争什么争,有啥好争的,一个是半封建,一个是半殖民地。"

季老兼有两校经历,这话倒也不算自嘲。

前不久和刘小枫喝酒,我说《现代性社会理论绪论》里关于"怨恨"的观点,二十年后还可以解释很多新现象,比如我们单位退休人员的情绪问题。他听后觉得很有趣,认为也属于典型的松巴特与韦伯之争,属于"世界市民化"后"圣俗二元紧张"增强的产物。从《诗化哲学》《拯救与逍遥》《这一代人的怕和爱》到"古典学"译介(是的,译介很重要,"中国要有三万种好书译出来,方才像个国家"。——吴稚晖对罗家伦说),三十年来,我认为小枫是那种典型的北大塑造出来的学者,思维不拘一格,善于开风气,但也能独立完成理论自洽,同时必须保持智识意义上的调侃习性。

他埋怨我很长时间没去找他聊天。我犹疑了一下,遂直截了当地问"某某论"属于啥情况?他开心大笑了一番,然后竟然说自己是故意的——是故意激怒国内某些读书不足的公知的。

这的确是很多北大学生的奇怪秉性：佯谬无辜，正话反说，心底则是一片高蹈不羁的快活和顽劣——同时，他们也说不清这么装孙子的理由是什么。

1993年5月19日下午，我在一教204听著名的后现代思想家F.杰姆逊讲演，他再一次解释了那个著名观点：第三世界的本文，甚至那些看起来好像是关于个人和利比多趋力的本文，总是以民族寓言的形式来投射一种政治——关于个人命运的故事包含着第三世界的大众文化和社会受到冲击的寓言。

我用磕磕巴巴的英语问他：英国是含蓄的，莎士比亚却是夸张的；西班牙是尖刻的，塞万提斯却是温和的；德国重你说的民族国家观念，歌德却淡漠国家观念，提出"世界文学"概念……对比之下，您针对的中国文学，证据材料主要是一百年来的作品吧？中国社会结构是以自我为中心，根据亲疏关系向外推而形成的"差序格局"。共识政治超越认同政治这种事情最近一百年来从未在中国发生过，每次民族主义的高涨与其说是自由主义匮乏的原因，不如说是其后果。所以鲁迅、萧红、韩少功仅仅用你这个理论来解释，是不是等于说了一堆废话！

由于反感当时很多学者迷恋杰姆逊的语风，就故意让他难堪。现在回想起来，虚炫！浅薄！无知者真是无畏啊！

不服膺任何权威，这是北大赋予自己学生最珍贵的品行。

但碰上"老油条",就玩不转了。

1993年4月26日,当年正统率天下士林的《读书》杂志几位核心骨干来二教座谈。一脸抬头纹的沈昌文老辣幽默,邻居大姐型的吴彬聪慧矜持,卡车司机出身的赵丽雅(近年以"扬之水"的笔名风行古代器物随笔界)娇小清秀。

有人问沈昌文对王朔的看法,沈立即撑回一句:

"王朔是谁?我不知道。"

我接着说:上海的《书林》停刊了,你们还活着,你们到底有什么狡猾的策略?

沈看都不屑看我,用带点南方口音的语气说:

"办杂志要让读者会心微笑,而不能让大家鼓掌。我们这本杂志好比打鼓,多数内容还是打边鼓,打在鼓面上的每期只有五十万字里的两三万字。"

停顿了一阵子,他挠挠头,又说:

"逼良为娼……人家心想:你本来就是娼。"

像老沈这样的人,北大学生是拿他没办法的。

某一天,心情有点怏怏,就一口气跑到北京站,混上开往上海的绿皮车。

车上没座,蹲在厕所边打瞌睡,断断续续听见有旅客带的半导体里传出新闻:克林顿当选美国总统。

整整二十四个小时后,才到达上海。我径直去了华东师大。那几年,这个学校出了很多先锋小说家和新锐批评家,光芒四射,闪耀全国。去听了夏中义的课,夏教授像一个古希腊舞台上的巫师,眼睛直勾勾盯着天花板,自说自话,沉浸在本人的梦呓世界里。他的课堂语言比骈文汉赋更押韵,更对仗,学生们越听越甜蜜,有几个女生终于扛不住这不绝于耳的甜蜜,带着迷之尴尬的浅笑表情,沉沉睡去。

晚上,又去另一个教室听小型讲座。正听得热血贲张的时候,看见一个虎头虎脑的少年推门进来,眼睛逡巡四周一圈,又出去了。身边的李劼忍不住交头接耳告诉我:"他就是格非!"这一意外惹得谈兴正浓的作家陈村一脸不高兴。那时候,这几位都神采奕奕,肩负重整山河的伟大使命,大约没有想到多年后,中国文艺或文化已经彻底不再需要精神恐龙。

次日去听李劼讲毛泽东现象的文化心理和历史成因。他显然注意到了我来旁听,身边还挨着一个漂亮女生。于是画风突变,发了一通议论,大意是说北京这个城市尚处于精神分析学派所谓的"口腔期",北京文化本质上是一种"大嘴巴文化"——废话多,口气大,臭烘烘。北大也一样。

旁边的女生及时把我按住,她看见我捏紧拳头准备冲上讲台。

多年后读到李劼《周公建制的历史意味和人文影响》一文,会心一笑,觉得李劼身上狮虎熊豹般的霸道与敏捷,那种春秋战国纵横家式的莽汉气质,反倒更像个优异的北大产品。

四

北大对我的心灵影响,并不完全来自课堂。

1992年12月31日跨年夜,湖畔钟亭响起悠远深沉的钟声,未名湖冰面上簇簇火苗跳动,各院系同学手捧蜡烛,拉着手围起了湖心岛。

夜空晴冷皓朗。

几把吉他带起了大合唱《一块红布》《从头再来》《龙的传人》……我租了一双冰鞋,摇摇晃晃上路,准备追上前面正在欢腾号叫的一队人。突然一个趔趄,向后仰倒,急中生智将右腿垫到屁股底下,成功避免了脑震荡,另一个结果是听见"咔嚓"一声——右腿腓骨被自己势大力沉的屁股生生坐骨折了!

沮丧之至!学校给我肉身方面的教训太多了——两个月前,我在宿舍楼门口小型比赛中一个飞铲,把足球踢出了西南围墙,听见皮球被332路公共汽车轮胎轧爆的同时,自己的左手腕戗在地上,导致拇指骨折。

我一瘸一拐,艰难而痛楚地往回走。路过大讲堂时,听见里面有合唱声传出来。无论如何也想不到二十六年后的同一时间,自己与常务副校长詹院士登上百年讲堂,共同启动了首届"中国校园音乐奖"。

回到宿舍,某新疆籍同学把烈性二锅头倒在碗里,用打火机点着,蘸着烧酒一遍遍搽拭我红肿的脚踝。

两个愚昧的家伙一边自以为是地治疗骨伤,一边聊起下午史蜀君带着新片《女大学生之死》来北大搞首映式的场面——梅子死了,就在银幕上杨波与同学们大义凛然慷慨激昂地申冤时,观众发出一阵又一阵的"嘘"声,让这位著名导演当场难堪之至。

我们忽然意识到一个神圣时代结束了!

王朔语文已经收割了这一代青年,大家更喜欢对着镜子做鬼脸,冲着蓝天撒娇,拍着肚皮吐烟圈。

这种感觉在社会学系孙立平老师(他当时尚未转会清华)的课堂上得到了印证。他说经过现代化的过程,意识形态逐渐就不能影响社会和预测社会了。

当然,三角地最终贴满了出国中介广告,甚至三角地最终也消失了,并非意识形态的失效,而是一种无可奈何的利维坦现象。

我对贝尔的"意识形态中介"作用受社会趋同影响而削弱的逻辑始终持怀疑态度,还在课下与孙老师有过争论。我觉得美洲学者的"依附理论"更适合解释中国问题,譬如梯度和区域的依附未来可能是个主流趋势,因为中国地域差异太大,经济过热时,政府统一收缩银根,会导致广东想降降不下来,山西刚萌芽却被掐死了。

美国没有劳工党,两头小,中间大,庞大的中间层是缓冲器。这个庞大的中产阶级之所以存在,是由于周边第三世界国家为它打工。中国要培育中产阶级,让谁给我们打工?美国已经在"全球化"中抢占了有利位置。

很可能中国在若干个大的国家中心城市培育出中产阶级,但这样下去会不会重蹈南美的覆辙?

内部省份之间的"殖民"是否可能?

话题至此,自己都被自己吓了一跳。

后来二十多年的事实证明,我们的担忧并不过时。

燕园六院,历史系占据的是二院。

那时文科各院系都很开放,大家不分专业到处乱窜,值班的老师们也都笑眯眯的,懒得理你。

那几年在二院视听室里看了很多资料片,其中印象最深的是《贝隆夫人》。出身贫寒的小舞女最后裹入政治,成为光芒四射的阿根廷第一夫人。

太励志了!十年后我的博士论文题目是成长小说,一度强烈想引用这个案例,终究觉得不属于小说范畴,忍痛割爱了。

女主角艾薇塔由美国艳星麦当娜主演。麦当娜为获得该角色,以巨星身份写了四页亲笔信给导演,后来光在录音棚就录了四个月,四十九段音乐总计录了四百多个小时——只靠颜值和身材就能随随便便成功?大家误会了吧。在阿根廷拍外景时,面对讨厌她的抗议浪潮,麦姐出现在总统府阳台,仰天高唱《别为我哭泣，阿根廷》，四千多名群众演员和摄制人员瞬间被深深感动，全场疯狂。

一起看电影的几个女同学有点情绪不稳定。我冷笑一声，嗤之以鼻，表示自己压根没有被这个传奇感动。随即产生了争执，她们恼怒，大吵，完全忘记了我的救命之恩（38楼当时是女生楼。有一天宿舍墙上发现大壁虎，她们苦苦哀求，我随即登门，将之成功抓获，并当场屠戮）。因为我看到影片中政治领袖和民众的关系，恰恰是莎士比亚所谓疯子领着瞎子走路的关系，内心产生了极大的恐惧，觉得个人崇拜简直是政治治理中最杀人不见血的利器。当然……不否认麦姐真的很性感。

还有几次难忘的观瞻。

一次是坐332路公交车，到动物园换103路，在灯市西口下车，去首都剧场看北京人艺由过士行编剧、林兆华导演的话剧《鸟人》。

散场后，晚班公交车已经停驶，出租车又打不起，于是我们几个同学就步行回北大。

这不算什么，我经常骑着一辆破自行车到西四的电影书店买书，往返奔袭二十公里。还曾经从北大一路挥汗如雨跑到亚运村，去看施拉普纳的国家队训练，抓住小个子前锋谢育新的胳膊强行合影。甚至在怀柔古北口还是一片荒蛮残破景象的时候，骑着农民的毛驴跑到黑龙潭去游野泳……

当时中关村南大街还叫"白石路",路中间有两排比肩的白杨树,在初春的寒意中雕塑般纹丝不动,令人想起19世纪的俄罗斯油画。若不是偶尔出现"北京图书馆""中央民族学院""中国人民大学"的招牌,这条路那种郊区的感觉就会非常强烈。等走到成府路口,看见一排破旧平房门口那个"北大方正"的小牌子时,天已经蒙蒙亮了。

说来惭愧,本科时曾闹腾过一阵子学生剧社,但真正的高水平话剧,我这个土鳖还是第一次在现场看。林连昆、韩善续简直不是在表演胡同大爷,他俩下班以后就是胡同老炮儿。梁冠华、濮存昕、杨立新、徐帆、何冰那时还很年轻……坐在台下的我,根本不会想到十五年后,自己竟然入了这一行,还担任了中国戏剧家协会的党组成员。有一次濮存昕打电话来,探讨空政话剧团王贵导演及探索剧目相关出版事宜时,邀我去看新版《鸟人》,我脑袋嗡的一声,产生了强烈的时空穿越感。放下电话后,不禁反问自己:十五年过去,兜兜转转,是不是像剧中那个三爷一样,也败在自己手里,最终只是成了更大一只笼子里的"鸟"。

另一次是去中国美术馆看罗丹雕塑艺术大展。

那尊著名的《思想者》直接露天墩立在美术馆正门大院里,栉风沐雨,经受着北京1993年春天沙尘暴的洗礼。不可思议,现在压根不可能这么干了。在巴黎,人家可是被安放在葬有伏尔泰、卢梭、居里夫人、雨果等上百位伟人遗体或心脏的先贤祠的圣物，之前从未跨出过法兰西的国门！

我紧锁眉头，与手托腮帮子的思想者合影留念，然后随着熙熙攘攘的观众，进入室内，看到那一百一十三件原作。

闻名世界美术界上百年的《青铜时代》《加莱义民》《巴尔扎克》《地狱之门》《吻》……次第排列。是的，面对这些伟大作品，不能不感慨：上帝给你一只柠檬，有时真的能榨出柠檬汁——出于丧姐之痛，罗丹才开始了艺术生涯。在他避世清修期间，一位修道士发现了他巨大的艺术天赋。《思想者》的小稿，出自他和克洛岱尔完成于1890年的《地狱之门》，这一年罗丹五十岁。

一路看下来，他五十岁之后的作品都让我很失望。"江郎才尽"，此之谓也。

但这么想，丝毫也不会破坏罗丹在自己心中的伟岸形象。

作家汪曾祺在北京南二环蒲黄榆住的那栋楼，正是我现在的住所，汪晚年那些著名作品都是在这里写的。前两天看到一篇文章，说林斤澜对汪曾祺晚年作品颇不以为意，认为汪的名气过于大了，完全大过了他的创作实绩。林还讥讽汪晚年炒蒲松龄的冷饭，对于著名文学期刊的版面和读者的时间都是一种浪费。

这是多么珍贵而掷地有声的畏友诤言啊，近些年这类声音几乎绝迹了。当然林斤澜这么说，其实无损汪曾祺作品的魅力,反倒让人觉得汪老头真实可亲。罗丹也同理。

从罗丹的纪年表里看,他与美貌学生卡米尔·克洛岱尔的感情纠结可谓惊心。克洛岱尔怀孕,流产,最后进了精神病院。罗丹曾经忌惮她的天才,对她说:"你成了我最强的敌人。"有意思的是1864年,罗丹遇到了罗斯伯雷,1917年他去世前,又正式迎娶了罗斯伯雷。

看完展览后,在美术馆买了一本画册,从中震惊地发现,小女孩卡米尔·克洛岱尔出生于1864年。

五

1992年10月13日早上,我买了一套煎饼果子,赶往三教(第三教学楼)去上厉以宁的课,远远看见旁边四教楼下围了一群人。

近前,发现一人横卧在地,脸朝下,牙齿脱落,全身是血,脑浆还在冒热气。

我把咬了两口的煎饼悄悄扔进了垃圾箱。

死者是经济学院资料室主任、党支部书记解万英。后来公安机关勘查现场,发现五楼教室一扇窗户洞开,旁边的桌椅上留有死者一件大衣和一台收音机,书桌上放着一本《求是》杂志,封面空白处用圆珠笔写下"共产主义必定胜利"八个字。

原因是12号有个重要会议开幕,报告明确提出要发展市场经济。

1921年春天列宁提出新经济政策后，当时也有党员捶胸顿足乃至自杀。

在我看来，布罗姆意义上的"西方正典"固然奠定了西方社会文化坚实的价值道统，但被称为"西方负典"（以颠覆正典为使命）的马克思、弗洛伊德、达尔文，之所以被后人推崇，的确因为他们的疑难诘问重构了文明的坐标。

马克思全部思想的精髓，最终都落脚在了"人的解放""人的自由"上，真实的集体或共同体（公社、社会主义国家）应该是自主的、自由人的联合体。像计划经济这种使"个人完全隶属于集体"的国家生产关系模式，已经变成了生产力巨大的镣铐，成为源源不断生产匮乏、短缺和饥饿的僵硬牢笼。邓小平南方视察后，中共推动出台了由市场配置资源的经济体制，除了思想市场，几乎向民众开放了所有自主权，社会开始分享国家的权力，社会各领域的自主性分化在不断推进。从经济领域看资本、信息、市场的活跃，所有制、生产方式、消费观念与社会分层的深刻变动，使得中国经济与世界市场之间的依存已经密不可分，虽然佐伯启思对"虚构"出来的全球主义有着深刻质疑，但经济现代化于中国人而言是一种可以触摸到的鼓舞人心的前景。当然，随着市场化的扩张，新的问题又出来了，比如市场主导的社会经济形式无法解决正义的政治制度问题，比如交易的体制化时代无法解决人的情感适意与诗性想象问题，等等，但无论如何不能简单地将发展中的问题斥读为发展本身之错。

解万英的死很可悲。他对世界大势的认知见识居然还不及我们这些后生小子，真是可悯可叹。

这种自杀"殉道"的事情今天听起来近乎荒诞，然而事情发生在北大，便不荒诞。

古之学者为己，今之学者为人。古代学者做学问，遵循的是切身体悟的价值判断，并形成自己的卓识；今之学者做学问，是要看各类脸色的，否则可能会挨饿。

像林语堂《翦拂集》里说子路、屈子、贾谊这种不谙世故、脾气急躁的知识分子，甚至是会被虐待的。

如解万英这样有古风的学者，其抱持的价值观虽说值得商榷，然而其"以死明志"的大决断，则完全忠诚了自己的主体独立。

这便是蔡孑民赋予北大的校格。这便是北大之于国家的意义。

解万英之死仿佛是个标志节点，此后二十年，北大的校格渐渐变得微妙和复杂起来。

六

"三十岁,有人才开始,有人已经死了。"

1999年秋,我在沈阳至南京的188次绿皮火车上,把罗曼·罗兰这句话写在了日记本的扉页。

我考上了南京大学的博士,离开原来工作的出版社,决毅南下。

每次离开一个地方,或因此和相识的人每次疏远,都好像一次死亡。——方鸿渐在离开三闾大学时的感喟,我也常有。

但这次离别,却有一种重生的感觉。

车过长江时,看见两岸的树林风景间,暑气仍在泅焱蒸腾。

安排好住宿后,到中文系去报到注册,第一感觉是此校莘莘诸生沉郁顿挫似陈近南者多,机智放肆如令狐冲者少。

北大则正相反。

两校的气质俱孕育凝生于百年之前。郭秉文任校长时,南大已经是"人才济济,科教芃芃",他规劝本校学生要养具"钟山之崇高,玄武之恬静,大江之雄毅",这理想俨然是要为国家培养"大国重器"。

我在系资料室看到某本科生的学位论文赫然是《欧阳修年谱》,一位文艺学专业的小硕士竟然写了一部五十万字的《形式理性批判》……心下暗呼不妙,这周围都是些什么怪杰啊!

从图书馆借到导师新书《文学的玄览》，对丁帆先生有了三点认知：1.丁帆出道很早，自20世纪70年代末中国全面的人文苏醒起讫，始终观照跟踪当代小说的精神律动，一直活跃在文坛批评的前哨，勤奋令人叹为观止。2.丁帆的深厚理论功力来自勇于吐故纳新的学术品格。这真是一种青春秉性，它能保持一个学者作为"有机知识分子"的原创力量。因此可以看到他既有丰繁的专业文本阅读储备，又极其敏感于汩汩喷涌的新潮批评话语，这使他以重要批评家的身份参与了新时期的"文学造山运动"，并以成熟的批评风格关注着90年代。3.丁帆的思想库囊括了文史哲、美学、社会学、心理学、叙事学、文化原型学、民俗人类学等全面的理论方略，基础立场是人本主义，因此文字疾恶如仇。

相比丁帆的学术文字，我其实更喜爱他的随笔散文。

在随笔散文中，他的豪杰气（参见《师父》）如水银泻地，淋漓尽致。我们这些徒弟都很好奇这豪杰气从哪里来，按钱穆的说法，只有战国、三国、唐、宋的知识分子有豪杰气——三国和唐的士大夫凭的是封建门第，战国和宋的贵族士大夫衰落，平民知识分子崛起，与帝王共治天下，他们一无凭借，支撑信念的只有道统。我个人认为丁帆的豪杰气，乃是他曾祖父的血液浇铸在了他坚守的道统之上所形成的。

屈原的《离骚》文与人一，是谓真；宋玉工其文，不能工其人，人在文外，是为伪。丁帆的散文区别于他人的关键，就在于其人即在其文中，以真动人魂魄。

我当年不屑写散文，是内心纠结于扬雄式的真伪之辩。扬雄早年为辞赋，晚年悔之，曰"雕虫小技，壮夫不为"。但丁帆在南大教给我的，则是"对道统的表达，不要拘泥于文体"。

非常欣慰多年之后，我领悟了这层道理。

全校博士生的公共必修课是张异宾的《马克思主义与当代西方社会思潮》，在我看来，他实际上把这门课讲成了马克思前后的西方思想史。张异宾在本校的民间绰号是"学术男神"，学问一流自不待言，声音还磁实温润，人长得又俊朗翩翩……这么说吧，如果拿一个古人来比拟，我只能想到魏晋的何晏！有好几个女博士只有上这门课时才精心化妆，同时早早去占领阶梯教室的前两排位置。倘若课后问她们这节课讲了什么，则个个茫然无措，满脸蒙圈。

有说法传来，文科博士生下学期要开"方法论课"，任课教师是某某主义冬烘老朽。我们都很愤慨，嚷嚷着要给张异宾写信（他时任分管文科的副校长），取消这类混子的教职。

大家一致委托我来打草稿，我便洋洋洒洒，列举1933—1934年北大开这门课的情形——由若干教授轮番出马：胡适之讲引论和结论，江泽涵讲"数学方法论"，萨本栋讲"物理学方法论"，曾昭抡讲"化学方法论"，丁文江讲"地质学方法论"，林可胜讲"生物与生理方法论"，汪敬熙讲"心理学方法论"，周炳琳讲"经济学方法论"，杨西孟讲"统计学方法论"，马衡讲"考古学方法论"，刘复讲"语言学方法论"，陈受颐讲"史学方法论"……方使那一届北大学生英才辈出，而敝校……啧啧啧啧啧啧啧！

张异宾读后，究竟是何心情？我心里知道：他应该不会生气。

好的结果，是这门课最终没开成。

张异宾教授打出"文本学的历史逻辑学派"的旗幡，在这一点上我很服他的倨傲。他要求本校文科博士生在个性化理论创造的同时，通过"工"和"悟"两种功夫，建树一个方法论可以依托的思想话语背景。

次年结课论文，他给了我九十八分。

他后来做了党委书记，没过两年听说又不让做了。宦途到底"养士"还是"害士"，真想找个机会问问他。

七

南大和北大在20世纪50年代初，几乎同时迁入了两所教会大学的校址。早年燕京大学和金陵大学的主体建筑，风格都是传统中国孔庙式的布局结构，无不彰显着"天地位焉，万物育焉"的仪式美学。那些严谨对称的灰瓦红墙，矜持地告诉人们：这里见证过至少一百年以上的渔阳鼙鼓与文化激荡。

在出版《中国现代戏剧总目提要》和《中国当代戏剧总目

提要》时,我与美术编辑沟通,描述想要这两本书各自的封面色调,翻来覆去,手舞足蹈,死活说不明白。最后憋急了,冒出一句:

哎呀,就是中山陵那种"国民党蓝"和府右街那种"共产党红"嘛。

一语惊醒懵懂人,美编扑哧笑翻。

我觉得南大的鼓楼校区就像第欧根尼的那只木桶,如有可能,我愿意终生蜷缩在这只桶里面。

我很快与1998级的几个师兄混得烂熟,因为我们惊讶地发现对方和自己一样,瞧不上本专业那些"二逼"作品和各路大佬们对这些"二逼"作品的研究。于是,大家齐刷刷转身扎进历史、宗教和哲学的领域,乐不思蜀。导师这方面很宽仁,根本不管我们。有段时间我们最纠结的话题不是鲁迅、沈从文,而是罗尔斯的"差异原则"——即便起点公正,过程也公正,为何仍然无法保证在社会实现平等?

师兄们坚持认为自由原则应该是优先的,但还不够,还必须有"差异原则"来保护各类原因产生的弱者。我的反驳是:如果使用差异原则,就必须去追溯起点的公正——通过财产累进税、社会公共福利在政策上向弱者倾斜,以缓冲资本原始积累中的不公正趋势。因为弱者无法走到前台来发问:谁之自由?何种民主?照理说自由和民主互为周边性概念,不能分割开来解析，但价值之间有冲突的时候，就需要排序，需要确立优先性。一味相信一切价值可以实现媾和，那是乌托邦。具体到中国，五四以来两种对立面知识分子的炮击对象全错了，他们互视为敌手，却放过了李悝、商鞅、韩非这些真正的敌人。

我常常向师兄们夸耀自己的"横扫千军式读书法"，即我的读书实践证明：一天读一百二十万字是可能的！

那段时间一到系里上研讨课，我们就满嘴的罗尔斯、诺齐克、吉登斯、斯特劳斯……令开设文学专业课的老师们大为不满。

我理直气壮地在《闻一多全集》第二卷第二百八十二页找到了借口：

一切伟大的文学和伟大的哲学是不分彼此的。

再比如《红楼梦》，抽掉《红楼梦》里那种命运感、那种对"瞬间／永恒"的青春思考、那种禅宗哲学的支持力量，它就是一般的话本小说，言情小说，甚至无法与《金瓶梅》比肩。

李泽厚在世纪之交出了一本新书《世纪新梦》，主旨是痛定思痛后，重新排列了改革的顺序：经济发展—个人自由—社会正义—政治民主。我们几个夜夜不眠，围绕这本书、这个人足足聊了若干天。

李泽厚 20 世纪 90 年代之后去了国外，他的理由很有意思——"小棍受大棍辞"。这是孔子的主张：父亲生气，用小棍打你，就受了吧；用大棍打，就赶快跑，你逃跑了就是孝顺了父亲，不逃反而是愚孝。你真受伤，父亲事后也会伤心，名声也不好，左邻右舍会说这父亲残忍，所以你跑是保护了父亲的名声。

一个反例是：曾子耘瓜，误斩其根。曾父痛打他一顿，被打得死去活来，他竟挣扎着爬起来立刻去弹琴，其意是要父亲知道他不曾被打死，可以放心。这可谓是孝之至了，但孔子反而骂他不孝，因为他不晓得权变。

我们分析，用父亲来形容权威其实不太妥帖，李泽厚真正想隐喻为父亲的，其实是儒家意义上的精神"道统"，于是这个现象忽然变得有趣起来。

中国的"文士"自古即有"从道不从君，从义不从父"的传统；同时还有另外一种"武士"，即刺客——遇到好人下不了手，不下手又对不起主人，只好自杀。比如《铡美案》中的韩琪；再比如受晋灵公之命去刺杀赵盾的鉏麑，潜入赵盾府第，发现夜深人静时分，赵盾还在为国家事务操劳，这位燕赵汉子感动之下，在院子里找了一棵树，直接把自己撞死了。

被秦政两千年淫虐后的巴别塔，早已不再具有生产灿烂文化的能力。回顾这两千多年，我们在世界面前能拿得出手的原创思想，依然是诸夏时代的经典（此后的文化几乎就是对那个时代的缝缝补补）。这两千年里几次闪光的时期，都类似周政的小春秋时代，一次是魏晋灭亡后佛教东传（我们引以为傲的敦煌和各种文学美术的兴盛都是来自这个时代），另一次是清末地方自治运动（所谓龚自珍、宋恕、陈寅恪那个大师云集的时代）。

到了李泽厚这一代学人这里，对道统的谈论是有点中气不足的，所以既下不了"狠手"，又羞于忤逆"父亲"，还没勇气"自杀"……几乎就是大潮大浪偃旗息鼓后知识分子最后的标本了。一个王汎森意义上的靠索引、注释、英文摘要做学问的知识分子时代开始了，学术之"统计化""量化"逐渐成为全球化趋势，学术从比慢时代进入比快时代，不独是中国的世相。

我喜欢的斯宾格勒、雷海宗式的学者，几乎不再出现了。

此番对李泽厚现象的探讨，使我想到一个重要问题："大学何为？"

以南大和北大为例，两所学校都是典型的文理学院。在这种老牌综合性名校求学，求索者到底能获取什么？

王汎森感触很深：美国的耶鲁大学和普林斯顿大学，有很多巨富人家的孩子，毕业后会回去继承家族企业。但这些学生选得最多的却是历史系。因为他们觉得要做领导者,必须要先懂得人的世界,而历史正好可以扩充心量。一个人不可能做拿破仑,但是在读他事迹的时候,整个人的经验和心灵历程就延展了。

当年清末赴美留学的幼童中,后来有个非常优异的人才叫容闳。有一次,容闳的母亲问他:大学文凭与学位"可博奖金几何"?

他向母亲耐心解释说:大学教育在于"造就一种品格高尚之人才,使其将来得有势力,以为他人之领袖耳"!

这是典型的耶鲁语言——知识就是力量(势力),即耶鲁人在各行各业谋求领袖群伦的根基。我在《西学东渐记》里读到这段故事时,大为感慨。中国老牌文科大学的学生,很多人都有很强的"道"的抱负,这个"道"不一定是儒家原来意义的"道",而是一种关怀天下的情怀,一种治国平天下的责任。然后在毕业进入社会后,转化为一种公共服务的精神。

用黄宗羲的话应该更准确些,在这里读书,是为了蓄养一种"诗书宽大之气"。受挫时,自己便给自己打气,这样想:这趟从北到南的求索历程,必须逐步解决采矿、熔炼、制模、翻范、铜锡铅合金成分的份额配制、熔炉和坩埚的制造等难题,青铜器才会渐渐出现令人怦然心动的铸造模坯。

八

对"大学理念"问题颇具兴趣的北大陈平原教授,一次不无隐指地讲了一段绵里藏针的话,大意是说对一所大学的评价,不仅要看其基础科学研究的水平及标识性成果,比如《科学》(Science)和《自然》(Nature)论文,也要看这所大学对民族国家历史文化与学术精神的深刻影响,然后他举了法国"年鉴学派"的例子。

当年我选过陈平原教授开的两门课,尤其是"现代学术史研究",受益匪浅。他有一个过人的本事,令我至今佩服到无话可说——他的讲台叙述逻辑严密,娓娓道来,每节课的最后一句画龙点睛,铿锵收尾,然后果断宣布"下课!"——下课铃声竟然瞬间同时响起!屡试不爽,简直神乎其神。

南大在20世纪80年代由匡亚明长校时,向中央上书,呼吁在全国建设五所重点大学。后来呼吁成功了,五所重点大学也宣布了,名单里却没有呼吁者。

举校震动。

当时,无论院士人头,还是重点学科数量,南大都雄踞全国高校前三名(毕竟祖荫底子厚),因此这份名单带来的失望与悲愤可想而知。天文学家曲钦岳接任校长后,祭出一颗狠心,开始带领全校师生放大招,俗称"弯道超车"——国内不是不受待见吗?那就不和你们玩了,我上国际赛场玩去。

整个90年代，南大开始在权威国际学术期刊的SCI赛场上连续八年领跑全国，超过北大清华，排名第一。一时令全国教育界哗然，并迫使后起者发奋直追，形成了比拼国际论文的竞赛局面，至今被人视为"始作俑者"而诟病。功乎罪乎，且待历史评说了。

陈平原教授的判断与质疑，就是针对这种现象的。

既然说到"年鉴学派"，不免想到了一个问题：究竟有没有一个"南大学派"？

20世纪20年代前后，在当时中国仅有的两所国立综合性大学里，北大校长蔡元培聘陈独秀进而引来了胡适，在北大迅速形成一个文化激进主义群体；而南京大学的前身东南大学校长刘伯明聘梅光迪进而引来了吴宓，在该校迅速形成一个文化保守主义的文人群体，北大及其《新青年》、南大及其《学衡》杂志构成了当时中国思想界自春秋战国以来的又一次学派争鸣局面，在中国现代文化的发展上显示出两种大异其趣的价值取向与方法论思路，再追溯上去，新青年派和学衡派之争其实是激进的哥伦比亚大学传统和保守的哈佛大学传统在国内的延续。虽然在以后几十年里，南大这一学派由于意识形态的"现代性偏见"而遭到贬斥，但新近学界已经重新认识到，以新人文主义为思想支援背景的"学衡派"，清楚地显示了对人文价值的承担，这个学派20年代在南京的出现，深刻地影响了后来关于"古史"、"科学人生观"及"非宗教运动"的三场著名论战。表面上他们坚持昌明国粹，容易让人以为是卫道士，实际上他们的核心成员都是哈佛大学的留学生，只是不满北大当时的"浮躁"，不满"现代性"方案口号本身隐含的极权。学衡派的保守观念并非抵制西方文明，他们反而是继承了西方文明里自古希腊时代就开始的人本主义传统，和中国儒家传统暗合，但是他们反对革命价值观，反对关于中国历史价值的虚无主义立场。坦率说，这种学术上异趣见解的制衡对学术的进步繁荣是必要的。

但是话说回来，历史巨轮掉头时刻，急需思想和运动的风雷激荡，急需北大式的山河改造实践冲动，而非现代性贫血状况下的"脂肪肝"担忧。

两校都鼎设于国运危亡之19世纪末，后来形成的风格也有殊有差异，但共同的气质其实更多些。从南大的角度说，"学衡派"那种凛然独立、沉稳踏实、心细如发、识见严谨、典雅丰赡的精神人格，那种光明磊落、耻于奔竞的先贤境界，颇有旧时北大之神韵。朱熹在《答王子合》中说，"唯学为能变化气质耳"，倒过来说也可以，即气质人格也能颐养学问啊！在"两古"（古代文学、古代文献学）学科，已经有一个学界认同的"南大学派"。假如有十到二十个学科得到这样的称道与公推，那就可以说存在一个"南大学派"，但这个荣誉绝非朝夕之功。

我与吕效平教授多次讨论过他导演的话剧《蒋公的面子》的"人类性",他坚持认为他这个戏是"在云端低首看人类的种种实践,看我们的有限性",并不专门隐指南大的校史与校风。

但这部戏客观上的确传递了某种校风的自我认知。

南大今天这种中规中矩、敦实谨严而不是动辄便去撄他人之雄的风气,与其前身民国最高学府中央大学有深刻的渊源递接关系。刚到南大时,能感觉到穿梭校区与汉口路一带的本科生意气昂茂的样子,却并不像北大的学生那样眼睛朝下鼻孔朝天、顾盼自雄舍我其谁。想起有一天我去北大的学五食堂吃饭,有一位老兄举着一块牌子站在门口,牌子上写着:"学五不好吃,何不上别处?"学五食堂的胖经理在一旁苦苦哀求(此事被讹传为"北大学生又绝食了"),但多数同学并不买这位老兄的账,绕过他进去照吃不误。无论多大的名人来做演讲,只要讲话中稍有玄虚,下面便"嘘"声一片,有人站起来与之辩论,不一会儿就走光了,只留下那名人自己在那儿擦汗。

根据上海王晓明教授的分析,当初民国政府对北大式独立不羁的教育模式颇觉头疼,于是从中山大学开始另设一种可由政府支持并控制的模式,戴季陶、朱家骅气走鲁迅即例。中央大学到了20世纪三四十年代受到当局极大的扶助,加上罗家伦的十年经营,规模、经费、地位几臻鼎盛,其他大学已不能望其项背,但同时党化教育也被强制推行,甚至要求教授集体入党。当日本人逼近华北时，一教授上课，见窗外操场上有几个人冒雨集会，呼吁抗日，一了解，却是南开南下做宣传的学生，于是在课堂上慷慨陈述，怒其不争，中央大学学生才动了起来。

是极度潜心于学术以至于"天下兴亡，与我无关"吗？肯定不是，否则如何解释此后"五二〇"中央大学学生的精神敏感与民主素质呢？南大的作风是冷静、理性和不事张扬，即使果实结成最大，也照样"桃李不言"，好不好厉不厉害让别人说，讨厌自我矜夸。但南大并不板滞，听过莫砺锋教授一次讲座，莫的沉稳与严密、丰繁与大气、强闻博记与自出机杼隐隐逼人，颇有掌门人风范，与座者仿佛进入了纯净澄明的境界。南大学生也有站起来向权威攻擂的习惯，那天学生的问题个个精彩，莫掌门从容接招，一一拆解，场内落英缤纷，气氛庄穆欣悦，令人感动良久，一个"学派"其实也是研究者与问学者互动的结晶。另一场丁帆教授的演讲中，"如大海潮、如狮子吼"，有一派荡气回肠的血性轰击着全场，使人看到即便在功利汹汹的时代，仍有一种英雄气质坚守在真正的大学，令人联想到公元13世纪，从蒙古草原挥戈南下、长驱直入的元兵在岳麓书院遭到数百名书生抵抗的那段故事。足见一个"学派"也是一个时代良心和骨气的团聚之体。

但具体到学生运动，胡适认为"凡一个国家政治没有走上轨道……又无合法代表民意机关监督政府改善政治……提倡改革政治的责任,一定落在青年学生的身上。回溯历史,汉、宋、明、清、辛亥革命如此,在国外……反而言之,如国家政治上了轨道,能使人满意时……学生对于政治也绝不会感到兴趣"。

早在1947年8月,胡适到南京出席中央研究院院士选举筹委会时,就向蒋介石和张群提出"十年教育计划"主张,后又撰文《争取学术独立的十年计划》公诸社会征求意见,认为"在十年之内,集中国家最大力量,培植五个到十个成绩最好的大学,使他们尽力发展他们的研究工作,使他们成为第一流的学术中心,使他们成为国家学术独立的根据地",因为建立高等学术基础,"七年之病,求三年之艾",不预为筹划,不能得到。胡适认为应先集中力量培植五个大学:北大、清华、中央、浙大和武大(结果引起中山大学校长邹鲁、南开大学副校长陈序经的抗议。据说胡适南下香港讲学,认为广州仍在讲经拜孔,香港应成为南方的新文化中心,之后被广州方面冷落,故漏掉了中大),当时海外学子闻讯后写信:如果我们这一辈在这里留学的,结果不能使下一辈不再来外国讨教育,则是我们这一辈的奇耻大辱。

中央大学红了二十年,之后就开始练习"忍功"。南大校史上,更多的时期是在"忍",忍异己是度量格局,忍冷遇是无可奈何,忍羞辱是原罪怀璧。南大未像北大那样因为五四而暴得大名,但校品如人品,"低调隐忍"居然成了学校的标签和招牌。他强由他强,清风拂山冈;他横任他横,明月照大江。最后背了个暧昧的外号"最温和的大学",令人啼笑皆非。

九

1999年全国高校掀起了合并浪潮,有一种说法是南大与同城的东南大学重新合并,恢复"中央大学"的校名,合并后的学科水平直接跃居全国顶峰。这个传闻是我们入校时最热门的话题。呵呵,梦能做到如此天真的份儿上,真可谓《彼得·潘》之类的童话故事或《山海经》之类的志异小说读多了。当年的中央大学被大卸八块后,若想重新拼接起来,您当是乐高积木游戏吗?您见过鱼汤可以重新变回鱼吗?

校名首先是个问题。1918年末,司徒雷登离开南京神学院,去北京筹立燕京大学。基础是把北京汇文大学(英文名字是北京大学,Peking University,属于卫理公会)和北京附近通州的华北协和大学(North China Union College,属于长老会和公理会)两个小教会学校联合起来。但是联合之后学校叫什么名字的问题分歧严重。汇文毕业生的代表说无论用什么英文名字,但是如果中文不继续叫汇文,那么他们就拒绝把它当作是自己的母校。华北协和大学愿意用任何其他名称,只是不能用汇文,如果决定了用汇文,他们就要在通州的校园里把他们的毕业证书堆起来,放火烧掉,去象征他们母校的毁灭。两边的态度都表示反对合并,根源是"面子"。吵架、妥协了无数次后,司徒雷登说,除非在某次会议上把问题解决掉,否则他已经精疲力竭,不干了,走人。程静逸博士提出了"燕京"的字样——这个词的意思是古代燕国的首都,不过所有的中国人都会理解它就是诗意的北京。不久,这件事办成了。

20世纪90年代末中国大学的合并浪潮中,有些热门结果冷却,原因很多,包括缺乏一个司徒雷登。

1869年,哈佛校长艾略特希望兼并麻省理工学院,但条件是它的学生必须先从哈佛的本科生学院毕业,然后再开始学习工程技术。哈佛认为技术学院必须依附于大学,独立的技术学院是专供工匠学习的地方,所受训练狭窄,年轻人毕业后越适合特殊就业的要求,就越缺乏在此后继续发展的广泛基础。而综合性大学的教育目的是使学生有"共同的文化背景",逐渐使职业差别变小乃至消失。

东南大学当然也明白这个道理,所以后来开始大力发展文科;南大则以普林斯顿模式为圭臬,开始从研究所起步建设工科。

利罪功过,只能留待历史评说了。

与北大一样,南大的奋斗目标是世界一流的研究型综合性大学。这种性质的大学发端于德国,美国从19世纪末开始仿效,并后来居上。其主要特征是教授以研究为主,教学为辅;教学以研究生教育为主,本科生为辅;本科生教育以学分制为主要修课方式。南大最近几年的口号又变成了"办中国最好的本科教育",不知是为了生源掐尖,还是真的要改弦更张。在我看来,最理想的高等教育模式,应该是"牛桥(OXbridge)"模式,一方面以杰出的学者吸引其他学者;另一方面搞成住宿式学院,让教授和学生朝夕相处,言传身教,耳濡目染,潜移默化,以臻目标。这些年看到文学院开始探索"师友会"模式,即导师带着几个学生"冠者五六人,童子六七人,浴乎沂,风乎舞雩,咏而归"——吃吃喝喝,玩玩闹闹,寓学问于鸡鸣寺、古城墙、南唐二陵和排骨面、鸭血粉丝汤中,其实属于将学校历史上早已有之的做派推广到了本科生身上。

想当年我们在校时,吴新雷教授带着学生天不亮就起来咿咿呀呀唱昆曲;许志英教授一闲下来就蹿至学生宿舍导致整包香烟被瞬间哄抢;莫砺锋教授教导学生酒可以治疗癌症(为此还特意撰文一篇《治癌小记》,考证说"癌症"古已有之,不过古人称它为"垒块"。《世说新语·任诞》云:"阮籍胸中垒块,故须酒浇之。"这是古人饮酒消除癌症的最早记录。);汪应果教授每次出席博士论文答辩会,装扮必是"头戴棒球帽,腰挎水果刀"……据说是可以将这种"与学生玩耍"的"不正经"传统,追溯到王瀣、黄侃、汪东、吴梅、胡小石、陈中凡、汪辟疆、方光焘、罗根泽等那批老先生身上。

十

上面说了,人们习惯认为北大多狂生,南大多雅士。所谓北人看书,如显处视月;南人学问,如牖中窥日。

我的两校经历却正相反,像一株反季节蔬菜。

后来又想,觉得并不违和。你看《世说新语》里那些传奇小故事,大多发生在南京这个地方呢。

南高师(即后来的中央大学、南京大学)的校长郭秉文建设学校气魄宏大,1923年口字房失火,孟芳图书馆的珍稀书籍付诸一炬。物理系的丁如山先生之前儿子死了都不掉泪,此时放声大哭。郭先生赶来,不动声色地说:没什么,房子太老了,本来计划拆掉的。

郭秉文晚年住在美国,八十多岁仍十分健康。郭廷以去看他,询保养之道,他说:"没什么,遇事安详。"

南大的学生乍看有点呆萌,其实是一身武功不便泄露。

2018年初,吕效平教授邀我回南大文学院开个会,由于我对新校区路不熟,让《蒋公的面子》剧本作者温方伊到高铁南京站接,她带着我在地下车库徘徊了一个半小时才找到司机。

午饭时,我问吕效平为啥让温去车站,他一脸愁苦地说:

"其他几个人更迷糊,没准儿把你直接弄镇江去了……"

他说的"几个人",是陈恬、杨鹏鑫、杨晓雪、陈思霖……个个都是笔下有风雷的才子才女,丝毫不懂察言观色,开会间隙还需要院长或前辈给他们杯子里续水,我在一旁暗自偷笑。

早在20世纪初,南大教授中就流传一句话:想当官的上北京,想发财的去上海。很多南大教授始终"不为燥湿轻重,不为穷达易节",因此学风颇为朴茂。

坊间流播傅斯年因王世襄之燕大出身而拒绝其求职,执词非北大毕业者不配进他的史语所,实属谬传。我曾经查阅过李庄资料,见王玲(与李约瑟治科技史者)、吴定良(体质人类学开山者)、凌纯声和芮逸夫(民族学双子座)等俱系出南大,严耕望乃武大出身,均为傅热情延揽。标准不过是:"读书种子、绝顶聪明、了无机心。"

一堆了无机心的读书种子,一腔的天真烂漫何处容纳?

当然唯有杯中物才能安放!

我和师兄弟们,曾喝遍了古都金陵辖区内所有的江河湖海。

一次,深夜十二点买了三箱金陵干啤,一群狂生打车呼啸着上了紫金山,在梅花岭孙权墓顶放肆豪饮。月光皎洁,兴余竟然全部脱光衣物跳入紫霞湖……唉,这是疯癫,绝非雅趣。紫霞湖是蒋公梦想归葬钟山的墓址,百年来自沉过无数痴男怨女,若论酒后不惜做水鬼的蠢货,只有我们几个。

其中一个师兄叫张典,我们俩共同选修过德语、法语、日语、拉丁语和俄语,那几年曾肩并肩去上这些课。有一次法语系黄荭的课,因为发音不准确,我被要求罚站,同时被奚落了几句,惨厉非常。近年看见她对圣埃克絮佩里、萨冈和杜拉斯译介研究建树颇繁,想起当年的尴尬窘境,觉得其实应该感谢这个 1973 年出生、从巴黎回来的年轻教授,让我立即记住"胯骨轴子趁早别冒充前门楼子"的伟大道理。

我的德语早都忘光了。可张典精研德文原著,沉潜二十年后,前不久出版了一本一百五十万字的《尼采评传》。

当下社会罕少有人坐这种冷板凳了,所以几十年来,我国学界志于"六经注我"进而创造伟大经典的高峰,并未出现。忽然想起葛兆光对唐思想史的疑惑——为什么思想史写这一段时,从隋代的王通一下子就跳到中唐的韩愈——中间除了一点佛教,其间两百年都是空白。真真悲哀,两百年难道没有值得说道的知识、思想和信仰?难道都是汲汲于浮利的庸世?

庸世便庸世罢,不妨害"同学少年都不贱"。

当年南京求学的同窗,如今天各一方,缘悭一面,但那些"负刀长啸血在烧,斗酒十千恣欢谑"的记忆,却永难忘怀。

南京叫人敬畏的,其实是山水形胜背后顾颉刚意义上的历史层累,山水因此元气淋漓。莽苍苍斋主人《残蟹》有句曰:"无复文章横一世,空馀灯火在孤舟。鱼龙此日同萧瑟,江上芦花又白头。"写古都金陵深秋之景。标题实为"残巂"之误,意即残山剩水。暮春时分,曾拉着几个师弟乘轮渡傍晚潜入江心洲。遍地的油菜花已开到荼蘼,春花秋月不计年,等闲诗酒醉霞烟,几人全烂醉于吊脚楼里,东倒西歪睥睨着两岸的残山剩水。

那时候江心洲还很荒寂,酒楼的木桩全打在长江里,肥硕的虫子不停地撞击吊脚楼顶惨白的汽灯,被烧焦后,它们噼里啪啦地掉入菜中……远远可以渺望对岸浦口的渔火。

喝多了,回到南园,要了一份享誉汉口路的老夫妻手推车用地沟油炒的红酿皮,在宣传栏的玻璃橱窗下,看见一个烂醉如泥的本科生躺在地上唱崔健的歌。哦,树木葱茏,花香四溢,暮春时分已经有了毕业季的味道,赶上当时的校党委书记韩星臣来宿舍区逡巡。韩书记觉得闹腾太过,有点不大像样子,便上前厉色问:你是哪个系的?

那哥们儿瞟了他一眼,目光迷离,冷笑一声,答说:

"没有系!"

我入学那年,南京正是全国文学艺术新浪潮的重镇。南京有个地下音乐人(不知是不是李志)唱道:

"南京南京,古老之城!超现实主义之城!"

某南京青年作家发表文章说北京三联的《读书》杂志是"政府特许开辟的一块让知识分子集体……的园地""如果我是作家的话,那路遥就是个民工",还说海子是个二流诗人,其意义不过是"烈士诗抄"!

然后王彬彬不干了。王彬彬刚调来南大中文系不久,某晚与他喝酒,他讥讽把南京作为大本营的这些所谓"个人化写作"的作品，不过是蚊虫叮咬、嫖资短缺或渔色猎艳受挫后的"经验"，哪里配叫"独特"。另类容易做到，独特作为一种优秀，是很难做到的，因为它应该是精神容量＋美学形式方面具有革命性冲击力的文本秉性。渐渐地，他有点喝多了，就冲我们拍桌子。

钟鼎山林，人各有志，这种对骂互撑其实可以带来一种久违的江湖感，开心的同时多出来许多认知方面的小角度。

我隔壁宿舍住着社会学系的少年博士生叶小强。这个小孩子天性奔放，烂漫无邪，每天晚自习回来之后的规定动作，是高声歌唱平克·弗洛伊德，逐一踢开各宿舍的门，进去绕一圈儿转身就走。

大家恼怒之下却无计可施。我和印度哲学、天体物理专业几个师兄密谋了很久，分析之后，认为其症状属于青春晚期的荷尔蒙过剩。

经讨论，我们找小叶进行集体谈话。我先冷冷地问他："知道唢呐为啥被称作乐器界的流氓吗？！"

然后大家严肃警告他：胆敢继续祸国殃民，我们将强制性摘掉他一粒睾丸，勿谓言之不预也！

他脸色骤变，夺门而逃。

哈哈，这样的日子真是欢乐到爆表。

我深深感到没有任何一种状态比"在校园里专事思考"这件事更舒适了,人间一切场所,唯有大学最适合做梦、写诗和容纳异端。穿梭于南园和北园之间,会偶尔想起加缪《局外人》的开头:"今天,妈妈死了。"

我有段时间极其迷恋那种默尔索式的冷漠,懒得搭理人,大家便也不搭理我,好自在!

陈寅恪在清华国学院面试学生时,不考学生问题,而是让学生给他提问题。因为问题提得好的学生,必须对材料有大量研究,然后融会贯通,才能提出有水平的问题。

胡适主持"中央研究院"时,嫌发给各位院士的公文无人情味,便逐一亲笔添上"吾兄"二字。

类若陈寅恪、胡适这类逸事,在南大中文系各专业的老师身上不胜枚举。后来有个叫王一涓的女老师写了一个系列散文《从前慢》,描画诸位教授的魏晋风度,读罢令人想起庄周所谓道在蝼蚁、道在瓦甓、道在屎溺的意味深长。

毕业前夕,我兴冲冲地去知行楼听法国解构主义大师哲学家德里达的讲座,却被师弟作家张生在汉口路校门前强行拦住,他认为德里达根本不值一听,拉着我跑到青岛路的半坡咖啡馆,喝了整整一下午啤酒,膀胱压力山大,不得不频繁往厕所跑。

这可真是"道在屎溺"!

十一

感谢北大和南大,这两所百年名校教给我两样最重要的东西:

一是"人能笃实,自有辉光"的道理;

一是"不降其志,不辱其身",基于个人尊严的精神自由。

特别是后者——"自由"在中国古文中的意思是"由于自己""不由于外力",夭寿不贰,此刻自在。

偶有文章娱小我,独无兴趣见大人。

如此的精神养成,无疑是极其重要的。爱因斯坦曾对赫伯特·费格尔说:"要是没有这种内部的光辉,宇宙不过是一堆垃圾而已。"

通过这"十年读书",构筑了自己一生最重要的人格理念、价值情怀以及在纯正趣味方面的层层进益,从而支撑了之后"十年登山"的宽广心灵底座。

它使我看见了自己入世后的那些榜样:老子、孔子、庄周、杨朱、王充、范缜、傅奕、韩愈、李商隐、李贽、王阳明、李渔、颜元、李塨、宋恕、晏阳初、苏曼殊、李叔同、张其锽、梁启超、顾维钧、陈独秀、蒋百里、雷海宗、傅斯年、顾毓琇、赵元任、瞿秋白、顾随、张伯驹、吴冠中、朱新建、钟阿城、崔健、王澍、伊壁鸠鲁、赫尔岑、蒲宁、布罗茨基、阿伦特、李·米勒、毕加索、托洛茨基、迪伦马特、德莱塞、洛尔迦、海因里希·伯尔、尼采、斯宾格勒、福泽谕吉、安部公房、略萨、布鲁克纳、列侬、安·兰德、萨特、艾柯、安哲罗普洛斯、路易·马勒、法斯宾德、贾木许、赫拉巴尔、桑塔格、图森。

旧时代写历史,"一字之褒,荣于华衮;一字之贬,严于斧钺"。这些榜样进入历史,被荣辱褒贬,当然是因为他们对人类有着特殊的精神贡献。由于这些精神的存在与感召,从此我多了一个世界——不再习惯蹈常袭故,不再习惯只听庙堂的钟鼓和鸣,而对风雨之声不闻不问;从此警惕他人和自己,不可只对利维坦沉默,却提高八个分贝指责堂吉诃德。

谨记这一段精神成长意义上的、难忘的、壮伟的心路历程。

戊戌年暮秋

君子不器

许多学者包括儒家耆硕钱穆先生,把孔子"君子不器"的"不器"解释为"通才",即君子不能只拥有一种本事或用途。我觉得这种解释有点勉强,如果是菜刀,归咎于它只有一种切割用途,变成瑞士军刀又如何呢?

一

1996年夏天,我研究生毕业进入一家出版社,听周围同事说历史编辑室有位神人,是北大周一良先生的高足,中古史学造诣匪浅,同时却跨界西方古典音乐,"武功"睥睨天下。终于有一天全社聚餐,看见一个逮谁调侃谁的帅哥,在同事中间谈笑风生妙语连珠,逗得周围或哄堂大笑或花枝乱颤。

原来这就是刘雪枫。

他长得有点像微胖版的青年遇罗克，卧蚕眉，希腊鼻子，嘴唇薄而笃定，笑的时候有一点鱼尾纹。"这人笑得好，就是好人。"《死屋手记》如此说。好像木心也说过，在最高意义上，一个人的相貌，便是他的人。二十年后他做"雪枫音乐会"时，在 App 的首页有一张照片，老朋友们发觉他越来越像兰波和马雅可夫斯基了，这就是传说中的"逆生长"吧。

我们的交往从此开篇。

1996 年，我留长发，后面用橡皮筋扎着，两只手插在裤兜里，冷淡地行走在暴雪后的东北马路上，去一个酒馆子会刘雪枫和他的朋友。我们围坐着的大型鸳鸯火锅里，半江瑟瑟半江红，一边是德彪西的峻急，一边是舒伯特的随便……大家天马行空，无所不谈，但雪枫才是话题的主角。他讲自己的"两榜正途"、北大趣事、历史掌故、文艺饾饤、音乐沉潜、五浊恶世，他的才情高处人寂寞，他的精神洁癖与一地鸡毛。

之后几年，我频繁赴北京，和他一起去见邓广铭、田余庆、苏秉琦、阎步克、赵汀阳、邓正来、刘苏里、贺照田、刘浦江、贾磊磊……与他们喝酒，论史，观时，侃世，一部部好书渐次推出，为这个外省大学出版社带来了不可思议的声誉。

我曾在一个小说里，把那个城市叫"命城"。在"命城"，日常生活爽朗痛快，同时人情嫌简不嫌虚，有着一种民间的奸亮喜气，时间久了，容易患上斯德哥尔摩综合征，因为真诚的人们经常难过于"天地不仁"，却又对这浊世爱之不尽。雪枫有段时间说话几乎离不开双关语和通假字,令大家忍俊不禁的同时,隐约能咀嚼出他的一丝无奈。

1997年4月,雪枫从北京出差回来,脸色灰暗,沮丧地告诉我他的无功而返。他是去联系出版王小波的书(此前王小波的书稿正在各出版社流浪中,遍遭青白眼,只有作为报刊专栏客的一些短章),但结果雪枫是中午到的,王小波是早上死的。"死前痛苦万状,写字台旁边的墙皮被啃掉一大片。"

"难不成缺钙?"悲从中来,雪枫以一贯的黑色幽默苦涩地说。

随后,我和他被省电视台揪去录关于王小波的访谈节目,我们俩都很沉重的样子,一定令王小波在地下极为不快。

几年后,我在内心劝自己克服"习得性无助",与窠臼决绝切割。回想起那些年,真是铿锵透脱啊!岁月倥偬,我不断惊呼着一些比自己更决绝的切割者朋友扶摇飞翔,他们温和洁净,哀矜无喜,自恃淡定,随性开阖,使牵挂他们的亲人反而安心并骄傲。

我迅速南下,考入一所品望清峻的大学去读博士。如果说本质根植于自我的肯定,根植于"对人的自我说是"的能力之中,那么,那个时候我内心的紊乱,就缘于这种对自我不能肯定与释然的昏迷。

没过多久,雪枫也离开了那里,去主持北京三联的《爱乐》杂志。

二

春花秋月不计年，等闲诗酒醉霞烟。

南京大学三年于我而言，有点"吴带当风"的意思。

某一天接到雪枫电话，他要来南京看我。

雪枫在北大的专业是魏晋南北朝史，可他居然没有来过南京。他对这个问题的解释是近乡情怯——内心对南京这个废都过于深情了，反而迟迟不敢来，多次路过南京不敢下火车，怕梦里的画面碎掉。

现在终于有个理由了，因为失望我可以与他一起扛。

在青岛路我们一起享用了刚刚开始风靡全国不久的新疆大盘鸡，那埋没于一堆红黄青绿下面肥硕面条令人战栗的美味……许多年后还被我俩津津乐道魂萦梦牵。我一直没忍心告诉他，其实那里面有罂粟壳。

在中山陵找到了灰头土脸的谭延闿墓。唏嘘一番后，我们爬到了灵谷寺内灵谷塔的最高处。"文革"时著名金石学、文史学家曾昭燏义无再辱，由此处一跳身亡。我俩勘察了一下现场，最后得出结论：需要助跑。

从塔上下来后，我们一路聊起翻译家杨宪益曾将明义士所著《殷墟卜辞》的龟甲实物慨然赠予曾昭燏主持的南京博物院一事。曾昭燏身亡后，当时敢公然以诗吊唁的，唯陈寅恪一人。诗末两句是"灵谷烦宽应视哭，天阴雨湿隔天涯"。从杨宪益、曾昭燏到陈寅恪，无论宽赠、托付还是酬唱，隔空传递的其实是一种价值酵素，不知自何时起，它已如青烟一缕，杳渺飘逝，空留余香了。

说到陈寅恪，从周一良的角度论，雪枫其实可以算作他的徒孙。记得《陈寅恪的最后20年》刚出版时，雪枫曾低声对我说：我要找到作者陆键东，跟他喝酒！

在史语所旧址，看了一下周一良曾工作过的办公区。1936年秋，周在这里用一年的时间"仔细点读了八书二史，并且采用笨办法，遇人名即查本传，遇地名就翻地理志，遇官名就检百官志，同时对照《通鉴》的记载，参考清代钱大昕等人的考证"，有志于清儒郝懿行的《晋宋书故》未竟之业。由史语所旧址出来，雪枫向我回忆起当年去周一良先生家的情景，那时邓懿已经痴呆，憨笑着看过来，常常使人误以为她在看访客的身后风物，不禁毛骨悚然。邓懿当年可是频繁登上民国画报封面的津门名媛，古体诗写得不错，坚持写的话，料不亚于沈祖棻，奈何后来成了个对外汉语教师。人生际遇即鬼使神差，努力汲取，却未必得。

史语所后山就是古鸡鸣寺，攀登起来并不困难。绕过"度一切苦厄"的巨碑，在豁蒙楼靠窗的位置坐下来，我们打开吱呀作响的木头窗户，面前景色瞬间隆重起来。探头往下看，是韦庄"无情最是台城柳，依旧烟笼十里堤"的台城，方方阔阔，旧都气象。远眺处，对面的紫金山上，乃孙权墓与朱元璋墓，山林间隐隐有烟气缭绕，而脚下玄武湖的湖水正懒懒地拍打着明城墙。

在燕子矶，雪枫想起四百年前史可法带军队过江的史事，陡生兴致，大腿一拍，撺掇我一起去扬州。于是，竟然立刻在路边叫了辆出租车，直奔扬州的史可法衣冠冢。

晚上回到南京，下榻于秦淮河畔古桃叶渡的仿古建筑宾馆。推开木窗，但见华灯灿烂，金粉楼台，鳞次栉比，画舫凌波。想到这里六朝时即是名门望族聚居之地，"衣冠文物，盛于江南；文采风流，甲于海内"，吴承恩、唐伯虎、郑板桥、吴敬梓、翁同龢、张謇等都在此饮过酒，我二人怎可无动于衷？！

于是乎，我们把桌子、椅子、杯子一件件从窗口搬运到屋檐顶，铺满一桌酒菜，懒观脚下的桨声灯影，一盏一盏慢慢喝。直到后半夜，看那些邈远的红灯笼也一盏一盏地黯淡熄灭，皓月满轮，幽悬清空。

这顿"屋顶酒"使我俩突生狂心，次日又奔江南名城镇江而去。

"四时可爱唯春日,一事能狂便少年。"在京口瓜洲渡街头排出十文大钱,买酒与肴肉各两斤,呼哧带喘背着酒肉爬上了北固山。在山顶找到那个著名的亭子坐下来,但见大江沉沉,浑浊雄伟。天气炎热,我俩看四周无人,便脱去 T 恤衫,光着膀子,一边吃喝,一边以打油口气调侃辛弃疾的怀古诗。

不一会儿,身后来了一个台湾旅行团,花花绿绿,叽叽喳喳。众人站定之后,镇江本地小导游开始声情并茂地讲解:"当年,江对岸是'共军',这边是咱们'国军'……"

听到这儿,我和雪枫深感震惊,不禁面面相觑,随即扑哧笑喷,嘴里的肉渣差点喷入江中。我咳嗽得不住地捣胸脯。

导游丫头不满地瞪了我们一眼,继续讲演。

微醺半日后,我二人摇摇晃晃下山来,孰料在山脚下竟然邂逅了那个导游小丫头。她这次却对着我们嘻笑了起来,还讶异地惊呼:哇!这不是刚才山上那两个胖子吗?一个白胖子!一个黑胖子!

这么多年来,我和雪枫经常见面就展开争讼,究竟谁是白胖子,谁是黑胖子?此谜不解,死不瞑目!

此后,我俩多次携手下江南。2018 年 5 月,专程赴常熟,在一条曲里拐弯的偏僻胡同里,寻访到古虞山琴派传人,神情寡淡一中年美妇,听她演奏一曲南宋琴家毛敏仲所作、并云"平生精粹在此"的《列子御风》。明末杨抡的《太古遗音》中,曾痛说"斯曲乃神品仙音",因春秋郑国隐居之高士,与尹关子为友,得道后能御风以行若驰天马然,扶摇于九万之上,遨游于六合之中。朋友情谊如此,好一派阔绰气象!琴音未歇,我竟饱噙了两汪泪水。

出得门来,心情萧瑟,遂临时决定沿太湖无目的溜达。循着路牌指示,逐一拜谒了言子墓、仲雍墓、瞿式耜墓、曾朴墓、翁同龢墓、钱谦益柳如是墓、黄公望墓……雪枫自嘲说,一趟"赏琴之旅",生生跑偏,变成了"上坟之旅"。

岂料"上坟"居然上了瘾——2021年清明节,疫情稍有缓释,我俩就长驱八小时南下,直奔安庆。具酒馔及芟剪草木之器,周胝封树,剪除荆草,为陈独秀先生墓祭。三鞠躬后,无端想起仲甫先生的诗词章句:"得失在跬步,杨朱泣路歧。变易在俄顷,墨翟悲染丝。"

回程途中,又看大江南北的暮春光景,所谓"可怜江浦望,不见洛桥人……故园肠断处,日夜柳条新"。

一路无话。

三

好,那接下来就说说吃喝吧。

我的好朋友似乎都具有以下两个特点：1. 渊默，善佯谬；2. 酒风浩荡。电话打过来绝不是找你办事，一定是找你喝天下最好喝的一种酒——深夜酒。所谓相见亦无事，别后常忆君。一旦获得这种感觉，即可把此人当个长久的朋友了。

我毕业后分配到北京，深夜吃喝怎能缺少雪枫。

有一回深夜与雪枫在三联附近吃"鹅掌门"，对他赞不绝口的"大肠头"实在不敢恭维。

他是一个对中国民族特色餐饮没有鉴别力与抵御力的吃货，他赞不绝口的菜肴太多了。他的耳朵过于严厉挑剔，他的嘴巴又过于无谓松弛，导致该同志既凛然又随便。

每次与雪枫在他家里饮，我们俩都满嘴跑火车，一会儿"东八所"（美国东海岸的八所牛校），一会儿"西三所"（美国西海岸的三所牛校），醉翁之意在身旁的刘佩萧小朋友，可刘佩萧小朋友只是安谧沉静地喝着酸奶，两粒黑葡萄偶尔瞟我们一眼，微含讥讽。

十年过后，小朋友真的进了东八所之一，还是美国这所名校交响乐团的首席小提琴手！孔融感喟"樊哙解厄鸿门，非巵肩厄酒，无以激其气；高祖非醉斩白蛇，无以畅其灵；景帝非醉幸唐姬，无以开中兴……"，现在可以说，虎父雪枫无犬女，非醉激荡意气，无以后浪推前浪！

某个周五的黄昏,与雪枫进山,等待夜半一场大雪,终归于失望。隐居燕山那个朋友备的酒不错,喝晕之后,不知为何聊起了洛尔迦:

黑小马／红月亮／三尺水的花多么香
黑小马／红月亮／玉色的死亡
我的眼睛在波斯小马的颈上
…………

次晨登燕山,感觉山已经冻得硬邦邦。在山上,我们举起"巴赫"狠狠砸在地上,把山坡砸出了几个白印子。

镜头闪回,那晚的刀叉杯盏叮当交错声中,我的手机在膝盖处瑟瑟发抖。谁想起了我?打开短信息,看见一个上海兄弟作家张生说了四个字:"忽然想起。"后来同去的女诗人蛮有把握地向雪枫借书,是一本胡安·鲁尔福的书,我紧张地看着他,他却心不在焉地说"好哦"。凌晨还很昏暗的时候,我出去过一趟,伸手不见五指。干冽的空气中,有水蒸气的味道,隐约觉得头上有只乌鸦,悚紧身子,匍匐在柿子树上,心灰意冷地和我朝着同一个方向张望,其实那个方向什么都没有。我默默想起侯麦《在莫德家的一夜》,和那电影一样,那一夜不会有任何故事。

雪枫有段时间闹酒，几乎天天把朋友们约出来狂饮。算了算，大约应该是他刚辟谷归来，却因为视网膜脱落差点失明，手术痊愈后的那段时间——他似乎有点争分夺秒的谶纬意思。推杯换盏觥筹交错之间，回想起当年在"命城"，我俩都还是啸傲江湖、襟抱宏阔、快活不羁、掷地有声的白衣青年。某天酒后，大雨滂沱中我们各骑一辆破自行车，沿着新开河去下坎子，聊了一路黄易的《寻秦记》。念及至此，捏着酒杯呆了半晌，恍惚看见那不是自己，而是来自古代梵净深山的另外一个自己。

酒桌边的说笑，是对那段狂放岁月的祭奠与致敬。但对过去，没有一丝的怅默与失望。几十年过去了，可以毫无愧怍地说，庸常生活的鹤嘴锄不曾埋葬过我们的岁月。

视网膜手术后，我去医院看他，推开病房门，发现他正撅着屁股遵医嘱跪趴在床上，眼缠纱布，戴着一副臃肿的头戴式耳机，嘴里哼哼唧唧不知在跟唱哪一段。

没打扰他，我在旁边的椅子上默默坐下，开始胡思乱想。一时间想到萧绎的"眇一目"，想到他祖师陈寅恪以视网膜脱落为代价换来的《隋唐制度渊源略论稿》，想到苻生、李克用和夏侯惇，想到摩西·达扬、施陶芬伯格和刘伯承，甚至想到汉尼拔和大西洋海盗……盯着雪枫像练习蛤蟆功似的肥厚身躯，微笑着呆坐了一个小时。

从精神意义讲，每个人都拥有一段波希米亚式的心灵史。

有人说三春醉里，三秋别后，是一年中最好的时光。当然也可隐喻为一生——一生最好的时光合计仅有两次。我们都已渐渐老去，到了发出建安七年荆州髀肉之叹的年龄了，所以要好好地认识我们身处的这个时代，认识我们自己。

我们从未错过值得歌咏的"三春醉里"，更不会错过笛音嘹亮的"三秋别后"。

四

在我看来，雪枫身上最有代表性的特点，乃是他性情中的狷介，即钱钟书所谓"知性的傲慢"。这才是纯正的"北大范儿"，源自五四和80年代，如今稀罕矣。

最足以显示一个人性格的，莫过于他所嘲笑的是什么东西。语文反映一个政权的自信与气度，语风则反映一个人的自信与气度。同样是檄文，陈琳刻薄到你恍然大悟自己有多猥琐为止；阮禹则一派宽敞，让人不能狎辱。

其中最难抵抗的，是对朋友的恐惧。

他因此会"得罪"一些人，被评价为"狂"，进而引来围攻和重谤。然而他内心的骄傲又让他懒得"分谤"，宁可以一种黄药师般的语气自嘲一番，或者像集贤庄的乔峰那样对朋友重新检验甄别。我主事某单位以来，深有同感——既想有所作为同时自尊心又极强的人，是逃不过谣诼的。这谣诼中自然少不了添点酱油加点醋，抹点辣椒裹点蜜。于是想起齐泽克说过：那些小地方小洞穴里的人，要么睡作一团，要么打作一团，要么既睡作一团又打作一团。他们的生活真充实呀。

想到这里，你就会迅速理解为什么契诃夫戏剧的结尾处，总是有人想自杀。

其实儒学典籍中所谓的"四品取向"（即中行、狂、狷、乡愿）里，唯有这个"狂"字，吾属意久矣。一个人，倘若没有一点科特·柯本式的少年心气，他永无进入顶尖高手行列的可能。今天的世风，是推崇"种姓制度"、成功学与丛林法则，放眼望去，大家聚焦的是小头衔小权柄，是五十步笑百步的薪资，是名曰资产负债表的数独游戏，是砍砍杀杀的末流人际龌龊，是名位进步的焦虑，是忍不住会笑醒过来的白日梦。

....

不错，正是这些经济属性的东西，将一士谔谔，逼成了腐儒诺诺。

1929年，陈寅恪先生赠言给北大历史系的同学道："天赋愚儒自圣狂，读书不肯为人忙。"如果语恰意切，陈先生诗中的"狂"，大约不是指傲肆轻狂，指的应当是袁宏道《疏策论》

中所谓的"龙德之狂",是兼济天下的寄道之狂,是恬趣远识的情韵之狂。这样的做派,在世风浮薄、粪扫六经的时代,没有点儿看破价值的勇气,是担当不起来的。

这是沽忠卖直与懒得装蒜的区别。雪枫迷恋武侠小说,是因为武侠里有道义情怀。我始终认为朋友身上有一点侠气,是很耀眼的。最好的武侠小说里对伟岸男子的想象,是希望除了一点佻达外,还特别会有两男子间的机锋、契合、牺牲与肝胆相照。

这才是朋友的境界。

"狂"不是简傲,是对自己有要求。

这种东西没办法讲。如果你有,就有;没有,就没有。

雪枫曾经给历史学家刘起釪先生出过书。通过雪枫,我对刘起釪先生有了更深的了解。特别是两件事:一是他厉斥"夏商周断代工程"将学术工作等同于土木工程去预定期限(罗雪堂、王观堂、董彦堂、郭鼎堂在天堂闻此,真真无语!),意义超出对疑古的退守;二是1943年朱家骅发起向蒋介石铸献九鼎,顾颉刚受邀撰鼎铭,新中国成立后将责任完全推脱给学生刘起釪,刘保持缄默。

2012年,微博上传来消息,说刘起釪先生晚景凄凉,蜗居在南京市郊一家养老院几平方米的病房中,几乎与世隔绝,生活困顿,春节连口热饭都吃不上,日渐衰竭,行将待毙。雪枫得知消息后,广泛张罗,为刘老争取待遇,呼吁并带头募捐。虽然当年年底起釪先生还是去世了,但雪枫的古道热肠也一时传为美谈。

偶尔会看到雪枫在微信朋友圈心情低落,正在苦闷中大肆吃酒啖肉。事后才知道,要么是他的朋友父母刚辞世,要么是纪念某些可耻历史事件多少周年……他从来不会私重抑郁。

有时看到他手舞足蹈,那一定是促成了老师学术全集的出版,或者他为朋友组织的生日宴会前,有人忽然带来了五十年陈酿的黄酒。

人无癖不可交,以其无深情也。

大爱小爱兼备,难矣!"深情"二字,有几人识得?!

五

人生微茫且荒谬,因此,生存最重要的就是要保持好奇心,生活最重要的就是喜欢,如果碰上热爱那就是幸福。这真是个逻辑严密的好三段论。雪枫专注于音乐,他是幸福的。

在一个泛娱乐化的时代里,人被架叉在篝火上面烤焙,灵魂失重,欲望升腾,最可怕的是他自己不愿意从烧烤架上下来,怕没面子。一个人的魅力指数,取决于他身上自在劲头与非功利爱好的多少。他的导师周一良先生晚年说"人生四不足恃：春寒、秋暖、老健、君宠"，内中况味，不足为外人道也。雪枫懒于宦途奔竞，他是自在的。

记得十年前读小说《胖子在历史中》，常常惊心于人与历史角力时的怯弱。中国知识分子往往被求全的理想激动和诱惑，希望自己身上有熠熠光环，这是中了传统伦理原典的毒。当他们遇上政治，情之盛者，莫如屈平，愤世忧国，至于自沉；智之盛者，莫如老聃，了达世谛，骑牛而逝。古代中国读书人的孤愤传统，其实很耽误事儿。

雪枫现在开始专注于做音乐普及，"收拾狂名须趁早，鬓星星、渐近中年路"。"士"的价值，不在于以专业换利禄，而在于面对时代社会，能有通过特长和德行造就共同体的责任，能有摩西劈分红海波浪的勇气，能有蒲草一般任由浊浪排空的坚韧。虽然革命已经衰老，可我在雪枫这样的人身上，看见一种嘲弄宵小的文化力量，一种再世启蒙的文化力量，这种力量正在成为辨认朋友的证据。

作为雪枫道义上的朋友，我想说：君子的确应该是通才，不要因为一门专业技术压在身上而养成了工具性人格，允文允武博识各家当然很好，但同时更重要的是不囿于器，成为价值的追求者、倡导者、践行者和承担者。

"道不行，乘桴浮于海。"海上有歌声。

艺术家的脾气

约齐秦喝酒,才聊一小会儿,就轰轰烈烈涌进来十几个服务员,人人面色潮红,要求与小哥合影。齐秦整饬衣装,站起来,和大家逐一拍照。一拨未走,一拨又入,拥上身来,小哥始终一副笑脸。

我渐渐不耐烦,怒道:让不让俺们吃饭了!

小哥刚返座,席间又有人提出要求,让他来一首《大约在冬季》。他谦恂一笑,点点头,轻唱一阕。"我想大约会是在冬季……"尾音未尽,又有人嚷嚷,让他接着唱《外面的世界》。

我在身边,心疼地看着他黝黑脸庞上无奈的表情,内心不住感叹他的好脾气。

20世纪80年代由齐秦唱响的《外面的世界》,其实是齐秦在少年感化院(因为与人动刀子进了少年犯管教所)中所写,创作初衷很简单,就是向往高墙之外的自由世界。他后来成了当红歌星,在录制专辑的时候,还曾因为与制作人陈升互看不爽,两人约架,跑到暗巷互殴,用男人的方式解决争端。有媒体采访他问道:"如果不做歌手,会走什么样的路?"齐秦面对镜头淡淡说:"可能会做黑帮老大吧。"当年冷酷孤傲的小哥齐秦,一袭长发、皮衣、墨镜,如今何以慈眉善目,脾气全无,乃至隐忍呢?

艺术家们可不都像齐秦。去年我们一帮人在"北平三兄弟"涮锅,某知名女高音歌唱家被大家起哄,要求现场来一首莫扎特歌剧《唐·璜》里的咏叹调《鞭打我吧》。

不料,这姐们儿把筷子往桌子上一拍,厉声说:

会啥就得来点啥,是不?!听说你是小说家,你马上给老娘现场写一段!

那位戴茶色眼镜的作家一时尴尬,手足无措。大家都有点讪讪,沉默很长时间笼罩着酒桌。

艺术家该不该有脾气?我来举几个例子。

冯法祀先生50年代准备创作油画《刘胡兰》时,好多天画不出来,气恼之余,为寻找灵感,亲手杀了一只鸡。

廖一梅女士的书宁愿不出版,也不让出版社改一个字。"大众审美就是臭狗屎""在信息充斥的今天,最大的问题不是怕你不知道,而是要敢于不知道"!

廖一梅的话剧《柔软》请郝蕾出演,郝蕾喜欢这个本子,为了这部戏的演出,她拒绝了去台北现场领取金马奖。跟《颐和园》里余虹的脾气一模一样,对惹了她的人,她的话是"我何止骂句脏话,我应该提刀杀了他们"。

某年参加裴艳玲先生《响九霄》的发布会,我和她会前匆匆聊了几句,从此在官方活动中很少见到她。听说有次看"新编"传统戏,被戏激怒,从观众席上站起来,大骂一声:×你妈!扬长而去。某协会换届选举,被选为主席团成员后与诸长老合影的光荣时刻,却找不着她了——她去人艺排练林兆华的新戏《寻源问道》了。我认为她简直是故意的。她的存在之于中国戏剧,正如乞力马扎罗山顶的豹子尸体。

20世纪80年代,在一次全国美协的理事会上,江丰讲演攻击抽象派,他显得非常激动,突然晕倒,大家七手八脚找硝酸甘油,送医院急救,幸而救醒了。但此后不久在华侨饭店的常务理事会上,江丰讲话又触及抽象派,他不能自控地又暴怒,立即昏厥,遗憾这回没有救回来。他为保卫现实主义、搏击抽象派而牺牲,全心全意为信念,并非私念。

1992年北京音乐厅举办古琴会,拜托田家青去请王世襄,田请他从来一请一个准,这次却被断然拒绝,王世襄说古琴根本就不适合在大庭广众之下演出,这与古琴精神不符,所以绝对不参加,这是原则问题,也是性质问题。某"琴社"非要请王世襄夫妇去参加成立开幕式,他的夫人生气了,说如果非要去,我就说你们应该立即解散。

第一次文代会后,某首长点名第二天八点要见聂绀弩和楼适夷，结果 7:59 分聂绀弩还在酣睡。楼适夷情急之下，掀开被窝拉他，聂却不高兴地说："你去吧，我还得睡呢。"楼只好一个人去，还不住地替聂解释。聂绀弩主持人民文学出版社二编室，每天都是趿拉着拖鞋中午才去上班，上班就讲笑话，但舒芜、张友鸾、文怀沙都诚恳拥护他。

黑泽明在片场许诺大家次日午餐不再吃米饭和咸菜，可第二天中午片场收到的盒饭还是这两样。他一言不发地冲入制作部办公室，以标准的投掷垒球姿势将米饭砸在了制作部主任的脸上。

捷杰耶夫心高气傲，认为马林斯基剧院的演员，只能去美国国家芭蕾舞团走穴，不能为一百美元去匈牙利走穴，呵呵。

1988 年，顾城应邀赴美国讲学三个月。顾城和谢烨去办赴美国的签证，办事处职员问顾城是什么肤色的人种。

顾城说：你可以在这一栏里写上"美丽的"。（简直就是故意找碴儿嘛。）

人有英气，必生圭角，所以艺术家天生应该有脾气。上帝让他们发脾气，是为了引导我们上升。只有把一般的生存戏剧化了，一个人才能获得迷狂或出神的状态。比如喝酒聚会，一个身上缺乏戏剧性的人，不会引起我的交往兴趣。

中国古代对完美艺术家的人设是"品端学粹、守正不阿、忠清亮直、练达老成"，所以李贽、倪瓒、金圣叹不得好死。

一个历史规律：愤青不可怕，老愤青可怕，于是曹操杀了孔融。林语堂《翦拂集》里说子路、屈子、贾谊这种不谙世故、脾气急躁的知识分子，一定是会被虐待的，于是直到今天，更多的艺术家喜欢《法门寺》里那个"站惯了，不想坐"的贾桂的姿势。

与其舐笔和墨受揖而立，何妨做解衣盘礴一裸君？

必须在重塑法则和欲望的关系中重塑激进的审美传统，狄奥尼索斯（酒神）精神，大约就是这个意思。

下次和小哥喝酒，我会告诉他：喜欢现在有雅量的他，也同样喜欢他的少年心气。

前度佳公子

男人之间的默赏，有时竟亦如贾宝玉初识林黛玉，心生"这个人我见过的"之念。

初识靳飞，就有这个奇怪的印象。

此人瘦削、冲淡、矜持、练达，香烟永不离手。一口标准的京腔，音色琅琅，妙语连珠，眼尾眯缝，嘴角微翘，间或在笑意里还有几分狂悖。

正如南宋曾丰《递呈余干郭主簿子敬》中所谓"谓吾多可失之杂，与人连蕞或莫识。谓吾寡合失之孤，与人倾盖或莫逆。南来岂是无过从，一见如故髯簿公"。深度认知某个人，难道非要倾其一生，终老恍悟吗？

我相信这是不尽然的。

一

我与靳飞相识也晚,算来不过寥寥数年。

然而深谈、畅饮过若干次后,遂成莫逆。汩汩友情,凛凛侠意,从眼睛中就看得出——别看他总是美目灼灼、童叟无欺的样子,一落笔就字字诛心。

这就说到他的文字,特别是剧评了。

现在的学术机制和出版传媒很发达,文章著作满天飞,动辄就能看到一帮人在兴高采烈地讨论"戏剧",可我却看不懂这些文章。

直到遇见靳飞。

靳飞的戏剧评论文章颇为通透,一口气读完,每逢会心会意之处,拍完大腿又想拍桌子,乃至想马上找人在街边喝顿大酒,以抒发酣畅胸臆。他的很多观点,已经修改了我之前的很多戏剧观,譬如:

> 如果以徽戏为母,北京文化可说是京剧之父。因此,京剧里的儒教思想是与生俱来的……
>
> ……当满族确立了其统治地位后,满汉间的矛盾开始缓和。这个过程我们无法在本文里具体描述,简单地说,满族的汉化发挥了关键作用。客观地看,满族人学习汉文化之努力,是足以令我们钦佩的。

> 那时的演员因其感念之情,而对于京剧里所表现的儒教的忠君之情产生出强烈共鸣。换言之,他们不是从理论上认知服从忠君的道德规范,而是在现实里产生出从一种朴素报答知遇之恩上升成为的忠君感情。现存京剧剧目中我们所见到的表现忠君的剧目,多是在那时创演(包括从其他剧种移植);他们在这些剧目中的表演也成为他们那个时代京剧艺术的最高峰,并对后世产生巨大影响。
>
> ……满洲贵族们汉文的修养实在太低了,根本理解不了昆曲的雅致,在上层断了档,所以在下层的社会里也没能形成大气候。

阅读至此,我其实还在内心与靳飞争辩。

我想,清初皇帝入关后要赎伏人心,不敢像朱元璋那样将贪官剥皮楦草,于是吏治妥协打折扣,还羞羞答答叫"仁政"。问题的根本自然还在于二十四史是家谱。

但靳飞随即又说服了我:

> 昆曲培养起满族贵族看戏的习惯,子弟书提高了满族贵族的文化修养。这都好似有意为京剧作出铺垫一样。当文雅程度远不如昆曲的京剧出现的时候,汉族官员因受昆曲影响的缘故,对京剧多有不屑之意;而满族贵族则意外发现这正是适合他们的欣赏水平的戏剧。

在清代末年，满族贵族对京剧的热情投入和巨大支持，这是京剧艺术迅速发展，社会地位飞跃提高的主要原因。他们像明末汉族士大夫培养昆曲似的，对京剧予以扶植。他们的包括宫廷文化在内的贵族文化又影响京剧，使北京文化基础上形成的京剧又具备了一种贵族化的气质。

闲读《晋书》《魏书》，觉得山巨源太冤了。嵇康临终前才对儿子嵇绍说："巨源在，汝不孤矣。"这句话，已近于托孤。《与山巨源绝交书》背后交织着曹帝与司马望宦阴森森两股力道。政治之诡谲，屁民与文人焉得领悟万千之一二?！现如今不少文艺青年学嵇康，您以为学雷锋呢?！靳飞的厉害，就在于他的如炬目光早已洞穿世相表面，而看见了历史的机杼。

与靳飞的戏剧评论相比，某些帮闲混饭吃的体制人所写的东东根本不配叫"剧评"；报章剧评大多由娱记或编辑所撰，偏重于报道乃至变相宣传；网上的观后感"剧评"则十分随意主观情绪化。因此我愿认为靳飞乃是在为戏剧界纾难雪耻。

二

靳飞的文风好玩，好在明白晓畅处有奇崛之风。

《你们属于我的城市》里写韩善续和金雅琴，简直令读者先喷饭，又狂笑，再肃然！

金雅琴与韩善续的不同,韩善续是独立大队,而金雅琴有队伍。在金雅琴身边,总有成堆成堆的老太太,做什么的都有,她既是这些老太太的头儿,也是她们中的普通一员。我看过她率领数名老太游北海,进门就找茶馆,进茶馆就大呼小叫,知道的是老太太要泡茶馆,不知道的还以为是老太太们要砸茶馆呢。

写东西实无诀窍,如孔子所谓"辞达而已矣"。朱熹《集注》的解释:"辞取达意而止,不以富丽为工。""每于不要紧之题,说不要紧之语,却自风韵疏淡。"靳飞的语言,配得上孔子、朱熹的语文标准,同时还让我想到姚鼐对太史公、归有光的评语。

语文实在是一个人修为的名片啊!

传统中国,即便偏僻乡村的私塾,都曾有近乎严苛的修身课。20世纪下半叶几代人都是被《"丧家的""资本家的乏走狗"》《敦促杜聿明等投降书》式的语文陶冶出来的,包括靳飞。然而靳飞的文章却无一丝当年岁月的愤汹之气。读他的文字,事事言之有物,句句娓娓道来,阅识修为,若皓月清辉。靳飞的国文功底究竟是怎么修筑的?我们这代人都是"喝狼奶"长大的,他怎么像是喝牛奶长大的!他怎么对狼奶有这么强的免疫力呢?我期待早日看到他的回忆录。

靳飞其实是半路出家，没有读过硕士、博士甚至本科（他调侃自己是坐科于"马路富连成"）。然而学历甚至名校学历又能说明什么呢？靳飞从不缺乏"纳须弥于芥子"与"隔行论史"的勇气。事实上，凭借渊博的学识与卓越的成就，二十年前他就已经成为东京大学的特聘教授了。

三

靳飞论剧如此老辣，与他极奇特的成长经历分不开。

说到这里，哈哈，就更加期待读到他的自传了。

靳飞在二十岁左右，就交了张中行、吴祖光、严文井、季羡林、梁树年、周汝昌、范用、许觉民、徐淦等等一大批"很老"的朋友。

这是一种极不寻常的交谊。

一个少年，竟然得受一众大师的私淑武功，之后又被老先生们视为忘年知己，这种现象可谓史上罕见——反正我只知道风清扬、方证大师、任我行之于令狐冲；柯镇恶、洪七公、哲别之于郭靖；欧阳锋、黄药师、独孤求败之于杨过……可是，这都是小说人物啊！

凡人之性，少则猖狂，壮则暴强，老则好利。得众多大师的锤炼与指点，三十岁后的靳飞有了一种不同凡人的、黄宗羲意义上的"诗书宽大之气"。对他这个人，我印象最深的是两个字：真与义。

"腹有诗书气自华"，其底色是"真"。只有真，才动人心魄。

梨园行里自古是非多，言辞万一不当，即引来唾沫之祸。但靳飞似乎从来就无所顾忌，正像《皇帝的新装》里那个孩子，眼见净垢，不吐不快。我经常被他臧否人物方面的洒脱直爽惊到目瞪口呆。

但朋友们都喜欢他这个"真"字。

靳飞担任北京戏曲评论学会会长是颇有点卡里斯玛个人魅力的，在他的言行感染下，这个群体蓄养了一种"真挚"的团队气质——他倡导的"红票团"，含义是针对北京赠票送票看戏的恶习，提倡大家"出血"买票看戏。

前不久参加某省高层活动，省委书记敬靳飞为上宾，众人莫名诧异。但靳飞并不愿意沾光，当富商官员们纷纷上前攀谈，递上名片时，他故意拿出"北京戏曲评论学会会长"的名片来交换。

"各路富商官员们一脸蒙圈，转身就不理我了！"

靳飞聊起这一场面时，我二人忍俊不禁，同时仰天大笑。

是的，很多小官僚被自己那点梦想反复折磨，拿一生作赌注修炼工具人格，常常倨恭不一。靳飞这一姿态颇有古风，所谓"待小人不难于严，而难于不恶；待君子不难于恭，而难于有礼"——对待小人，对他们严厉苛刻并不难，难的是不讨厌他们。对待君子，对他们恭敬不难，难的是以合适的分寸与他们相处。

风气锢塞的时候，丁文江无可奈何地说中国的问题要想解决，非得书生和流氓结盟不可。应了那句话，中国的君子，"明于知礼仪而陋于知人心"。靳飞应付世间俗事，从来都是游刃有余，甚至玩心大发，老不正经。这是他的处世智慧，更是他的丈夫气魄。

如果你非要说这是他的缺陷，我也不反对。

真善美中，"真"尤为难得。我一向对那些有"缺陷"的西方思想家很感兴趣，我认为他们的"真"衍生的"美"，高于我们的"善"衍生的"美"。福柯、萨特不用说了，从罗素的书中可以读到马丁·路德的蛮横、哥白尼的懦弱、培根的道德缺陷和卢梭的放诞无行，其实这样的"坏种"我们也不少啊，李贽与梅澹然、沈括的小人伎俩、唐伯虎的"扬州瘦马"……让我们年轻时在道德判断上也许会产生"偶像的黄昏"，然而，这不正是人文价值观教育的起讫吗？

靳飞的"丈夫气"除了这个"真"字，还体现于他的"义"。他交结无数，上至耄耋名流，下至车夫走卒，都曾被他"重然诺、讲义气"的性格深深感动过。为了兑现与日本戏剧大师坂东玉三郎一句话的承诺，他放下手头诸事，全力完成了中日版昆曲《牡丹亭》的演出，还促成了2010年上海世博会中国京剧、昆曲与日本能乐、歌舞伎四大传统文化同台演出。

用他的话说:"《牡丹亭》是一针一线缝出来的,是纯手工的。"

这每一针每一线,都是他义酬知己的一腔热血。

另一位日本戏剧大师中村勘三郎与他仅寥寥两次交往,便成为至交。中村勘三郎曾经淌着热泪对他说:"玉三郎和您太不容易了!"听罢这话,靳飞也潸然泪下。

一棒一条痕,一掴一掌血。岂止读书,交往也当如此。

四

除却上述,在我看来,靳飞的价值观最为难得。

他对李泽厚、李零著作的感慨是:经学无底,史学无边。经学深,故无底;史学太汗漫,故无边。诚经学无底是故无经学矣,史学汗漫无边而致戏说无端也。

他论述韩世昌时,说王元化先生讲的功利主义、庸俗进化论、激进主义和意图伦理四样东西,是当年五四运动留下来的负面遗产,实在对京剧不公。

他力主在楚之骚、汉之赋、六代之骈语、唐之诗、宋之词、元之曲、明清小说之后再添上"民国京剧",实乃振聋发聩之宏伟理念……

不知何故想起李商隐。

相比《锦瑟》,多年以后,我更喜欢《重有感》多些:岂有蛟龙愁失水，更无鹰隼与高秋；昼号夜哭兼幽显，早晚星关雪涕收。我年少时读李义山，常困惑于此君不肯夤缘时会，不愿识遇邸鸟腐鼠，他根本就是一个情种，何以将入世的肃穆写得如此慷慨？

靳飞又何尝不是如此？读《姑苏半月日记》《中日版昆曲〈牡丹亭〉东京公演工作日记》《中日版昆曲〈牡丹亭〉香港公演工作日记》，会发觉他也有很多入世的情绪和意气。但如同《梁漱溟问答录》里有汪东林先生的意气在里面，《陈寅恪的最后20年》中有作者陆键东的意气在其中，有哭笑之声的理想主义大作品皆是如此啊。

但我又不愿意将靳飞视为理想主义者。

我始终认为应该慎用"理想主义"这个词。不用它给别人贴标签的同时，也警惕其中隐含的"悲情"假装打动了自己。一个人一旦豪迈地宣布自己是个"理想主义者"，就意味着他跳上板凳，取消了别人和他争辩的资格。正如另外一些人哽咽着宣称自己是"爱国主义者"一样，他们之中绝大多数心口不一。读史所见，概莫能外。

靳飞听后，微微颔首，表示赞同。

五

非要形容靳飞，我愿意以"前度佳公子，若朴伟丈夫"两句形容他。

我看见他东西南北、飞来飞去的踪影,俨然有当年柳隐雯扁舟访钱宗伯时的"林下风",很想送王维的《少年行》给他:

> 新丰美酒斗十千,咸阳游侠多少年。相逢意气为君饮,系马高楼垂柳边。

如果身上有一点侠气,这样的朋友是很耀眼的。

我二人见面罕少,但有沉潜与挣扎之庸世深情,属于那种"相见亦无事,别后常忆君"式的朋友。在他身上,我读懂了一个卓荦不群的灵魂,读懂了如何"重新回到信仰的大道上,唤起我们生命热忱"的深情启示。

光头大哥

一

　　2009年盛夏,我参加了《剧本》月刊在北戴河举办的"全国剧作家及剧本创作现状研讨会",并代表中国剧协党组,负会议主持之责。报到当晚,在酒店大堂办理入住时,看见客梯轰然打开,走出一队气宇轩昂、前呼后拥的中老年男人,居中那位光头大哥腰杆挺拔,步履坚毅,左腋窝夹着手持皮包,右手掐着雪茄香烟,戴一副蛤蟆墨镜,神情狠戾……如果脖子上再来一条大金链子,我将确定纽约罗斯切尔德家族、东京雅库扎山口组、香港三合会和哈尔滨斧头帮已在北戴河完成集结,准备火拼。眼前这位,极有可能就是坤沙、唐·维齐尼、向华强或者乔四爷本人。

　　第二天上午,会议开始前,甫一落座,却震惊地发现"光头黑老大"竟迤迤然坐在前排——桌签显示：此乃威震全国的广西戏剧家协会主席、著名剧作家常剑钧。

这惊悚的第一印象，之后在《剧本》各位编辑同人口中，还出现了续集：据说常老大颐指气使地走出电梯，快出门时，没注意大堂内舞池台阶，径直摔了一跤，额头上留下一道闪电疤，得了个绰号——"哈利·波特"。

次年，中国剧协第六届理事会第四次会议在重庆举行。嘉陵江边的苍蝇馆子里，我与常剑钧从下午六点喝到次日早晨六点，喝了整整十二个小时。酒局将散时，才发觉我们俩祖籍都是山西晋城。

他大为激动，立即邀我择日去他的地盘——桂林漓江边搞它一场！

不久就成行了。

在象鼻山下的一条渔船上，他神神秘秘地从怀里掏出一物，仔细查验，发觉乃1982年3月8日柳州市饮料厂（该厂已经倒闭三十八年）生产的白酒，名曰"柳泉酒"，瓶盖锈迹斑斑，世上存量不超过十瓶。

"有哥们儿说拿五瓶茅台换，我说不换。"老常说完后仰身放肆大笑，他的光头在傍晚的江面上光芒四射，与老翁、鸬鹚、渔火交相辉映。

此行原本与老常盟定接下来赴金秀瑶族自治县喝"互喂米酒"（长柄木杯，自己没法喝，只好相互喂），但没去成。1935年12月16日，新婚不久的费孝通夫妇翻山越岭到金秀调查时，费误入一个瑶族猎户为捕捉野兽而设的陷阱，已怀孕的王同惠疾急求援，失足落入深渊，从此天人两隔，灵会难期。

我想，一定要去金秀，要去圣堂湖，要去切身感受被常剑钧的如椽巨笔勾勒过的八桂大地，亲炙那些被常剑钧吹嘘夸耀过无数遍的斑斓迤逦的山山水水。

二

常剑钧的父亲是一位"南下干部"。

1949年，国共政权短短几年间迅忽反转鼎革，即将履新的江山主人正指挥百万大军由北向南席卷神州。然而，被摧枯拉朽般拿下的一座座大城市如何进行管理，成了迫在眉睫的新难题。我在电影《大进军》里看到，林彪的四野部队饮马珠江岸边，拿下广州如吹灯拔蜡，却为缺乏入城后的接收管理干部头疼不已。林彪躺在竹椅上唉声叹气，与邓华反复商量后，甚至向中央建议暂不攻打广州，而是向西继续追歼白崇禧——把大城市打下来，比打不下来还挠头。

1948年8月24日，邓小平在给中央的报告中提出："新区所需干部数目极大，按中原所需用干部的标准，如在江南开辟一万万人口的地域,所需合格的干部当在三四万之间,应请中央预为准备。"(《邓小平文选》第一卷,第一百二十九页)。刘伯承也在中央会议上提出要求:"在军队未出动前,最好有一套地方党政干部配备,这是马上得天下、马上治天下的军政府。"中央采纳了刘邓的意见,同年12月,中共华北局在太行、太岳两区选调得力干部,组建一个南下区党委,党、政、军、民各级干部加上后勤人员四千多人东出太行山,番号为"长江支队",浩浩荡荡南下。常剑钧的父亲就是其中一员。

此番南下,社会上有一种说法:其他省人打天下,山西人坐天下。这些泥腿子出身的晋东南青壮年穿上野战军的军装,跟着部队往前走。解放军的兵团在前面每打下一个城市,他们就在后面跟上去接管一个城市。一路上,这支特殊队伍险象环生,某城市的国民党军队逃跑时把粪坑用草盖起来,他们有人踩上去,掉到粪坑里直接要了命;部队宿营时有个小伙子到老百姓家打开水,等回去时部队已经开拔了,他又步行又搭车一个人追到南京,看到解放后的南京到处都是部队,四处打听长江支队在哪里,可所有人都没有听说过还有这个番号。当终于找到自己的长江支队时,他一头栽倒昏迷不醒;由于几乎三五天就接管一个城市,行军路上根本没时间休息,有位女战士蹲在地上不敢站起来,大家问她咋了,她说裤子被尿湿了……当时有一个宣传要点是:毛主席当年带领红军长征到北方解放了我们,我们现在也要去解放南方的劳苦大众。

原定他们是接管宁、沪、杭地区，想不到革命形势发展太快，宁、沪、杭地区已被其他部队接管，于是乎只好继续往南走，接管了福建、广西、四川等地。我在中国唱片集团任职时，中唱在成都有个子公司，20世纪七八十年代除了川剧和云南贵州西藏民歌，居然还出版了不少上党梆子（山西长治、晋城一带的地方戏）专辑，好奇之下，我曾向专家咨询过这种情况，专家笑着说：没啥奇怪的，因为四川很多领导干部都是晋东南人。

恍然大悟。

常剑钧父亲最后落脚在广西与贵州交界处的河池罗城仫佬族自治县，并就地娶了一位仫佬族女子为妻。

1955年8月1日，常剑钧出生。因为这天是建军节，军人出身的父亲给他取名"建军"。一晃数年，文学青年常建军偶尔路过布告栏，抬头一看，判决书上同天枪毙了五个不同姓氏的"建军"，有杀人越货的、有坑蒙拐骗的、有贩卖妇女的……登时吓了一跳，一路惊心，回去悄悄改了名，于是，"常建军"就成了"常剑钧"。

他成长的天河镇，只有一条古旧破败的长街，中间岔出几条盲肠般的短巷，从唐贞观年间至今，格局就是如此。从赶圩的圩头到担水、洗衣的西门码头，半个多时辰即可走完。小镇的风物颇似沈从文的凤凰光景，成了多年后他在剧本中对乡村现代性进行想象的源泉。

前不久我在宁波参加一个莫名其妙的"新乡村音乐节",见到了来自台湾的乡村音乐"教父"叶佳修老师,聊了一番后很感慨。《外婆的澎湖湾》《走在乡间的小路上》《踏着夕阳归去》《赤足走在田埂上》……那种辛弃疾"稻花香里说丰年,听取蛙声一片"式的田园理想,或者叫乡愁(乡愁既是味蕾,也是地方戏)已经某种程度上成为迢遥记忆了,大家其实对苏芮《一样的月光》有了更多的共鸣:

什么时候蛙鸣蝉声都成了记忆/什么时候家乡变得如此的拥挤/高楼大厦到处耸立/七彩霓虹把夜空染得如此的俗气/谁能告诉我/谁能告诉我/是我们改变了世界/还是世界改变了我和你……

常剑钧想象的那个乡村共同体早已溃散了,因为它的"凝结核"已渐渐消失。常剑钧戏剧中那些反面农民性格角色的变异,其实就是德行式微、实用主义流行的此消彼长过程。那个健全活泼、原始丰饶的民间价值差序格局,究竟是什么时候开始消失的呢?

常剑钧上小学时,某天下午太阳有些刺眼,他和一帮看热闹的同学来到圩头尾。平日摆摊卖菜、卖果的空地上,跪着十几个五花大绑胸前挂着"地、富、反、坏、右、黑"牌子的男女,有些是他认识的街坊,有些是他不认识的"村上人"。他们的周围,围着一群同样是街坊的雄赳赳的男女。这些人群情激昂,高呼口号,接着,发疯一般地举起手中的木棒,端起地上的石头,向跪着的人们打去。霎时间,血肉横飞,哀号震天,短短几分钟,十几个挂黑牌的男女就都变得血肉模糊了。

　　随即,他们的家属接到通知,让他们尽快收尸,以免影响卫生。收尸者们埋葬亲人时,怜念他们死时饥馁,恐在阴间不得安宁,于是凑钱买了些包子、馒头随尸下葬。谁知,信息很快被知道了,他们挖坟开棺,从死者身边将一只只浸泡在血水之中、已发黄变黑的包子和馒头带回了老街。又一天,也是太阳晃眼的下午,在紧挨圩亭的公路旁洼地里,匪夷所思的一幕开始了:亲属们每人被迫接过一只从坟场拿回的包子或馒头,要他们当场吃下去。于是,一次人类史上极为怪诞的午餐开始了。

　　多年以后,常剑钧写了个方言话剧作品叫《老街》,以老街上三个家庭三代人的际遇变迁和生命轨迹为主线,写了那个"恶时代"(包括后来的"欲望时代")的世相,特别是触碰了"三分天灾七分人祸"那个特殊时期的社会生态。我想,这个戏一定是常剑钧少年噩梦的一场镜像折射,观众会不由自主地从"阿伦特命题"的角度来反思时代与人性的谜团。

　　阿伦特在《反抗"平庸之恶"》中所提两个问题是:第一,尽管他们不能也确实没有抵抗,那些各行各业中的少数异类,他们在运动中如何能不合作并且拒绝参与批判他人?第二，那些在运动中攻击别人的人，是什么驱使他们这样做？残酷的运动结束后，他们以什么样的道德根据来为自己辩护？

我更愿意认为，作为那段难忘历史的亲历者，常剑钧是因为对第一个问题的结论感到悲观，才把理想寄托在了社会底层的一条市井街道上：由于很难找到一个拒绝合作的人，底层的愤懑会在"平庸的恶"中轻易被消解掉。半个多世纪过去，我们所看到的"用道德根据来为自己辩护"者并不多见，更多乃是沉默：加害者自己沉默，受害者也不愿意说出，仿佛是所有人的合谋，更是精神层面上的阴郁与寒冷。

阿伦特提出这两个问题，是想拷问在极端体制下的个人责任问题。常剑钧在戏中质问这群"好人"面对道德责任时，是不是敢于自己做出判断的人。这种价值判断的公约来自"老街"，"老街"在遥远的时代就已经建立了一套价值体系，其是非标准根植于灵魂与良知，之前无论遭遇何种时代横运，多数人都能与自己内心和睦相处。然而欲望浪潮排山倒海到来后，却发现守护这套价值体系，已经前所未有地变得艰苦。三个时代场景，打碎了观众"日新月异"的"变化"感与"时间进步"的幻觉。几个主要人物的讽刺性命运颠倒，清楚地显示出："老街"的信念正在崩塌。随着20世纪90年代以后市场经济的澎湃汹涌，生活世界开始不动声色地显示它在"无意义时间洪流"中的绝对力量，"老街"乃至各行各业都开始酝酿一种新的价值基准，成为当代中国某种精神错乱式的驳杂文化症候。

小学毕业后，常剑钧上了罗城县二中。那时的学校强调向工、农、兵学习，在没有工厂的深山里，学军和学农就尤为重要了。他们班当时不叫班，而叫"排"，以显得军事化。每日天刚蒙蒙亮，他和同学们就扛着一根削得光溜溜的"备战棒"集中到学校操场，排着整齐的队伍，先围着操场跑上十几圈，然后练习刺杀，动作铿锵有力，口号声、喊杀声吓得对面群山峭壁上的猴子惊恐万状，四下逃窜。后来，猴子们也都习惯了，不再逃窜，蹲在峭壁上静静地看着他们，直到上课钟声敲响。

常剑钧还是少年时期的20世纪60年代初，因为吃不饱饭，曾被父亲送回山西晋城老家几年。晋城地处太行山南麓，相比贫瘠的桂西还是富庶一些。直到80年代，我亲眼所见还有卑惭恓惶、面带菜色的河南饥民到晋城乡下挨家挨户乞讨。小米饭将他养大，胡子里长满故事，一声声喊他乳名，风雨中教他做人……我郑重向他允诺，一定陪这个仫佬族老男人回晋城一次，给爷爷奶奶的坟磕几个响头。

常剑钧经历过的人间故事太丰富了，所以成为剧作家后，他非常擅长描画一个"祛除巫魅"（终极而最崇高的价值从公共生活中隐退）的世俗化生活世界，他更愿意将理想作为人一切道德价值行为最深刻的内在动机，把人的罪恶感作为人内在自由的最深刻的表现，进而反讽当下社会的无序和势利。我因此认为常剑钧的纠结与忧虑，其实是物质繁荣之后的文化败血症，寻找的是文化逻辑转换后，能不能有一块理想飞地，作为难以彻底压服的社会离心力量。

三

常剑钧嗜酒，浑身上下一派"豪横"气质。

与朋友见面，他给人印象最深的一句话就是：晚上我请你喝酒！

朋友们对常剑钧印象最深的也是他"酒染的风采"——这是我和老常共同的朋友裴志勇归纳出来的。

在戏剧界，老常的酒与他的戏一般齐名，这种知名度可以追溯到若干年前他还在县毛泽东思想文艺宣传队做编剧的时候。有次到一个乡村演出，淳朴豪爽的乡亲用锑桶担着酒来犒劳他们，还排着队与他们划拳斗酒，一番天昏地暗后，一担酒喝得只剩两只咣当空桶，排队来喝酒的乡亲们全都倒在了屋角凳脚，只见常剑钧和他的几个战友站起身来，抻抻卷着的衣袖，在脸上抹好油彩，照旧登台，去演那些一晚死两回的家丁甲匪兵乙。

常剑钧有个外号，叫"南霸天"——当然这是朋友们从戏剧地图角度给他的一个戏谑称呼。话说回来，你看那部以古骆越人唱山歌为题材的壮剧《歌王》，那个开口成歌、风情万种的骆越欢乐歌者勒欢,"老子生来会唱歌,唱天唱地唱山河,唱得日月倒转走,唱得江海息风波",其雄健,其豪横,其霸壮,不正是他的自画像吗?

他身边有一堆堆的酒友,风采各异。醉酒后,有亢奋得口吐狂言的,有颓丧到万念俱灰的;有以酒遮颜的,有借酒壮胆的;有骂大街的,有钻床底的;有浇不开胸中块垒而倒头便睡的,有佯装醉态而把别人的醉态写进剧本的;有打老婆的,有被老婆打的……他一位不识字的乡间酒友,在经历了无法统计次数的醉生梦死、妻儿共愤的事故之后,发誓与杯中之物诀别,并把对酒的仇视升华为:"国民党最坏,搞出这种东西来害人!"——在他看来,酒大概是国民党制造的,因为酒和国民党一样"祸国殃民"。老常哭笑不得。

常剑钧打算同意这位乡间朋友的高论,也摆出架势,准备戒酒。可不久发生的一件事,却极大地动摇了他的信心。某个场合,他偶遇了一位平素滴酒不沾的体制内朋友,朋友长得气宇轩昂,算得上体面人物,加之平素爱惜羽毛,处处谨慎,对上下级脸上都永远是谦谦退让的庄敬表情。席间,体面人物经不住老常再三相劝,竟然也喝了起来。刚开始时愁眉苦脸,渐渐则变得神采飞扬,再后来,居然几个人都摁不住他了!局面的进一步发展令常剑钧心惊肉跳,待一坛老酒见底,这位仁兄竟像个陌生人般站在他们面前,唏嘘不已,长歌当哭,涕泗滂沱,手舞足蹈。好不容易将他安顿清楚,老常暗自心想:这回可闯大祸了。

次日，常剑钧愧疚不已，当面向他致歉，连连说不该把他灌醉，传出去肯定影响了他的形象。岂料对方哈哈大笑："痛快！痛快！想不到酒还有这等妙处，醉酒竟是这般舒坦！"

不等老常愕然，朋友又说："每天上班都TM像参加假面舞会，长此以往，自己找不到自己也罢，堵心的东西打不开，不得癌症才怪！这回好了，我现在筋舒脉通，周身畅快，好像换了一个人！说吧，约哪天？咱俩再大醉它一场！"

常剑钧惊呼，天哪！我等喝了千百斤，竟不如他喝一两斤！我等醉了无数次，竟不如他醉这一半回！看来，我们都是白喝了，也是白醉了。

某次，常剑钧和我喝酒时讲了这个故事。他说看来人间不能无酒，只是要看谁来与你同醉；看来人不能长醉，却不能不偶尔一醉。

老常随广西文化代表团出访欧洲，他嫌外国的白酒口感不好，葡萄酒又不带劲，竟在自己的行囊里装了半箱茅台，还逐个给熟悉的团员们打电话，循循善诱反复做思想工作，动员他们各自带上一两瓶。飞到目的地后，白天参观访问，晚上就聚在饭馆里把酒言欢，从伦敦一路喝到罗马。

他老家昔日乡镇上的那些贫贱之交，口袋里没几个钱，但心特别诚，知道他们的常哥好色不如好酒，但他们又送不起茅台或五粮液，于是挖空心思让供销社的人到仓库里搜寻，一旦找到库存了二三十年、已从二三元涨成二三十元一瓶的白酒，就成箱成件地买下，给他捎来。这种时刻，老常脸上百分百会笑开了花。

戏剧界有个著名的段子：一年轻剧作家新入行时，打算拜常剑钧及原先一道写戏的两位朋友为师，分别学习做人、写戏和挣钱的本领。于是三个师父商定，由常剑钧教写戏，另两个师父分别教做人和挣钱。一段时间过后，发觉那小子行为乖张，常剑钧暗呼不妙，一脸严峻，寻到负责教做人的师父，郑重其事说：我们还是换一换吧，我来教做人，你来教写戏，要不然，恐怕戏没写出，人先臭了。

对事业，对同行，对朋友，"未可全抛一片心"，是常剑钧最难做到的。如作家东西所说，他对朋友的优点会毫无掩饰地赞赏，对朋友的缺点毫无原则地原谅，对朋友的要求从不拒绝。谁有难处，只要找到他，几乎都会一口应承，然后很是豪爽地放出一句：三天后你等我消息！他与人交往从来都是先讲酒德再讲文德，于是很多同行遇到困难时，都会禁不住脱口而出一句："我是常剑钧的朋友。"这句话大多时候都是有效而实用的。正因此，好多人都愿意跟他"耍"，因为他的重情义、守然诺。2019年在成都开会，离蓉头一天傍晚，他打车去了一趟都江堰，返回宾馆已是深夜，醉得几乎不省人事。次日上午，他告诉我，他有个相识三十多年的姓韦的朋友，当年曾在文艺实景演出行业一起叱咤风云，挣了不少钱。朋友后来移居到都江堰，准备继续做大做强演艺事业。赶上汶川地震，这哥们儿从三楼一举跳下，摔得全身粉碎性骨折，赢得一个与"猪坚强""范跑跑"齐名的"韦跳跳"，从此在嘲笑和求医中挣扎，晚景凄凉。常剑钧这回就是去找他喝酒，临别时，还尽自己力量给予了帮助。

广西文艺界还流传着这样一个段子：话说当年，身着格子衫牛仔裤的常剑钧叼着烟卷，站在家乡街边昏黄的路灯下，见到漂亮姑娘走过，就扯着嗓子大喊一声：妹呀，耍去！明白人一听便知是编排出来的。不过这段子放在常剑钧笔下的人物身上倒是极准确的。只要稍作考究，他笔下那些个最为鲜活、最为传神、最为令人难忘的角色大都是这副德行。

常剑钧爱给圈里的朋友起外号，诸如"东表演""梁庸俗""张三秀""刘八抠""金大骚""陈小浮""懵族少年"……有如他笔下人物一样传神且富喜剧色彩。老常有个朋友，颇有几分语言天赋，擅长模仿各省方言，他们经常聚在一起打一种叫"拖拉机"的牌。这个被他用外号称作"庸俗先生"的哥们儿可能是老婆管得严，找个借口退出了"拖协"，再打电话一律不接。某次临近子夜，他们酒后打牌三缺一，老常乘着酒兴，决定捉弄他一番，操起电话就往家里打。铃声响过几遍，来接电话的是女声，老常也不怯场，捏着鼻子随口编排：弟妹你好，我是社科院的谢庭望，久仰你家教授大名，想向他请教一个学术问题。"气管炎"庸俗先生本来还赖在床上，大约正回味什么事情，懒得搭理人。听了老婆的转告，长于方言研究、痛感大音希声的他以为遇到了知音，一个鹞子翻身下床，屁颠屁颠跑出来接电话。谁知听了半天，尽是一些醉话，并无什么学术问题，心里有点窝火，又不好当场发作，害怕影响自己在别人心目中的儒雅形象。老常他们几个在电话那头紧捂嘴巴，憋得面红耳赤，生怕笑出声来导致穿帮。大家乐不可支，忍不住集体大笑，那老兄方知受骗上当。此番光景，令一个现场姓金的朋友大为感喟，真应了那句"人生如戏"，满堂哄笑声中，大家悟出，常剑钧真有编戏天分，能根据人物的性格特长，给他穿靴戴帽，连捉弄人也编得那么逼真。难怪他的剧作那么撩人心弦。

其实此人宅心仁厚，大多数时候，你从他脸上看到的都是一脸萌纯，偶尔脸上还会飞过一阵少女般的红晕。我从未听到他背后褒贬过任何同行，唯一一次感觉到他怏怏不快，是提及并评价某理论家，他脸红脖子粗，憋了半天后，小声说那个人："无趣。"

但对不以为然的行为，他会当面拍案而起。有一年全国文代会，我请各路神仙吃饭，他被座中某官至高位的旧友倨恭不一的做派激怒，不顾场合与情面，当众狠狠教训了他一番，举座皆惊，那个被训斥的高官脸上红一阵白一阵，诺诺赔酒，方解了尴尬。

四

几十年间,常剑钧的一头齐肩黑发褪成了亚麻色,又从亚麻色变成了霜雪之色,后来索性变成了一颗亮闪闪的光头。

常有人问常剑钧:"你为何要剃个光头?"他答:"凉快。"也有人问:"你是没头发了才留光的吧?"他只好佯答:"是啊,有病,头发早就掉光了。"

后来,没人问了。再后来,他也十几年没进过理发店了。隔一两天,剃须时顺手将刀片在头上滑过一遍,两三分钟,满头清爽,一毛也无,省时、省事、省钱。

早些年,他也曾蓄短须,留长发,每到要写一个剧本时,就到理发店去,剃一个光头,图的是省了搔头掉发之苦,图的是提醒自己做事贵在专注。

常住溽热的南方,冬天不长,实在冷了,戴顶布帽也就暖了。他是在知天命之年开始以光头示人的,从此却时常品味到光头的诸多好处。光头犹如给他自己戴了一顶无形的钢盔,挡住了许多不知何时、不知何处射来的冷枪暗箭,得以安心去做自己想做的事,所谓无有三千烦恼丝。

剃光头之事,真正版本其实是这样的:进入新世纪不久的某日,上边忽然来考核他,传说是准备提拔云云,一些人于是开始冷嘲热讽:真看不出常剑钧居然还有那么大官瘾!老常听得此言,受污辱般脸色瞬间涨红,当即买来剃刀,愤然将头刮个锃光,以削发明志,表示今生永不入仕之决心。事后,他不止一次庆幸地说:好在没做那个官,否则要时常去开那些空洞无聊的会议、听那些套话连篇的报告、看那些八股十足的材料、签那些不着边际的文字、做那些莫名其妙的事情,那才叫造孽。想想的确如此,否则,后边他那十几个名动全国的戏就不会有了。

"人家骑马我骑驴,人家忙官我忙戏",这是常剑钧的潇洒自况。

人生得失校辩,此之谓也。

光头也给他带来大量忍俊不禁的尴尬记忆。

在飞机场火车站,常剑钧总被人拦住要求签名或者合影——他一次次被误认为是相声演员陈寒柏本尊。由于不管怎么解释粉丝们都不信,他无可奈何,愁苦之下,只好认真地签上"陈寒柏"三字。终于有一天,他和陈寒柏在某次会议相识,讲起这件尬事,两人都乐不可支,从此还成了好朋友。

由于他是政协常委、人大代表,开会时要求按姓氏笔画就座,"常"与"释"字笔画相邻,身边坐的往往不是和尚就是尼姑,一排光头交相辉映。老常坐在主席台上,有苦说不得,绷着表情。看着他一本正经的样子,半会场人都忍俊不禁,掩嘴偷笑。

近几年,他才真正享受了光头带来的独特乐趣,这乐趣来自两个外孙女。每逢周末,一岁多的小外孙女语悦回到家来,最爱做的游戏是将姥爷的光头当作画板,在上面贴满各式各样抽象变形的小动物,然后跑过一旁,扳着指头,逐一检阅。老常一动不敢动,这些奇形怪状的小萌宠,他能叫得出名的只有小猪佩奇。又有人逗三岁多的大外孙女语凝,问她姥爷的头发到哪去了,她说:"我姥爷的头发都到戏里去了。"大家听后,若有所思。

他曾劝毛发稀疏或半谢顶的三两好友干脆剃个光头:与其留几根头发,像深秋的蒿草在风中晃动,还不如清清场子,铲掉省心。

每逢佳节,他北方的光头挚友、时任《剧本》月刊主编黎继德都会通过电话或短信问候,抱拳作揖,开头语永远是江湖切口般的八个字——"南光北光、南北同光"!电话两头遂狂笑一番(黎继德的笑声享誉戏剧界,原因是老常把他银铃般的笑声,形象地归纳为"淫荡的笑声"),云端举杯,痛饮一大盅。老常还会即兴赋诗一首:"相聚尽开颜,别时酒亦香;大漠黄沙路,一对癫和尚。"

老鹰捉了乌龟后,常寻地面大石,抛龟于其上,以破龟壳。公元前456年的某天傍晚,一只老鹰误将埃斯库罗斯的秃头当作圆石,当场害死了这个伟大的剧作家。……神秘旷翰的远古轴心时代,死都可以搞笑地死。

我常拿这个故事吓唬常剑钧,提醒他,莫要埋头拉车,也要抬头看天。

五

2019年4月,我与常剑钧同去四川成都,参加了著名剧作家徐棻老师艺术生涯七十周年系列活动。

正值大地惊蛰、莺飞草长的暮春时光,我二人趁会议间隙,去四川大学拜谒一番,旋即直奔旁边的望江楼公园。

穿过婆娑摇曳、粗细各异的竹林,来到府河边的露天茶摊,在竹躺椅上歇下。我们要了一壶竹叶青,恢恢地闲看府河上沙鸥一对对,它们或在水面上兜兜转转,或作炫技式超低空飞翔。

这时,来了一个身穿白色对襟中式衣衫的枯瘦男子,问我俩要不要采耳。

我问什么价格。

枯瘦男子操着一口浓重的成都郊县口音,不疾不徐地说:只做采耳三十元;一边采耳一边给你讲人生哲理六十元;一边采耳一边讲人生哲理同时秘密传授如何活学活用一百二十元。

哦,居然还是个套餐。

瞥了一眼正闭目养神的常剑钧,他的光头在成都午后的刺眼阳光下正闪烁着微芒。

我强忍住笑,说:

我要六十,给光头大哥来个一百二十。

人达四谛

谛的意思有两层：1.仔细（听或看）；2.意义或道理，在佛经中指"真理"。

佛教有苦、集、灭、道"四谛"（梵文 Catursatya 的音译）。佛教认为，人世间一切皆苦，叫"苦谛"；欲望是造成人生多苦的原因，叫"集谛"；断灭一切世俗痛苦的原因后进入理想的境界，即"涅槃"，叫"灭谛"；而要达到最高理想"涅槃"境界，必须长期修"道"，叫"道谛"。

红尘中，必须历经大事难事，才有机会"通达四谛"。

只有少数幸运儿，生活选择他们去思考"运"和"势"这样的狰狞问题。比如明朝重臣张居正，如果淡出与高拱的对垒，江渚明月，一杯浊酒，岂不满盈一生？究竟出于什么想法，让"月有考，岁有稽，不惟使声必中实，事可责成"这样的忙碌令他兴致勃勃呢？历史上类似张居正这样的大人物，对

"通达四谛"生命境界的追求一定有着独特感慨。

"若人达四谛，四信处难动，不更视他面，永离四恶道。"

作家王蒙可谓做到了"达谛"。

1999年底，我与王蒙先生在南京座谈，具体话题已经忘了，但那时我年轻气盛，语气不甚友好。

他却并不介怀，恂恂然有温恭之貌，还讲了很多俏皮话。

我是摩羯座。据说摩羯座的特征之一，就是会经常回忆起几个月甚至几年前自己处理不当的事情，来让自己陷入难堪。的确如此，之后很多年想起这件事，还会很羞愧。厌恶自己最盛时，曾拿齐白石画过的一张雄鸡图挂在墙上讥讽自己，上面的题字说：

"羽毛自丰满，被人唤作鸡。"

只能提供情绪价值的人，早晚会反噬。但这种难堪也是历练，再后来主持一方事务时，暗忖可能是从他那里学到了一点"达谛"。

入世和出世，是中国传统官员士大夫平衡身心的两种武器，奈何并非人人皆能悟其精髓。看多了身边许多小官员在位置上的执念，再读洪迈《容斋随笔》讲"将帅贪功"，说人到了强逼自己的时候，诚可厌也！人心的腐朽，令人心惊嗟叹。强人是时代拣选出来的，很多时候，我们什么都改变不了，甚至是自己增生的智齿，况人心乎。

儒以处世，法以用权，道以养生，佛以修心。我比较喜欢王蒙晚年深读《论语》《庄子》《红楼梦》的系列心得，他的切身体验，比某些坐井观天、蹈空凌虚的学者更能击中人的内心。

有一天，在汉拿山烤肉店饭前观鱼，三尾大，两尾小，或驻定，或穿梭，不知其生卒时间，想到庄周所谓"万物一府，死生同状"……"朝菌不知晦朔，蟪蛄不知春秋"，飞黄腾达也好，封侯入相也罢，都与这几尾鱼一样一样的。"笼鸡有食锅汤近，野鹤无粮天地宽。"任何愁苦的事情最终将依循博弈论中的"角落解"定律。一旦形成"角落解"，达成共识的交易成本就趋近于零，就会形成理性预期均衡，职业、情感、家国……莫不如此。想到这里，心静下来，仿佛进入了澄明的彻悟境界。

可这种心态，恰恰是王蒙批评的逃世。

没经历过"一日看尽长安花"，怎么敢说"平平淡淡才是真"？！不曾入世，谈何逃世？！不曾修齐治平，不曾由"儒"入"道"，乃是"空道"，更是"腐儒"。

当然，王蒙真正想说的道理还要再进一步：入世固然必要，却是必须遭遇厄难的，因此入世智慧是十分重要的，更是异常幽微的。不懂以体恤暖人心、以雅量驭人心者，再宏大的事业也行之不远。

1922年4月直奉战争后,以地盘、实力而论,直吴优势明显大于奉张、皖段、粤孙、浙卢、晋阎,中央也听命于直系意旨。然曹锟贿选改变了人心向背,人心向背进而推动了奉张、皖段、粤孙的同盟。最后致命的,乃是吴佩孚气度不够,与冯玉祥、王承斌、边守靖等均不能合作,一代枭雄冯玉祥被排挤去南苑做"陆军检阅使";虎将王承斌混成了"帮办"……结果,内部四处出问题,"玉帅"从此衰弱。

怎么与上下级相处?袁世凯任山东巡抚时,意欲剿灭义和团之际,忽然接到慈禧下旨扶植"扶清灭洋"的义和团。

袁世凯积极响应太后号召:查办假义和团,扶植真义和团。

下属问:如何辨别真假?

袁世凯说:"开枪——真义和团刀枪不入,能打死的都是假的。"

官做到袁世凯这份儿上,真是成精了。

清戴名世《刘陂千庶常诗序》有:"陂千,退让君子也,其容貌粥粥然,其与人交温温然,其言语辞气恂恂然。"吴佩孚显然未通此理。

人若达谛,不管对上还是对下,神情应该是圆融温润的样子才好。

都说王蒙圆融,还是他自己有首词中自况"猴儿淋漓"颇为神肖。此君成名早,遭摧折后远赴边陲,遂"在心里养了个汉奸对付身外麻烦",颇得老庄智慧之妙。比如"知无用而始可与言用也""树无用,不求有为而免遭斤斧"云云,常拿来解嘲。后来他在作协工作时,对各种糟烂人事应付裕如,同时却只佩服那种政治上自信、原则性斗争性坚持性强的老人,如周扬、夏衍、欧阳山、刘白羽、张光年。

张光年有句名言让他很喜欢:一个人活一辈子,连个人都没有得罪过,太窝囊啦。

据他自己说,上面让他当文化部部长,他辞谢再三(学习宗仁发、黄有义),但上任后对各种特别待遇也是颇有小得意,这倒也坦诚。让老运动员打太极拳,能是多大点事呢:

中国办事不兴在会议上搞什么表决,少数服从多数,尽量多协商,哪怕有一个人有保留,也等待一番。实际上依惯例,所谓领导班子成员对一把手还是尊重的,除非你异想天开,做事完全离谱,你想做的事情往往是能做成的,你不赞成的事情,往往是可以至少搁置一段时间的。关键在于你要一心为工作,不要整天斗心眼合纵连横加太极拳暗器,这就是有些人做官痛苦压抑的原因。

同时我也体会到,各个单位,各个方面,已经运行了三四十年了,好也罢赖也罢,从思路、说法、制度到习惯程序已经形成一套,新来的人,哪怕是一把手,能做的仍然十分有限,不可轻举妄动。

想起张之洞上任前,一位长辈送他四句话:
"启沃君心,恪守臣节,厉行新政,不悖旧章。"
太深了!第一句是说对上要多宣传沟通新的思想观念资讯。第二句是守纪律。第三句是主心骨。第四句是尽量先立后破,不树敌,不搞得鸡飞狗跳。

我的特点之一是,注意自己应该做什么,更注意自己做不成什么,尤其是根本不可能改变什么。做官方知官小,掌权方知权微,上下左右一观,这个比你大,那个比你强,这个比你老到,那个比你硬气,这个比你有根底,那个比你有经纬,这个早有先例,那个早有成规,这个早有指示,那个早有条框,你应该明白在十几亿人口几千万党员几百几千名部级人士中,你太渺小了。

政治角力比的是实力,鸭子踩水使暗劲。
但王部长又喜欢文怀沙的一个说法,说到一个大家都敬爱的领导同志,说他没有架子,文老喝道:没有架子怎么行呢?!
作为中国式智慧的一个典型标本,作家王蒙与学者李泽厚、神婆李陀……都是20世纪的"成精者"。陆九渊所谓世上的一切事情皆可以分为两类:人情和事变。非中正平和与慎独功夫，殊难从容应对。

同为作家入政，从王蒙先生又想到瞿秋白先生。

不少中共党史研究者认为，瞿秋白是个才情哲思邃密深沉的才子方家，若非鬼使神差介入政治，假以时日，1949 年后的新文学史上，他必定会如鲁郭茅巴老曹一般，独占一个章节。鲁迅惜其才，竟说出"得一知己足矣"这样的排他性褒语。

党史认为他执掌高层时，忍耐、宽厚、高尚、敏慧，见惯了《二十五史》中深文周纳、慈不掌兵的刀光剑影，我不知道瞿秋白在短暂的最高领导人任上，究竟对政治的领悟是怎样的。他之后最为成功的领袖曾这样概括道：政治就是让更少的人反对你。

大政治家对于政治屠龙术的娴熟，使得一部《资治通鉴》也黯然失色。满朝公卿，夜哭到明，明哭到夜，能哭死董卓否？——曹操反问说。所以成功的政治家大多是卡里斯马型的领袖，他身边的人——即便是手握乾坤、位高权重的大儒，也需要克制、妥协和隐忍（我曾苦心查阅过历史典籍中大量与暴君相处而不必牺牲的案例）。

有一个反例是美国前总统卡特。

面对尼克松遗留下来的政治烂摊子，替民主党重夺政权的卡特，可谓形势大好，他发誓要过滤政治空气。

一年冬天,卡特身穿毛衣在电视直播中大谈白宫分时段停用暖气,以身作则,鼓励国民节约能源。国会议长十分感动,立即打电话给他,说愿意游说其他国会议员支持节约能源的立法。熟料"热脸换来冷屁股",被卡特拒绝了,卡特倨傲地以自己任佐治亚州州长时推动立法从未事前游说议员为例,绝对排斥进行任何政治交易。结果可想而知,即便同党党员,也都乐得看他的笑话。毕竟政治是妥协的艺术。

这位雄心万丈的廉洁改革者,后来却创下战后美国痛苦指数(失业率与通胀率两者相加)的最新纪录,任内几乎一事无成,四年后被选民赶下台。

"以史为鉴,可知兴替",孤高而不近人情的改革者即便居于执政的有利位置,失败的危险系数也极大。

政治游戏中,不懂妥协艺术的人,结局一定是逸出这个游戏圈子。因为身上的英气越多,圭角就越多。相应地,拥护你的人就越少,反对你的人就越多,因为人群绝非传统唯物史观认为的那样是创造历史的英雄,大多数情况下,他们实在不过是一些盲从于"安全感"的工蚁罢了。如尼采所说,他们恰如工厂的产品,看起来一无差别,也不值得与之为伍。但是记住,在他们那里,如果你只会雷霆万钧、金刚怒目,不懂婉通款曲、菩萨低眉,你的政敌可就要笑得合不拢嘴了。

这是王蒙的智慧。

不好下结论说这是优点还是缺点。因为在规则紊乱失效、潜规则大行其道的时代,耿直较真的行为往往代价惨重,欲速则不达。胸蕴大略的政治家,常常一开始准备呐喊怒吼,最终不过轻声打了个哈欠。

瞿秋白就是这样,伶仃一世,以他的风格,与其砍砍杀杀,不如打个哈欠。

虽说最终还是被砍了,但他留在历史中的姿势,更像一道漂亮的弧线。

王蒙之达谛,也将是后人言说不尽的一道弧线。

王大嘴

奇人王大嘴,是我1990年认识的一位画家。那时我刚毕业不久,在山西一所大学中文系教外国文学,他在那个城市的一所郊区中学教美术。

说来好笑,我们的认识竟然是在医院。

夏日黄昏,我坐在学院门前一片刚刚收割不久的麦田垄脊上喝酒,因为把T. S. 艾略特和印度史诗《奥义书》讲得太多,高尔基和小林多喜二讲得太少,被系里认为教学经验欠缺而停了课。后来回忆,倘不是那段无所事事游手好闲的时间,我不会巧遇这位画画的主儿。

我在麦地里喝着一种本地酿造、现在早已停产的白酒"北方烧",天空繁星点点,四周万籁俱寂。我并不抱怨学院,相反庆幸自己可以不去工作而领着工资优哉游哉。那几年,生活常常在不经意间用一种放大了的痛楚来打我。此刻我来到一个歧路口,结束了青春期,同意"烦"才是人的规定性情景:因为一项希望的实现,仅仅是把我们解脱出来沦为另一项希望的奴隶。

酒在我的胃中漾开,一圈一圈,我比任何时候都厌恶广场革命,比任何时候都渴望内心的暴动,以暴动掀翻昨天的肉身。打不开天啊穿不过地,这自由不过不是监狱,脑子里逐一盘点那些历史人物解决问题的方法。川端康成是含煤气管,海明威是把双筒猎枪的枪口塞进喉咙,苏格拉底是饮鸩,这几个爱好用嘴。王国维、朱湘、老舍、陈天华和戈麦喜欢水,当然,屈原这个老奴不算。查海生的办法最精算,溜溜达达勘探地形,选择山海关到龙家营,那个区间火车需要轰轰隆隆地爬坡,不可以刹车,于是钢铁怪物从容地收获了那一摊温暖的血。

弄死自己,只要一下子,就会干得很漂亮。

之后,顶多再过六个月,所有认识你的人就会很少有空儿想起你,大家还要吃饭、上班、购物、看肥皂剧,打一种叫"拖拉机"的纸牌游戏,阅读晚报……

麦田里的我站起来,摇摇晃晃骑着单车上路了。没有骑多久,在郊区与市区接合处,一段铁轨出现了。

那是一截废弃多年的工厂用铁轨,很久不走火车了,锈迹斑斑。我欢呼着以一个优美的体操前滚翻从单车上栽下来,粗暴而性感地亲吻了那冰冷两条中的一条,一颗白牙划破夜空,好比一条精确的抛物线。

我还坐在麦田的当儿,王大嘴搂着芸芸也在画室里狂饮不已,芸芸是他工作之余收的私淑学生。后来我愤懑地想,狗日的世界,损不足而奉有余。

王大嘴那个月正处于创作的巅峰期,他计划用五年时间在一千米长的宣纸上画一万株姿态各异的玉米,画好以后,发誓不给中国美术馆收藏,而要无偿捐赠给全国农业展览馆。画玉米的日子疯狂单调,所以他需要倚红偎翠。这个理由不坏,可以自圆其说。芸芸崇拜拉斐尔、莫奈乃至陈逸飞,可惜这些人或者死掉了或者在美国,眼前只有天才王大嘴。

她屏着呼吸,一边看王老师作画,一边听他解释说哪棵是公玉米哪棵是母玉米,哪棵搔首弄姿而哪棵风华绝代,哪棵荡气回肠而哪棵在小声啜泣……芸芸有时像玛丽·泰雷兹,柔弱而肉感;有时像朵拉·玛尔,性急而滑溜,那是一种隐秘而妙不可言的反差与和谐。而他自己,就是那个一生经历了蓝色时期、玫瑰色时期、立体主义时期……的伟大世纪画家的转胎再世,都有一张大嘴,大嘴一咧,两排森白的牙齿象征着蓬勃的情欲。

王大嘴作画时严肃端庄一言不发,放下画笔就滔滔不绝,生怕有人误会他身上最出色的器官未长在脸上。他常常谈论的对象有康定斯基、波洛克、高更与邓肯，以此为他对禁忌的挑战辩护，进而向一些看不见的事物施暴。

"你们要成为无所谓忧乐的神祇。"最后王大嘴说。

这里讲"最后"，是说他已经喝完第九瓶"春雪"牌啤酒。他摆摆手，示意芸芸可以走了。然后走到院子里，从一棵老柳树背后揪出自己的半旧山地车。他每次醉后都有一个习惯，要摇摇晃晃骑着这辆自行车沿着本市的中心大道——市府大道走一圈，见人堆儿就往里扎，然后激烈地为卖唱者、流浪杂耍表演者、敲着锣的耍猴人、扭大秧歌的胖老太太、做冥想状的算命人……喝彩。他每月工资的一半，要事先换成零钱后送给他们。

今天他的如意算盘落空了，刚拐过解放路驶入市府街道口，正晕晕乎乎哼下流小曲儿呢，你要是饿得慌对我十娘讲……老虎它闯进我的心里来心里来……我飞呀飞呀飞到了——

他的确飞起来了，他的车前轮掉入一个半径约一尺的黑洞里，车后轮则自鸣得意地急促转圈子。那洞还冒着热气，显然是下水道，而下水道的井盖儿被本市的外来民工兄弟撬走卖废铁了，民工兄弟天真地以为那是废铁。世纪画家王大嘴以一个优美而舒展的姿势笑眯眯地从自行车上飞起来。由于万有引力的不可抗拒，他又落下来了。路灯下，四颗森白的门牙在坚硬的水泥地上宁折而不弯。

白求恩国际和平医院口腔科的门口，我坐在长椅上捂着半边脸，一边忍疼等待值班医生的吆喝，一边百无聊赖地打量不时骄傲地跑来窜去的各种小护士的小腿。这时，陌生人王大嘴号叫着出现在走廊尽头。

从医院回来后，我们经常在一起吞食酒和牛肉，也青筋暴突地争论郭靖杨过张无忌令狐冲还有东方不败。有一回，在他的画室里，他讲起自己在圆明园农村的野池塘里钓螺旋虫吃的经历时，突然像生了疟疾，从地上爬起来，借着酒疯指着鼻子辱骂我：你他妈学问都哪去了？尿出去了？在这个地方憋着沤大粪……

我有趣而不动声色地望着他，内心却发生了地震。

一年后，我考入京城西北郊一所坐落在清代皇家园林遗址上的学校去读研究生，王大嘴先后从他们学校美术组的仓库里偷出石膏雕塑模型及油画计三件，把其中多那太罗的《滁谷纳先知者像》和米开朗琪罗的《青年》送给了我，作为饯行礼物。他留下的是《姑娘们和一只玩具船》。

女人们与一只小船，这个场景不止一次地叠合在他的梦中。他喜欢自己作画时，画室内有女人在走动并和谐相处。在毕加索那里，朵拉·玛尔咬着左手，美丽而聪明的女画家哭了，哭泣的情妇被安置在玛丽·泰雷兹居所的附近，情妇与妻子相遇时的不堪是他喜欢的；传记片《卓别林》中，他的两个女人吵起来的时候，默片时代的电影艺术家坐在一旁表情漠然，沉浸于自己的事情中。

那几年，他是我唯一可以吐露心事的朋友。因为我们共同觉得世界太热闹了，极目所见，到处熙熙攘攘，恐弱争强，可自古以来也一直有人裸居青林，脱巾挂石壁，露顶洒松风。名登绛帐，射策何功，世道有翻覆，野情转潇洒，不亦乐乎？！

于呼来唤去的生涯中，我们非烦即畏，光阴倥偬，皮囊渐老，干脆不炼金丹不坐禅，饥来吃饭倦来眠，万场欢乐千场醉，世上闲人地上仙。俾昼作夜，晏安鸩毒，但愿老死花酒间，不愿鞠躬车马前，乃得生趣。最怕曳尾于涂中久了，生命失重，遂习惯于奥威尔的庄园之乐或帕索里尼的猪圈之乐，相信了"所有动物一律平等"的口号。我拒绝庸俗的平等，我欲孤身走四季，悲恨相续，漠然无耳语，这才是我之平等，我之沧海。

嗯，我曾经在南浔街头一家叫"南浔难寻"的文艺青年小店招牌上看见一句话：去哪儿不重要，重要的是"去啊"！

在王大嘴的教唆下，芸芸对"三好学生"的评选哂笑不止，抽烟的姿势老练起来，向自己刻板的建筑工程师父亲撒谎，借口外出写生留宿画室，偏爱黑色唇膏，能看出梁宗岱翻译的里尔克《豹》比冯至译本更富于现代性……骨子里渗透着叛徒气质的女孩芸芸，散开的头发遮住了肩膀的女孩，那一年只有十九岁。

我到北京读书的第二年，王大嘴和芸芸也来到北京，王大嘴重新回到圆明园画家村，芸芸为一家报社做业余校对。有时我们结伴去参加一种派对，客厅里有成箱的啤酒，客人并不固定。这些诗人、影视导演、青年玩世现实主义画家、做陶艺的身份不详者、民俗学者……基本上生于20世纪60年代末70年代初，共同的经历使大家对玩笑话都能会心会意。比如我提及自己1974年上幼儿园扮演过少正卯时，有位言辞犀利的大姐接过话题大谈罗兰·巴尔特那年来北京如何兴奋得要死要活，巴尔特看见一个人在下巴上粘了一把胡子，再戴上一顶尖尖高高的纸帽子，跪在地上，就象征了令人畏惧的中国传统儒家文化被解构了，这何其精彩地暗合了他的解构理论。虽然巴尔特对汉语一窍不通，但他能听出"批林批孔"四个字的发音特别押韵而且抑扬顿挫。

陶艺家马特提出一个游戏方案得到热烈响应，他有点结巴但嗓音深沉。他说是谁陷害了兔子罗杰；是谁此刻在世上某处走，无缘无故地走，走向你；日常工作不断地像召唤一条老狗一样把你唤到跟前；麦克白杀死他的君主，是为了让莎士比亚构思他的悲剧；经济学认为产生机会成本的原因在于资源是稀缺的，而我们必须在稀缺性条件下进行选择；别拧我，疼。

所以:

他拿出两副扑克牌,分别发给男群和女群,亮出手中扑克后,你下一支曲子的舞伴就是持有和你手中扑克花色、数字完全一样的那个人。

这的确奇异。因为下一支曲子里,一个啥样的女人偎在你的胸前完全是偶然和宿命的,她有着完全陌生的香水味道,她是裙装女还是裤装女?她年轻而汁多还是成熟而缱绻?她喜欢控制还是被控制?她偏爱意式浓缩还是曼特宁?她吸毒吗?……一切都容不得你选择,只能交给扑克牌决定。你想要拒绝命运的启示并逃离是不可能的,你看过《印度之行》吗?

角落的方桌上放了一些鲜花、水果、杜松子酒、面包片、色拉和咖啡,但没人去理睬。蜡烛被某些不怀好意的人吹得只剩下最后半根。芸芸连续三次被那个长满络腮胡子和胸毛的民俗学者抽中,引起大家恶作剧式的哄笑。芸芸看王大嘴,大嘴也在笑,一点醋意也没有,心里只是掠过一阵又一阵的凛然。人算不如天算,和王大嘴一样,我一塌糊涂地相信算命。有次我让一个老头看手纹,他说我晚年会很凄凉,使我惶恐不已,次日就找人打听养老保险的事儿,惹得不少人耻笑。

排过实验话剧《去年在马里昂吧》的女导演水丽,在一支叫《未来战神》的慢拍曲子中成了王大嘴的舞伴。显然她是一个激愤的人,幽默感少而使命感多。她并不问他从哪里来到哪里去他是谁,这很好。她只是一边跳舞一边大谈特谈,她说行为艺术的动机应该是将艺术家与个体的心理和文化测试做逻辑转换。他瞄了眼她扁平的胸部心不在焉地嗯哼着,她又说死是不能转让的,所以生活就是多多地生活。大嘴心里有那么一星点不易察觉的厌恶在酝酿,可是为什么他的彩色小弟在他的内裤里开始雀跃不已?

芸芸在我毕业那年成为他们报社的记者,对一个只有高中学历的姑娘而言,这并不容易。那时她的诗已经写得很不错了,在圈子里小有名气。她白天出去采访市政工程交通绿化电脑商情,晚上焚膏继晷在灯下写她喜欢的"无意义诗"。她崇拜维·赫列波尼科夫,想去莫斯科的"坦波夫无意义语学院"留学——意义太多了!能不能压根儿就没意义!湖石有洞缺,月亮生光晕,竺葵垂蠓首,男女爱交配……亿万年来皆如此,追问意义为哪般?等我毕业决心离开浮夸喧闹的京城,准备到东北的庄碧公司工作时,她已经创作了"无意义诗"二百七十八首,准备由"复兴中国人文教育基金会"资助出版,诗集的名字叫《吵什么吵?》。

但是,随着纸质媒体的衰败,报社后来要关张了,将员工全部解约遣散。

芸芸跟着王大嘴去了深圳,不久分手,成为一家叫"欢喜驿"的洗脚城的头牌。那里的规矩有点怪,男客一进去,须换上一身古代宦官的宽大袍装(其实就是睡衣),在按摩床上躺下后,一群袒露酥胸的"古代"宫女开始敲编钟。

王大嘴则不知所终,从此音信杳无,我写的信全部被退回并注明"查无此人"。

有人说在那曲到青海湖的路上见过他;有人说他在美国拉斯维加斯赌场里做侍者,帮客人码好牌以后,退回凳子边埋头苦读鸠摩罗什;还有人说他死了,死在三亚一个老女人的肚皮上,凶手是那个女人二十岁的儿子。

何时，何时，何时才是尽头？

陈宁其实是个斜杠青年，因为他有以下若干看上去如此风马牛不相及的身份：

1.《沈阳日报》国际版夜班编辑；

2. 摇滚乐队创始人兼主唱；

3.《里尔克全集》翻译者；

……

我在北京—沈阳的列车上笑读索尔·贝娄的小说《今天过得怎么样》，后半夜拍案惊奇，把周围已熟睡的旅客全给吓醒了。人生短得让人不能干小事，今天过得怎么样？要看此刻做事和交往的质量！

在沈阳，后来我遇见了几个可称莫逆的朋友，他们和我一样，白天躲在草丛里，晚上急行军，胸前挂着闹钟，双目紧闭，小声地唱着《国际歌》。

初到沈阳时,全国各大城市的迪厅正方兴未艾。我与几个伙伴经常去一家广东人开的叫"梦工厂"的迪厅。头顶斜悬的屏幕里,麦姐做着自渎的动作,她勾出轮廓线的紫唇……之上那粒不俗的痣……闪射着光芒。

节奏越发激亢的时候,三个站在吧台上穿着超短裙的年轻姑娘突然紧紧地贴在一起,其中一个还冷傲地睥睨着下面热情仰望她的眼镜少年,时代的晚上幸福在哪里?

那里的入场券很紧俏,上面印有一只尖脑袋长尾巴东张西望的慵懒动物,下面一行字——"去梦工厂别忘了回家",它显然是这家迪厅的商业广告用语,却使我这个外地人夜晚出门前,提醒自己一定带好本市地图。

有一次,去辽宁体育馆(当地人叫"大馆")看崔健演唱会。

当时,黄昏的馆外大道上挤满了各种社会边缘分子,卖煎饼果子的,卖假票的,卖塑料左轮手枪的,头上勒着红布条的,双手紧抓腰间小把柄面壁而泻的……统统使我厌烦的时候,一个人突然从聒噪不休的人群中冒出来,这里讲冒出来是因为他爬上了一棵杨树,穿件棕色皮夹克,皮肤黝黑,是个瘦子。

他爬到离地将近三米高的地方,拨开几根光秃秃的树丫,忽然放声大喊：

老蓝老黄老绿！

所有人都怔住了，举头仰望。天将黑，他面孔模糊，四周忽然安静下来。

几秒钟后仰望者们互相咕哝了几句纷纷各行其是，只有我紧张地注视着他，鼻子一酸，他是刁斗还是洪峰还是谁？我焦急地推搡着人群要过去，我注视到他在下滑，我要过去，他在下滑，因为他故意喊错了油画中的现代主义三原色，这使我从此相信，沈城生活的纷扰中藏有精神趣味极不寻常的行吟歌者。

愣着仰望的那会儿，我想起费里尼的《阿玛柯德》。叔叔四十二岁那年还是光棍，喝高了，爬上一棵橡树，冲着天空怒吼：

"我要女人！！"

他的家人们在树下望着他，颇为愁苦，骗他说：

"快下来！再不下来我们就走了！天黑后没人管你了！"

叔叔哑默不语，有风吹过亚平宁半岛。

等他从树上下来后，上前去攀谈。他就是陈宁。

我和他们乐队四个人一起走进场馆。

那天晚上，真是有趣，领袖说朋友们累了吗？

我兴奋地环顾四周高擎打火机的人，和他们一起哑着本来不哑的嗓子狂吼着说不累。

看来是你们把我们给解决了,领袖豪迈地说。那天晚上我一改平日的亚健康颓态,手里抓着一桶娃哈哈在体育馆北区3排19号和大家一起有节奏地跺脚。

沈城市民说话的口音有意无意都学赵本山,包括那些随处可见的喜欢踢球的土著少年。琐屑的沈阳生活鄙俗而真实,我这种外来者需要较强的勇气和免疫力才敢出门(闯关东之前,曾有朋友警告我务必老实点,否则可能被黑手党挑断脚筋)。在我居住的小区里,夜幕一降临就有几户人家此起彼伏地唱卡拉OK,其中一位老女人每天必唱的一句是妹不开口妹不说话让你亲个够,声音战栗,像一头刚被阉了三天的叫驴。风雨如晦,驴鸣不已。愤怒之余,我就跑到厨房去煮咖啡。

在沈阳还观摩了纯粹民间"苏家屯风"的二人转,赞叹这伟大的丑角艺术!这伟大的解构主义艺术!

每天,我所臆想的乌托邦都会发生程度不等的蜷曲或灾变。一个人在如此年轻的岁月里已经认可了最终的失败,开始迷恋生活中的挫败感,一如卡夫卡的绝食艺人,那里其实并非没有可吃的,但绝食艺人默默坚持和体现的是饥饿本身。

举例说明,在大学里一看见几个女生或男生手挽手心满意足地走路,我就着急想上厕所,这几乎成了一种症状性行为。

我很恼火,在街上不会注意这些,但大学不同,大学里应该弥漫着苍白、敏感、疑问和饥饿,可为啥要依偎在生活惯性的约束网里?人们唱什么,你也唱什么;人们读哈耶克,你也读哈耶克;人们对夏俊峰的判决愤怒,你也对夏俊峰的判决愤怒;人们怎样与众不同,"傻十三"也怎样与众不同。丫真是"傻十三",每次看见导游和情侣,我都这样在心里恣肆地谩骂。

我不骂陈宁,还有他的女人李红。

在从皇姑区的新乐遗址花园(我的住所)往东南方向十六公里处,一个漆黑狭窄的筒子楼里,李红在切土豆。

陈宁,鬼魅一样的陈宁,抱着深蓝色的电吉他坐在地上练习右手的速度,他称之为"馒头芭蕾"(metal ballet)。这种时刻看不到他的脸,看见的是一团两尺长的头发包裹着一颗不规则的骷髅头。

每次去他家,都是这个画面。

没有一个音乐经纪人对他作词作曲的摇滚感兴趣,那些叫什么《招魂》或《落日下山河》的顽劣歌词还激怒过一个姓曹的老兄。

姓曹的老兄劝他"卖身",劝他写一点迪厅音乐(即后来风靡全球的电子音乐)。

老曹说话时一脸漠然,知道他在1989年辉煌史的人定会对他现如今的面瘫表情诧异不已。老曹说，坚持音乐理想与坚持诗歌理想或宗教理想一样，到头来只能绷紧到极限而溃败。查海生这个呆子，争分夺秒地燃烧，从十五岁到二十五岁，然后怎么样？爆炸了！老曹的嘴嚼着粉丝。郭路生这个疯子，一片手的海洋在翻动，这是四点零八分的北京，北京在我脚下缓缓移动，然后如何，在北医六院被绳子绑在床头，偶尔去参加他自己作品的讨论会，痴情朗诵"热爱生命相信未来"，底下的评论家和赞助商却在窃窃私语互换名片！后革命者老曹的眼睛在蒿子秆与羊肉卷之间逡巡。黑大春这个病人，自从人们都慕名而来围拢他，郊区的花脸狐狸与满地的菊花就永远离他而去，终于能按内心那样写作了，却不能按内心那样生活了！饿死诗人饿死他们吧，你歌唱的一切全都变得富足，唯有自己遭到遗弃；世界不声不响地收下你的黄金，对你的生死却从不过问。

曹老兄，我们曾经的革命者打了一个生动的比方，说让一个女人跟一头猪睡觉，猪给她一百万，她干不干？补充说明，当时陈宁、我还有曹老兄正在沈河区风雨坛街边的一家小饭馆里涮羊肉，冬日阳光十分煦暖，这真是一个里尔克意义上的严重时刻。

曹老兄并非等闲之辈，他一头卷发，目光烁烁，大学毕业后扔掉了档案，在一家官办公司得意，神情和目光都颇为自恃。假如是你，你干不干？曹老兄用筷子夹着一片生羊肉，架在咕嘟翻滚热浪氤氲的火锅上面，在逼问陈宁。得意的人儿，得意的老曹右手夹着羊肉卷架在空中。

假如是我，我干。曹兄龇牙笑着，那片羊肉在空中涨得满面通红，老曹话音未落，它已跌入温暖的锅中，与一块冻豆腐相濡以沫，并在瞬间变成了酱紫色。

陈宁，呆滞的老陈，那时候许多故事可以虚构，那时候许多道路通往天堂，那时候梦见爱情的少年在黎明前死去，那时候不死的老人在大地上写满谶语。《招魂》的旋律在回响，在实用主义铿锵有力的宣言和木炭火锅的蒸汽中遥想着"那时候"的老陈呆若木鸡。

当然还有我，在距故乡一千五百公里的空荡荡的房子里一个人度过了凄冷的1996年春节。

在东北过春节太冷了。我在沈阳的东陵租了一个临时"插间"，即二室一厅中的一间卧室。房东是个心狠手辣的东北青年，经常无缘无故打女朋友。他的女朋友个子高挑，脸上有不少粉刺，总是如丧考妣的样子。伊很少过来，有一次狠辣青年不在家，伊来了，倚在门框边和我搭讪。我正读张承志的《心灵史》，满脑门子"血脖子族"背着孤童过黄河的悲郁，无心作答，哼哼着敷衍。这时，狠辣青年回来了，揪着伊的发辫将伊拖到对面房间就开始打，从骂声中听的出是斥骂伊勾搭白面书生。我皱着眉头过去讲了一番道理，那厮点着一颗烟，在床边坐下来，喘气，瞪我，目光冷锐。后来没到租期，狠辣青年就找借口把我轰出去了。

我像一个现代野人，没有人来看我。在子夜零点做了一锅年夜饭，一锅颜色可疑的面糊糊里撒进去一把盐和味精，那正是别人用来贴对联的东西。我是现代鲁滨孙，陈宁陪丈母娘打麻将去了，不能来找我喝酒。时间像一把钝刀，在苦人儿的体内翻滚，我没有喝酒，一个人在深夜三点把窗户关严，拥着一床薄被哆嗦着睡着了。

二十六岁的我睡着了，身体和生活正一年年地萎缩，等我死去的那一年，棺材的尺寸对我正合适。

我们热爱酒，我们认为发明酒的那个人何妨获得一百次诺贝尔奖！啤酒是沈阳为数不多的值得夸耀的轻工产品，雪花不如黄牌，黄牌不如绿牌。有次我一气喝了半箱，完全忘记了当年的失牙之恨，跑去找陈宁。深夜翻越小区围墙，穿越大半个城市，步行到南塔那幢酽黄斑驳的危楼前，这厮住在六楼。

走进单元门洞时，脑袋撞在两辆摞在一起的自行车上，我眼冒金星闷哼一声坐在地上，从此不能站立，开始往六楼爬。不喜欢扶手，那上面有一寸厚的灰，也不喜欢贴着墙，从洗脚城里出来的男人才贴着墙走。向六楼爬，在二楼摸到一捆过冬的大白菜，在三楼摸到一只装满脏黏卫生纸的破塑料桶，在四楼陷入因某户厕所堵塞而泛滥四方的水灾中,皮鞋进了水,发出"吱咕""吱咕"的古怪声音,导致五楼的一户居民摁亮电灯从简易防盗门后的内窥孔里观察我,居民看见一团湿淋淋的活物在向六楼艰难挪动,惊叫一声,迅疾把灯摁灭然后再无动静。

陈宁不在家。我的擂打声和怒吼声渐渐变得沙哑微弱,最后被死寂吞没,像一部老式的无声黑白片。风不刮了,似乎有人在黑暗中唧唧切切地笑话我,幸灾乐祸地。

2012年12月,我去鼓浪屿参加师门同学聚会。在泉州前往厦门的高铁上,接到我们共同的朋友彭云(原陈宁乐队节奏吉他手)发来的短信,四个字:

"陈宁死了。"

多年以来,他在报社主动申请值夜班(凌晨时分等待新华社通稿),目的是获得更多的白天有效时间,或乐队排练,或苦学德语。

然后,脑出血。

我终于恍然:自从和曹老兄涮羊肉起,他已下了决心争分夺秒地燃烧,然后爆炸掉。

我没有赶去沈阳送别,灰心了大半年,清明节也没去给他祭扫,也没有给李红打电话。

但是,想起那些日日夜夜与他狂饮绿牌啤酒、解析其摇滚新作歌词的时光,我自信曾经有过硬邦邦的青春。

据说猝死之前那几天,他在断断续续地扫描、OCR 大斯图加特版《荷尔德林全集校注》(*Grosse Stuttgarter Hoelderlin-Ausgabe*)。

某夜,重读他对《杜伊诺哀歌》译本的评论,悚然看见有一篇文章名字叫:

《何时,何时,何时才是尽头?》。

一场爱情考古发现

很多很多次,在望京张玞家里,品尝她声名远播的菜肉馄饨与韩国豆腐,喝一些来历稀罕的泥煤威士忌或罗曼尼·康帝。有时躲到阳台上抽烟,抬头能看见一轮淡淡光晕缭绕着的月亮。

某次,在书房,终于看到预期中骆一禾的黑白照片。

觥筹交错时,我们有时会走神,瞥一眼那间开着门的书房。印象里那个房间似乎从未亮过灯,永远幽深,寂静,让人恍惚觉得正身处林茨(Linz)圣弗洛里安修道院教堂里那间迷蒙的布鲁克纳地下墓室。

我们共同有过的、那个传说中的20世纪80年代,刹那间如一道闪电,亮瞎了今天的苟且时间。

给温建生发短信,说突然想起三十年前他跑到晋南某明城墙边去找我，兴奋地说骆一禾最近写了一组好诗《跪上马头的平原》。他立即回复说："是，我今年是秋风一度／他却是死死生生　寒风凛冽。"

我经常当面调侃写诗的朋友：别相信诗人，你们为了押韵，什么事都干得出来。

我却从来不敢调侃一禾，他永远不会在这个册列。

三十年后，《骆一禾情书》束集出版。

这是一场重大的爱情考古发现——它的重见天光，不亚于1928年中央研究院史语所对殷墟那场为期十八天的试掘。与那些龟甲、铜器、陶器、骨器一样，这些惊心动魄的书信，掀翻我们的当下情感经验，描摹出一场奇崛如神话、迢遥如古代、白马秋风般的爱情，一段不可打捞、不可模仿、不可复制、难以置信的古典男女传说。

我国的书信史乃至爱情史上，从未出现过如此当量级情感密度与规模的书信作品，它们如野蜂飞舞，如摧折心肝，如骇浪滔天，如地崩天坍。

一禾那些梦呓般的文字，于我而言实在是太亲切了。1986年，一禾在《青草》里说：季节在泥土中鸣叫／……花萼四裂／……我该爱这青草／我该看望这大地。他在给张玞的信中自称"小狗狗"，渴望着奥德修斯与他黜慧王后珀涅罗珀心荡神驰的团聚，全然不知生命已进入最后三年倒计时。

那年,我刚刚毕业于山西一所以贵族美妇命名的中学——端氏中学,开始了此后四年混乱嚣张的大学生活——类似大卫·科波菲尔在阿尔卑斯山脉流浪时期的焦虑,也类似罗果静、拉斯科尔尼科夫苍白的卑微——多年后,我还常常在梦中发现学校通道上、平台上、楼梯上挤满了人,大家在笑我。

读罢《骆一禾情书》,我又听见有人嘲笑我们,说"这些梦话,不过是一种80年代精神想象的剩余"。

我立即反驳说:去你大爷的!

"东门之池／可以沤麻／彼美淑姬／可与晤歌"(《诗经·东门之池》)。诗歌中的"兴",绝对是世界上最美妙的东拉西扯。

一禾的诗歌善用"兴",情书也如此。

这些情书,让我立即想起自己狂悖酷烈的80年代——命运和爱情成了未知的神秘力量,出现在精神生活的最高时刻,后来知道必须实现灵魂意义上的"换血"才能见到获救之光。然而,时机被错失,再后来听崔健的《投机分子》,就像被鞭挞。

至今,我未能彻悟的,依然是命运与女性。

世界战争史和世界爱情史表明,在高蹈的强度意义上,这两部历史可以并轨。

于无数的文本中,我们看见每当面对战争与爱情时,主人有着相似的决绝、悲哀与视死如归。

但这全部悲哀加在一起,都赶不上在革命已经衰老了的年代,爱情永不再澎湃的那种灰烬感。

书末,张玞那封收件地址不详的回信,让我想到紫式部、清少纳言、卡森·麦卡勒斯、萧红。如果可以,我要说:早慧、福薄与不苟且,使得时间于她而言是倒悬着的,她应该溯流而上。她的确也把那最后一口游丝之气,留给了未来那个"渡河的日子",哪怕天堂里有更多的愁苦,哪怕快乐反倒更难以忍受。

"临池自照,絮絮如问答。"是痴迷于镜匣中的第二个自我。一禾之后,她遭遇过的或弱或浊的男子,终于打消了让怀恋她的人们久久痛楚、她自己则凄美弃世的如意算盘。

不,张玞也不是乔治·桑那一款,不抽雪茄,不骑烈马,不用污言秽语辱骂男人。对物质恋而不迷,能在周慕云疲倦了的时候替他续写武侠小说,不和男人比拼 IQ,所感所慨皆出自率性。晚年沉默寡语,由于身体衰退,一旦不慎想起了花玉年代的深深情伤,当时无话,眼泪要第二天才能流出来。

总是有人从我们的生活中,一夜之间就失踪了,神龙见首不见尾,令我们疼得没有道理,如此玄远,如此不符合因果律。

你的生命,瞬间被切割和弄疼了。

这种事情，不会有人来为你裁量。

初，美好春天的早晨从箱根别墅的大床上醒来，亲爱的岛本，完美的跛脚女人岛本，不见了，永远不见了。（请参见《国境以南　太阳以西》，其"永久失踪"比志贺直哉《雨蛙》中的"短暂失踪"，疑窦更加沉滞缓慢。）

我想对张玞说：无远弗届，这个世界是没有道理的。但扰攘之中，又的确浸润着最隐微的道理。

做过一个奇怪的梦，梦中我也等到了那一道凌厉的闪电，有人失踪了。

失踪前还说：

"四十岁还活在你面前，是鄙俗和不道德的。"

之后，就再也不见了。

我却并不疼痛。

因为在一禾与玞玞身上，我看见了神性——这些书信像凌晨日出时刻，古希腊放置八圣徒遗骨的伊瑞克提翁神庙里那道光芒，提醒我们须臾不敢忘记自己尚有不泯然于众人的庄严权利。

下

有致有节的古风

"荆轲刺秦",是老少咸知的故事。但读完(清)孙星衍校本的《燕丹子》,才发觉它远非一场刺杀未遂事件那么简单。

这个故事的花絮里浸润着一种魂魄清扬的贵气,萦绕着一种牧神巫祝式的清芬,颇可玩味。

一

太子丹作为秦国的人质,欲回国哀告无果,跟秦王玩赌博。

秦王冷笑着说除非"乌白头、马生角",才放他回国。话音未落,乌冉冉白了头去,马咔咔生出角来。

丹,逃走了。

深夜逃至关隘,引吭来了一声鸡叫,所有的公鸡抻长脖子齐声讴歌，城门徐徐洞开。

丹，回家了。

此仇不报，无颜苟活。鞠武献计，建议徐图，因为"快于意者亏于行，甘于信者伤于性""疾不如徐，走不如坐"——咱慢慢来吧。

可是，丹，等不及了。

田光建议干一票恐怖主义，并且在刺客遴选问题上推行综艺选秀模式。选秀指导原则方面还发明了一套血象学理论：血勇之人，怒而面赤；脉勇之人，怒而面青；骨勇之人，怒而面白。——领导同志们请注意：红脸员工、青脸员工、白脸员工统统不可重用（"庸庸不可称"），要用就得用南郭子綦那种面无表情的家伙，怒而色不变，此乃"神勇"。

荆轲老兄因此脱颖而出，因为他神情寡淡，酷不可测，乃"神勇之人"。

二

荆轲兄很任性，爱与厌皆喜极致。

太子丹乃"不世之器"，高行厉天，美声盈耳，属于荆轲爱的那类老大。

反过来，太子丹对荆轲更是倾囊且倾心：

荆轲喜欢在池塘边拿瓦片砸小乌龟玩，丹哥就端上一大盘金块，供他砸着玩。玩了一会儿，荆轲停住不玩了，歪斜着眼睛说："俺不是想给你省金子，是俺胳膊有点累。"

这俩基友同乘一匹千里马溜达，荆轲自言自语道："听说千里马的肝很美味……"

杀之！丹哥让后厨做成盐水马肝奉上。

俩基友喝酒，美女抚琴助兴，荆轲不由得赞叹道："好琴艺……"

这个美人归你了！丹哥迭出豪言加壮语。

荆轲又呵呵一笑说："其实俺只喜欢她的手……"

太子丹一拍桌子：砍下美人双手！送给荆轲兄！——我晕，荆轲要一双手掌有啥用？！烀猪蹄儿啊？！

明明就是主市仆恩嘛……黄金投龟，千里马肝，姬人好手，这哪是庸人受得起的？

荆轲心中未尝不明白，无非是抱定牺牲决心，透支人生任性。

三

荆轲要出发了。易水岸边的寒风里，丹哥一干送行的人皆着"素衣冠"……明摆着是给活人开追悼会。

荆轲带着助手武阳小弟昂首走过哀悼队伍时，丹哥一个名叫"夏扶"的门客（即田光所谓的那个"血勇之人"）向荆轲行注目礼。夏扶也不知有啥礼物可欢送的，就自刎掉自家头颅，欢送一下（本无必要，壮壮声势而已）。

俩哥们儿路过阳翟，饿了，去买肉，讨价还价时被屠夫侮辱了，助手武阳小弟青筋暴突，要揍他！荆轲轻轻拉了一下小弟衣角，说"算了"。

进宫后见到秦王，武阳小弟被王之威仪吓得尿裤子了，荆轲微笑着上前打圆场。

——真够能装的。

我算是看明白了，这武阳小弟就是传统戏曲里所谓跑龙套的"臭武行"。

四

图穷匕首见后，秦王其实已经被荆轲搿住了，——秦王此刻却恳求荆轲允许乐队奏乐，王希望可以听着琴声死去！

…………

啧啧！

荆轲已掳猎物于手，此时却允了秦王。

王已足够淡定，荆轲则淡定过了头，变成诗意了。

唉，这诗意，不仅辜负了夏扶的人头，也辜负了美人的玉手啊。

琴声悠扬而起，荆轲完全听不懂，最后终于听迷糊了……遂被秦王反制。

荆轲醒悟过来后，绕着屏风追秦王，结果给追丢了。

荆轲两只手被斩。

"倚柱而笑，箕踞而骂"——两只手腕血淋淋的，却靠在柱子边上笑。

…………

这些狗血而魔幻的记叙，因其不实，后来在《史记》中被司马迁统统斧削了去。

五

传统公羊学中的"大复仇"，讲究一个原则即"复仇须究分寸"，同时还讲究"复仇不讳言败"。荆轲慷慨同意秦王死于韶乐，包括秦王之"乞听琴声而死"虽为诡计，却都是坦荡豪桀、有致有节的古风。在这里，公羊学复仇观念实际上体现了古中国人的尚耻精神。

如果说《穆天子传》属史部，《燕丹子》则应属子部。中国文化的光辉，很多隐藏在经史子集的"子部"中。褒誉报仇雪耻之举、诡谲奇崛的"大复仇"故事，针对的其实是朝纲解纽、杀戮无道的文明乱象，它给绝望的历史提供生存可能性的同时，昭示着中国文明已经从黄金时代走入青铜时代的尾声——黑铁时代帷幕拉开了。

秦政开启了中国两千余年的汤蠖之灾。从此中国历史开始"熬粥"，文明依靠着单一基座走向僵结。互嵌式社会（Embedded，麦克法兰概念）把中国人驯化成了"下愚而上诈"的虫豕，怕死爱钱好面子，再无清晰的天命与德行。衣冠朱紫永远仅仅是衣冠朱紫，君不君，臣不臣，士不士，民不民，梦想永世是以温饱苟且为中心、以荣华富贵为半径画地为牢。崖山也好，煤山也罢，流再多的血，发生再大数量的人口更替，也难以实现精神的救赎。

六

疏放而有趣的太子丹、荆轲、夏扶、武阳们，从此失踪了。

清官崇拜与酒后开车

一

去河南内乡县衙玩,见二堂上方悬挂了一副匾额,上面三个大字——"琴治堂"。

这三个字出自吕氏春秋中一个典故。话说山东单父(单县)有个县令叫巫马期,每天鞠躬尽瘁死而后已累个半死,政绩不过尔尔。另一个县令宓子贱任县令时,每天弹琴取乐,悠闲自得,却把单父治理得政通人和,秩序很好。于是后人用"鸣琴而治"来称颂他知人善任,以简驭繁,给二堂挂了块匾叫"琴治堂"。

宓子贱是孔子最喜欢的弟子之一,孔子认为他尊君守礼,有孝悌之德,恪守天命,知趣高雅,精于六艺,以德服人,可以称为君子。

另一个故事是这样：

卢承庆是唐高宗总章初年的吏部尚书，负责朝廷各内、外官吏的稽查考核工作。

有一位负责督运朝廷物资的官员，因途中遭遇大风浪损失了若干粮米，卢在为他做考评时批示说："临运损粮，考中下。"

这位官吏却表现得泰然自若，没说什么转身告退了。

卢觉得此人很有雅量，值得尊重，马上将考绩改注为："非力所及，考中中。"

不料这位官吏知道此事后，仍一如上次那样沉稳，既无欢荣形诸面，亦无谦辞出诸口。卢对此特别欣赏，最后便将其考绩改为："荣辱不惊，考中上。"

后世评点这段史事时，大肆赞誉卢承庆宽宏忠恕的气度，同时赞赏那位被考核官员的"荣辱不惊"。

此事载于《大唐新语》之《容恕》。

二

上述两人，可谓中国伦理与政治传统中典型的圣人"权变"实例。

史上将"权变"化演至最高境界者，当推两位获得立德立功立言之全能冠军的王阳明与曾国藩。

王阳明的"致中和",意思是为人处世别走极端,才能做到方正公允合情合理。

曾国藩说,西方国家一定会灭亡,因为"法网太密",最后社会就给捆死了。

近年德国难民潮、英国退欧、美国总统选举等问题,如果拿曾文正公的尺子去量,就是西方的法制文牍过于细密精准,反得其咎。譬如英国对欧盟的批评意见中就有法网太密的说法。

儒家则认为世事就像白云苍狗千变万化,仅仅交给法治是对付不过来的,那是懒政。只有让圣人去管事,去裁决,有经有权,随时权变,才治得了天下、管得好苍生。

我一个姓王的朋友,曾经是国家艺术基金管理委员会的主持人,每年负责把八个亿分给全国各艺术院团,我们戏称他"王八亿"。有一次,他从美国考察回来,大为感慨,嗟叹我们的评选程序太烦琐,几百个专家坐在一起喋喋叨叨,莫衷一是。"瞧人家美国,学的是咱们中国古代的权变——美国的艺术项目或团体是否获得基金资助,就是基金会主席一个人说了算!决策效率高超精准!当然——主席的艺术水平和道德人格必须是完全服众的。"

中国古代当真如此吗?

中国人最倡导"中庸",实践中却处处矫枉过正。于是在

"圣人"理想的教化下,历朝历代"清官崇拜"绵绵不绝。

问题出来了:像海瑞这类清官,你不能说他没有"大德",内外兼修,表里如一,浑身上下都笼罩着光环。可是遇到现实俗务时,此类清流毫无"致中和"的智慧,在官场上处处电光石火,军国大事如果最后听他们的,那铁定死了都来不及骂一声"坑爹",比如崇祯轻信袁崇焕,光绪盲从翁师傅。

而曾国藩能最终成就内圣外王之大业,与他"和光同尘"、"允执厥中"、深沉稳健的性格修为直接相关。不硬来,善于与不合理的现状妥协。以慷慨之心做公正之事的同时,也是善于调和鼎鼐、燮理阴阳的高手,不露声色,一切搞定,这种境界叫"垂拱"。

我读《曾国藩奏折》,对他的苦心真是佩服到拍案:《曾国荃因病请开缺回籍调理折》对真正的深层原因一字不提,把不重要的表面原因说得淋漓尽致;《剿捻无功请暂注销封爵片》自贬反得不贬,此乃官箴背后的"机巧";《复审凶犯行刺马新贻缘由仍照原拟分别定拟折》则委婉不厌,大功夫藏在小细腻中。

曾国藩身上的清与浊,真是难以彻底说明白了。晚清的恶腐烂局中,他"不假不成",以拙胜巧,宗经而不舍权变。能做到"虽伪实真"可谓极不容易,堪称奥妙无边。

曾国藩晚年秘书赵烈文说:"(曾国藩)历年辛苦,与贼战者不过十之三四,与世俗文法战者不啻十之五六。"意思是说曾国藩虽然以平定洪杨永载史册，然而他的一生，与农民军作战所花费精力不过十分之三四，而与官场作战所花费的精力却是十分之五六。

可见权变不容易啊，既需要通晓诡诈之术，又必须同时是道德上的圣贤。

三

由圣人来把持经权之变，比西方的法治更加灵活和精准——假定这观点打个六折后有道理，我感觉它很类似社会上一种"酒后开车判断更精准"的观点。

不循规则只凭感觉去治理国家的人，和喝醉以后开车的人差不多。何况开的还是公共汽车。

古代中国的德化社会，通过举孝廉或"圣人选拔赛"，把"圣人"推举到各级管理层，依靠他们的权变去经天纬地。问题恰恰出在这里：万一那位置上面的尧舜是假的，是刚洗完澡的猴子，最终就并非圣人在权变，而是道德水平和大家差不多，甚至更糟糕的猴子在权变。

人心唯危，不因肉躯相似而相似，经权思想对中国的影响，总体看应该说是害大于益。中国式道德悖论在于：崇尚集体主义，却没有公共精神；最服从权威，却不守规矩。古代国家权力长期以来作为道德审判机构，不停地去干预个人的"道德"，这样的社会一定是不道德的。

读读历史就知道，当一个古代政权开始大力提倡道德自律、塑造廉吏楷模时，就说明权力的公信度已经衰微，"塔西佗陷阱"已经悄悄产生。正如历史学家李新先生所谓："清官乃不祥之物。"道德汹汹的闷雷响起时，暴雨山洪其实就不远了。

醉鬼开的车，路再好，车再贵，你敢坐吗？我承认我不敢。

寂灭与功德

《穆天子传》卷六，通篇都在喋喋不休絮叨天子的宠妃盛姬死了之后，天子如何祭她、如何葬她、如何伤心欲绝，没办法活了……身边大臣看不下去了，谏言道"自古有死有生，岂独淑人？……永思有益，莫忘其新"，意思是说自古以来生死都是身边寻常事，不止盛姬这一个美人啊！永远思念她是好的，但也别忘了再去找个新人啊。

天子想了想，觉得有道理——料盛姬九泉之下也是这么想的。不哭了！高高兴兴游山玩水去了！

《西京杂记》卷三记载，有个叫杨贵的人，生前"厚自奉养"，挣钱就花，任性消费，"死卒裸葬于终南山"，光着身子把自己葬在终南深山里——两千年后的我们有谁敢说在生死观上比这个老杨进步了？他的子孙为找他的尸体翻山越岭，凿石打坟，耗费惊人，作者刘歆于是讥讽老杨，说他"欲俭反奢"——刘歆啊刘歆，你不懂老杨。

生死的逻辑到底是什么呢？不久前去了一趟甘南，意外有了一点心得。

一

甘南，即甘肃南部，实际指川甘青交界处的藏族聚居区。之所以要走一趟，原因是性格中的强迫症——藏传佛教格鲁派六大寺庙中，已涉足过噶丹寺、哲蚌寺、色拉寺、扎什伦布寺、塔尔寺，甘南的拉卜楞寺需要补齐。

兰州出发，南行两百公里后，看见路边有块牌子，指引着一条歧路，目的地叫"阿木去乎"。

玩心顿生，脑子里开始对对子：归去来兮？岂不怪哉？死不瞑目？回得来不？

快到郎木寺镇时，车下高速，在弯弯绕绕的盘山路上蜗行。

无聊间在手机上点开百度地图，实时定位，放大，三个字突然跳入眼帘——"天葬台"。

霎时头晕目眩。脑沟回密密匝匝地把《冈底斯的诱惑》《亮出你的舌苔或空空荡荡》以及哲蚌寺、色拉寺后山的神秘石台播放了一遍……等心不再狂跳，再去定睛看，发觉它位于赛赤寺后山不远处。

动用浅显的测绘常识，算出距离寺庙应该不会超过四百米。

攥紧拳头默默地想：只要不是垂直的四百米悬崖，一定能有办法！

郎木寺素有"东方小瑞士"美誉，三省鸡鸣，格局豁朗，一条暴怒的白龙江穿镇而过。白龙江大言不惭为"江"，实际却不足两米宽，小河而已。一堆堆身裹藏袍、脸膛赭暗的驼背妇女在河边捶打衣服，嚷闹声不绝于耳，抑扬顿挫，一句听不懂。

白龙江两岸分别坐落着一座藏传佛教寺庙，深红色，黑色，白色，黄色。据说两寺的喇嘛们老死不相往来，时不常还为争地盘打上一架。五六岁的QQ形状小喇嘛四处撒欢奔跑，爬墙，踢球，拖着鼻涕，装作很凶的样子斥骂对他们拍照的游客，实际是一种令人想亲他们脸蛋一口的凶。

据说这些QQ喇嘛只有母亲，父亲是谁，来历难说清楚。

下午三点，期待的辩经未看到，却等来了一场庄严的法会。一百把五米长的铜钦奏响，低沉而威严；镶翅法螺响遏行云；七色冈林，辽远悠扬；大玛如，闷声撞胸……此乃佛教密宗乐器用于"绝"教法的修习活动。现场每个人都咽喉干枯，心情难以言说。

天快黑时，走了很远，在小镇邮局对面发现一家理发馆。

自去年起，鬓角和额头开始白发丛生，每当理发推子轧下去，就是一片我爱你塞北的雪……恼怒且无奈。

大哥要不要焗一下？

谢谢大姐，不焗。……后山能看到天葬不？

不好说。只能碰碰运气。

…………

理发师是个三十七八岁的四川女子，她自己的头发焗得金黄，说在郎木寺开店已经十五年了。

她对天葬不感兴趣，没去看过。

理完发，她欲言又止，后来一边抖落围裙，一边低声提醒我，说次日清晨上山路上，如果碰见几个没有脑袋的人（其实是脑袋整体缩回到脖子里），那就是天葬师，千万别直视他们，也别搭茬。

很想笑，却没笑出来。

二

半夜渴醒，勉强睁眼看窗户，玻璃已泛作黛青色。

想着天快亮了，就穿好衣服，下楼，出门，来到小镇的街上。

高原气候有点凉，白龙江的翻滚声在寂静的凌晨分外喧嚣。渐渐由弱而强，听到节奏不一的铃铛声，转弯一看，黑压压一大片，大约三百头牦牛，甩动着它们的纯毛大氅与精怪尾巴，排成里芬施塔尔《意志的胜利》式的集团方阵，朝一个莫名其妙的方向撒欢奔跑。嗵嗵嗵嗵的杂乱脚步声中，偶尔有十一寸比萨饼那么大面积的牛屎落在青石板上，湿乎乎地冒着热气。

我提起裤管，跳过这些屎饼，往赛赤寺的方向去。

进了山门，售票处的中年喇嘛说攀登到目的地大约需要半个小时。想到理发师说的无头人，心下有几分踟蹰。急问喇嘛能否找辆车，他哈欠连天一副未睡醒的样子，掏出手机哼哼唧唧说了一番，很快，来了一辆半旧的银色夏利。

司机是个黝黑若炭、棱角分明的藏族帅哥，车呜呜地爬坡时，帅哥目光忧郁，一言不发。

他把我放在一小片舒缓的山坡上，然后就掉头下山了。

山坡边上是一大片林林丛丛的各色经幡，清晨的凉风持续吹过，发出"呱嗒呱嗒"的脆响。经幡群左侧二十米远，有两块半个篮球场大小的区域，看过去是酱黑色，其中一块篮球场中间赫然摞着五六块大石头，上面是……板斧，是的，刃边有点锉钝的长柄斧头，一共两把。

另一片篮球场上，凌乱缠绕着一堆铁丝。

呆立片刻，听见有隐约的话语声，抬头张望，见百米外的山顶上有三两人，影影绰绰不知在干嘛。

天尚未亮透，空气中有一丝凛冽的枯冷之意。已是6月中旬，北京的濡热暑气正蒸腾着全城，千里之外却如此阴寒。正所谓幅员辽阔，世无常相。古人有"十年游山"之说，年过不惑，见多了众生相，懂得小乘佛教"苦谛四行相"之一的"无常"，必须离开住处去别处，才能证印。

爬上山顶，才发现是来自广东的几个游客，架着两台相机，莫名兴奋，比画着双手。顺着他们的镜头方向看，才明白一架相机是在等日出，另一架则对准了山脊上一坨一坨的土包。

定睛再看，哪里是土包，分明是一大群耸起翅膀、傲视群小的大秃鹫！

它们每一只都有成年康巴汉子穿着大氅蹲下去那么大的身形，一动不动，煞是诡异。

作为大型猛禽，秃鹫主要栖息于低山丘陵、高山荒原和森林中的荒岩草地、山谷溪流，以尸体和腐肉为食，张开两只翅膀后翼展有两米多长。后颈上部赤裸无羽，铅蓝色裸露的头能非常方便地伸进尸体的腹腔；脖子基部长了一圈比较长的羽毛，像人用西餐时脖子上围的餐巾一样，仿佛可以防止食尸时弄脏身上的羽毛。由于食尸的需要，它带钩的嘴进化得十分厉害，可以轻而易举地啄破和撕开坚韧的牛皮，拖出沉重的内脏。这些大翅膀鸟儿，在荒山野岭的上空悠闲地漫游，用它们特有的感觉，捕捉着肉眼看不见的上升暖气流，依靠上升暖气流，舒舒服服地继续升高。感觉死期将至时，两翅伸挤成一条直线，朝着太阳一口气冲上去，直到涅槃！

——这种说法有个充足的理由：人们从未看见过秃鹫的尸体。

三

其实藏族群众也好，汉族群众也罢，彻底寂灭就是一种彻底的功德。

在世界上大多数宗教看来，如果灵肉不分离——人死而肉体不消失，则亡魂还有可能依附于原来的肉体上，从而无法转世。

六道轮回的理想，是唯物主义者无法理喻的。身体本来就是元素组合,散去后再回归到四大元素之一的"风"中,才是"质本洁来还洁去"的用意啊。

讲了这么多刷汗毛的事情,其实倒也无甚稀罕。因为在去甘南之前,我有过一次真正吓死人的经历:

在北京奥运会举办地鸟巢旁边的国家会议中心 B6 看了一个展览,主题为"生命的奥秘"。

展品乃一百五十具死于非命的尸体做成的标本。

栩栩如生姿势各异,其中一个动作竟然是芭蕾五位大跳,身材纤巧,不知这个被剥了皮的美少女死因是什么。

看完后出门,阳光毒辣,魂魄出窍,半晌才被汽车喇叭声带回俗世。

四

人最终留下的不过是够做一匣火柴的那点儿磷。

想到庄周所谓"万物一府,死生同状""朝菌不知晦朔,蟪蛄不知春秋",天地者万物之逆旅,人生者百代之过客。

祸福通塞,生驻坏灭。我曾经很羡慕那些专业是学生物基因的哥们儿,觉着等他们破译了身体密码,制造出"长生不老"药时,那药一定巨贵,他们就可以自己先偷偷吃了,然后不死。最近谷歌技术总监、首席未来学家雷·库兹韦尔预言，随着技术的发展，纳米机器人会接管免疫系统，摧毁病原体，清除杂物、血栓和肿瘤，纠正DNA错误，逆转衰老过程。理论上2029年是临界点，2045年人类将实现永生。库兹韦尔为此正遵守严格的饮食习惯，希望活到2045年，从此长生不老——千万别在黎明前倒下。

美国国父杰斐逊则很不屑于这种希望，他写信给亚当斯，说咱们找个凉快地方，悄悄享受去吧。他认为，当我们活过了自己这一代的年岁，就不应当去侵占另一代了。默默衰微，悄然合目，让出一个空间，以利更年轻的一代成长。

据爱因斯坦说时间其实就是幻觉，弥补了相对论认知的缺陷，人就能永生了。

但希腊神话里有一种酷刑，就是让人不死，也不老，无聊地看身边万物流逝。

未知死之悲，焉知生之欢。

死之寂灭，从存在主义哲学角度看，实在是人最好的结局。

死是清凉的夏夜，曹孟德说过。

五

甘南之旅一路上仿佛中了什么魔魇，虽说拉卜楞寺后来也去了，但无论香腻美艳的酥油花工艺雕塑，还是严厉禁止女子入殿的密宗修炼，都不再能激起我的兴致。

盘桓心中不去的，始终都是悲郁凄怆的寒鸦声，以及清晨山顶的刺骨寒意。

甘南之行意外目睹到的情景，使我内心感慨不已，同时领悟到了旅行的关键意义可能还在于促变价值观吧。

恩重如仇

一

中国人的词汇中,"恩"是个意味深长的字眼。恩赐、恩泽、恩宠、恩惠……"鸟也虽顽,犹识密恩";恩重如山,知恩图报。

然而,唐朝却有个"恩重如仇"的故事,颇可玩味。

唐肃宗年间有个官员叫李勉,自幼勤读经史,成年后沉静文雅、清正严峻,素有德望,不威而治。李勉任开封县尉时,有一次审问死囚,注意到其中有个人,神色自若,对答不俗。

李勉突生感动,就释放了他。

此后过了数年,李勉罢官,闲游来到河北地界,竟偶然碰见了被他释放的这个囚犯。囚犯十分高兴,把李勉带回家里,好生招待。

囚犯悄声告诉妻子说:"这就是让我活命的恩人,我们怎么报答他呢?"

妻子说:"给他一千匹上好的绢缎,够吗?"

他说:"不够。"

妻子说:"两千匹够吗?"

他还是说:"不够。"

妻子说:"……如果这样还不够报答,不如杀了他。"

囚犯瞬间愣怔,但转念一想,又觉得有道理。

囚犯的家仆在旁边听到这番对话,心下同情李勉,就偷偷把囚犯夫妻要杀他的事情告诉了李勉。

李勉匆忙穿好衣服,上马逃逸。

连夜跑了一百多里,到了一个旅店。

店主人说:"这片区域晚上多猛兽出没,你怎么敢独自一人走夜路呢?"

李勉犹豫一番后,把原因讲给店主人听。

话还没说完,忽然有个人从梁柱上跳下来,嗟叹道:"我差点误杀了品行高尚的人。"话音未落,人就消失了。

次日天还没亮,那位梁上君子携带着囚犯夫妻二人的头,拿来给李勉看。

我在李肇的《唐国史补》中读到这个故事,到此处,才明白梁上君子应该是那囚犯夫妇雇用的刺客。

二

另一个"恩重如仇"的故事，是众人皆知的雍正皇帝与年羹尧的故事。

读年案的史料，常常有阴风拂过后脑勺。

年羹尧受雍正恩典宠信，飞黄腾达，官至抚远大将军，加封太保一等公，所受恩遇之隆，古来人臣罕能相匹。雍正甚至要求大清臣民世世代代都要牢记年羹尧的丰功伟绩，否则便不是他的子孙臣民。君臣二人相好的时候，彼此发誓要做个千古君臣知遇的榜样——雍正对年羹尧说：朕不为出色的皇帝，不能酬赏尔之待朕；尔不为超群之大臣，不能答应朕之知遇。

然而，在专制国家这口水深火热的沸锅里，才俊一入宦途，即入命运不测的无底深渊。年羹尧门下有个清客汪景祺写过一篇书启《功臣不可为论》，讲功臣与君主的关系，分为恩、疑、畏、忌、杀五个阶段，道尽了中国历史上政治斗争的定律——借法律名义，同时在法律之外去寻找手段解决权力争端，即"权力运行的流氓化"。

雍正玩"密折"，可谓将权力的流氓术玩到了极致。他经常在密折的谕旨中说反话，试探密奏大臣的人品、水平和忠诚度，声东击西，鬼鬼祟祟，云山雾罩，高深莫测。用密折代替公开的题本奏书，实际上破坏了皇帝和百官的平衡，百官不分部门层级开始互相攻讦，客观上只对他一个人负责，这显然对秩序稳定的影响是毁灭性的。事实上最后除了皇帝本人，无一人得善终。年羹尧、隆科多受驱使剿灭"八爷党"，随即被赐死；蔡珽、程如丝授意毁击年羹尧，之后斩监候；李维钧、岳钟琪忘恩负义（有分析说李维钧是用心良苦）反戈一击却双双病死狱中……只有天纵英明的皇帝是唯一赢家。

康熙晚年看淡了世事纷争，既不治贪，也不治庸，甚至不禁朋党。雍正绍基后为集中权力，立即开始玩弄帝王术，手法就是制造人人自危的无常恐怖气氛。第一步利用年党打击允禩集团，为此不惜轻佻无度地在公文中称年羹尧是自己的"恩人"，还史无前例地公开叫隆科多"舅"；第二步利用科甲党人内讧启用蔡珽做掉年集团；第三步发动老吏集团干倒科甲人士；第四步用第一集团里埋下的伏笔岳钟琪把蔡珽一伙送入死牢。倏忽几年间，历史回到原点，而衮衮诸君，都不见了。如此处理党争，其实看汉丞相翟青与御史台之争、唐牛李党争、宋王安石与元祐党争、明东林党祸……早已不新鲜了。

暴君之治与僭主之治的问题在哪里？亚里士多德研究了一百多个城邦政治后，发现除了"哲学王"之治，好的国家都是实行法治的，因为法治的特点是均衡性、连续性和可预期性。而暴君之治与僭主之治使人们无从选择合法性行为的预期——你可以翻云覆雨，随意杀人，宣告政治禁忌，树立绝对权威，但禁忌本身应该是一套稳定的秩序规则，让人民据此可以选择行为预期。程如丝杀人越货、蔡斑受贿枉法原本已罪证确凿，却被隐瞒下来用于发动党争，做死年羹尧。

当年卿卿我我的"恩义"哪里去了？

三

因为供职于出版机构，时有熟人来电话请托在"核心期刊"发表论文。这些论文有英文摘要，有引文注释，滔滔不绝，顾盼生辉——唯独缺乏真知灼见。原来评职称的季节又快到了。想起严复的话："盖学之事万途，而大异存乎术鹄。"意即向学者应以"学"为目的，"术"不过是"弋声称，网利禄"的手段。

后来论文没发成，我心中当然很惭愧，痛骂自己没本事。熟人从此便也不愿搭理我了，还在背后讥讽说"人一阔，脸就变"，直接买卖不成仁义黄了。

不禁心里嘀咕，评不上职称会死啊？！

偶读贾樟柯的微博一则，哑然失笑：

> 清明：……见到五姐，她女儿今年毕业，让我帮着找工作。碰到同学，他儿子想上美院附中，问我有没有熟人。碰到远房叔，他想搞倒某人，问我中纪委是否有人。

老板上门，说有几亿闲钱，看有无好项目。朋友送别，说要来北京看病。亲人们啊！

前几年北大有篇社会学博士论文《中县干部》，作者经过大量基层调研后发现，在小地方，如果不"拉关系"，不"求人帮忙"，一百件事情有九十九件办不成。遂想起费孝通描述的"无讼"之"差序格局"或"熟人社会"——狗朝屁走，人朝势走，人与人纠缠得深了，"术"就成了索求利禄的基本功，"恩"就成了必须回报的"市恩"。

太平天国将帅里，罗大纲是个智瞩机先的战略家，张德坚在《贼情汇纂》中甚至将罗大纲与杨秀清、冯云山并列。陈徽言的《武昌纪事》说罗大纲能战，远在韦昌辉、秦日纲之上。但罗大纲死时的官职只是冬官正丞相，而秦日纲于1854年由顶天侯升为燕王，胡以晄也在同年由护天侯晋为豫王。《贼情汇纂》描述他"因非粤汐老贼，功在秦日纲上而不封侯王，心甚怏怏"。他被贬抑得太过分了，以至于他死了近十年后的1864年，曾国藩在审问李秀成时，还迷惑不解地问罗大纲"何以未追王爵？"李秀成答说："其事甚乱，无可说处。"李秀成的意思是"没法说"。实际上因为罗不是广西起家的，是天地会中途来入伙的，只能被利用。

是不是自己人，才是中国官员使用下属的关键意念。服膺自己意志的,没有功劳也有苦劳,没有苦劳也有疲劳,总归要照顾到。洪秀全后来封了二千七百个王——不是封,是标价出售,敛钱是一方面,更重要的原因是"市恩",发展"自己人"。罗大纲这样的悍将,可劳之,可驱之,可耗之,可厌之,永不可亲之。北伐前他的判断是"欲图北必北定汴,车驾驻汴,军乃渡河。否则,先定南(方)九省,无后顾忧。然后三路出师……会猎燕都……若悬军深入,犯险无后援,臣不敢奉诏"。后来事实证明他真的是深谋远虑。但是越优秀,升迁就越无望,因为"非我族类,其心必异","上进"何苦来哉?!

关于"上进",龚定庵曾发"枉抛心力"之感叹。与其舐笔和墨受揸而立,何妨做解衣盘礴一裸君?可大家早已习惯了宁愿曲中求,不愿直中取。把做"人上人"作为励志教育目标的种群,其结果就是在牢笼里互相撕咬。富起来成了生活的目的,至于富起来之后是人是鬼已经不重要了。你不富有,但无所追求地活着,没办法让人尊重你。范成大、刘禹锡和塞万提斯不再构成有价值的文学传统。

中国人很讲究人情世故,可"人情"浓郁的地方,恰恰是"人情嫌简不嫌虚",礼尚往来与恩义传统都标上了价格。恩浓得怨,乃至缔仇,竟成了"恩重如仇",真真叫人啼笑皆非。

四

2012年夏赴日本东京洽谈项目,临回国前,西装革履的日方董事长选择正式场合,隆重地赠送给我一件礼物。照相机咔嚓作响,老先生"嗨侬嗨侬"不停鞠躬,出于礼仪,我决定当场打开。伴随着小心脏的扑通狂跳,我小心翼翼地拆掉绸缎裹着的大盒子,露出亚麻纸装饰的中盒子,最后打开丝线里面的小盒子,"芝麻开门"后,才发现"礼物"不过是一条类似无印良品风格的纯棉毛巾。

刹那间,我发生了"文化休克"(社会学名词,也叫"文化震荡"。是指由于文化的冲突或不适而产生的一种心理反应:主人失去原来熟悉的社会信号符号、遭遇陌生的社会信号符号,从而产生焦虑症)。老先生一脸诚恳,自己则一脸迷惑。

自此,我对日本社会的"人情"或者"恩情"现象产生了浓厚兴趣,渐渐认知到这个熟悉而陌生的邻国所谓"恩""间"等表示距离感的特殊文明习俗。

恩——关于礼物的互酬赠答简直微妙至极,报恩的分寸真是难死个人。日本人如果受到生疏者的恩,被他们认为是最讨厌的事情。因此日本人对大街上的事故一般不予理睬,这不是冷淡麻木,是因为他们感到除了警察以外,任何人随便插手,都会使别人背上恩情。明治以前日本法律规定"遇有争端,无关者不得干预"。你送谁东西越多,他越不自在越反感,越触动自尊心；你对日本人越冷漠越不在乎，他反而越舒服。"二战"中日本人骂美国人是"鬼畜"，可战后，占领军司令麦克阿瑟却收到数百名女性的信，她们要求为这位至高无上的男性生个孩子。即便艺妓，"距离"的分寸也十分微妙：对客人不能玩真的，但也不能不真；不能纯情，但也不能无情。如何将与客人的距离接近到极限，但又必须让客人意识到不可亵渎乱来，这里面有一种难以言述的涩味。

"间"这个字，幽而又幽，玄而又玄，既是自然观，又是一种风度，一种雾雾霭霭的心相。譬如俳句中的古池与青蛙；又譬如日本人讨厌打官司，讨厌裁判和律师——法律判了输赢，但日后留下的是隔阂、不快甚至仇恨——所以，不美，不香。作为一种柔软的受容性，适当的距离最美，因此他们喜鞠躬不喜握手——房间的"玄关"就是这么来的。我理解日本设计美学（建筑、电影、平面装帧、兵法节拍）中的"留白"（无言）就是"间"的美学。只有对微妙暧昧的空间感（飞矢不动、寒鸦落影）和特殊时间感（无音余韵）有直觉者，才能意会，才是天才。日本人认为"间"是最上品的文化，"间"到极玄妙的境界，就是千利休与丰臣秀吉两人那种欲说还休的距离。

保持干净整洁，坐有坐相，不毛躁，有好的餐桌礼节，对别人体贴、准时，好话不必说二遍……先从这些做起，其实就是人情之中恰当的间距。人情若无间距，就会淤积成为齐泽克所谓的"洞穴""小地方",人们要么挤作一团,要么打成一团。

陆九渊所谓世上一切事情皆可以分为两类:人情和事变。缺乏对"间距"有深刻感悟的中正平和修养以及"慎独"功夫,殊难从容应对,殊难榫卯吻合。

五

庚子疫情,生灵涂炭,乡亲们的生活方式乃至文明价值观也在悄然变化:握手拥抱变成了抱拳作揖,会议桌和餐桌上自觉拉开间距,聊天话题开始从请托帮忙变成忧国忧民忧宇宙……交往懒得论功利,人情不再是负担,相见亦无事,别后常忆君。如此说来,这些变化也可以算是一种灾难的"次生福祉"吧。

我坚持认为一个人的魅力指数,取决于他身上自在劲头与非功利爱好的多少。

自幼习得的伦理教育,让我们熟知了太多"快意恩仇"的故事:春秋战国的赵氏孤儿恩仇、大仲马的基度山恩仇、金庸的书剑恩仇……白居易说过"何异浮生临老日,一弹指顷报恩雠",陆游说过"恩仇快报复,祸福出笑颦",龚自珍说过"吟到恩仇心事涌,江湖侠骨恐无多",鲁迅先生说过"度尽劫波兄弟在,相逢一笑泯恩仇"。

这些恩与仇,大都是功利纠结出来的累赘。

与人结识,我不想要恩重如山,更不想要恩重如仇,只想要一点不妨害公义的寡淡。

交朋友也一样,先看这个人淡不淡,再看这个人有趣还是无趣,其他不重要。

日常寡淡从容,遇变崖岸不移,去看侯孝贤的《刺客聂隐娘》,再读几遍韩昌黎的《送李愿归盘谷序》,就会明白,一个气韵恬淡的人,身上会散发出或隐或现的摄人光芒。

此乃修天爵,而非修人爵。那种"高贵而不显出"的风度,不足为外人道也。

因此,按照我的天真想法,我梦想所有打给我的电话都是非功利性的,或者扯淡的。

六

其实本文开头提到的那个李勉,还有另外两个小故事,值得写在这里:

李勉少年时家境贫寒,在梁宋地区(今河南开封商丘一带)游历,与一个儒生同住一家客栈。儒生病重,临死前将自己带的银子交给李勉道:"希望你用这些钱将我埋葬,多余的银子就送给你。"李勉答应了，却在安葬后，暗中将剩下的银子放在棺材下面。后来，儒生的家属来向李勉道谢，李勉与他们一同挖开坟墓，拿出银子交还他们。李勉这一身清介，可谓应了佛家说的不住相布施：施恩不图报，若图报，生烦恼。

　　李勉为江西观察使时，部下有人因父亲生病，按照迷信的方法，制作一木偶人，写上李勉的姓名和官位，埋在土中。后来，此事被人告发。李勉道："他是为父亲禳灾，值得同情。"没有追究此事。

　　可见，恩德不市作为恩怨的尺度，人情简约作为情义的境界，咱们国家古已有之——没准儿日本还是学咱们的。

　　可是，现如今，怎么就成了稀罕物呢？

妓女椒树

古代青楼出身的奇女子不罕见，苏小小、李师师、柳如是、小凤仙……或风情万种，命运多舛；或与世抗争，不让须眉。然而，纪晓岚《阅微草堂笔记》有一位叫椒树的女子，其事迹别开生面，令人啧啧称奇。

一位举子屡试不中，穷困潦倒，遂放飞人生，冶荡不羁，经常光顾青楼妓院。烟花女子多势利眼，都对他很冷淡，唯独这个名叫椒树的妓女（此女无名，"椒树"乃是街坊里巷人们对她的戏称）赏识他，并说："这位郎君怎么会是长久贫贱之人呢！"时不常邀请他饮酒亲热，甚至拿出接客的钱来资助他读书。

又是一年应考季，椒树出钱为他准备包裹行装，还为他的父母购置了柴米油盐。举子感激万状，泪眼凝噎，拉起她的小手，立下重誓："他日倘金榜题名，定来娶你。"

故事到此，了无新意，套路陈旧，俗不可耐。

按照读者的推测，接下来无非是个喜剧结局：穷书生得中皇榜，扬眉吐气，回来迎娶这个姑娘，妓院老鸨却百般刁难，讹一笔钱后，皆大欢喜。

抑或是个悲剧结局：那厮人一阔，脸就变，玩消失，如明代诗人曹学佺所谓"仗义每多屠狗辈，负心多是读书人"。姑娘失望之下，含恨自杀，使得书生良心受到极大谴责，终受因果报应之苦。

可这个故事令人大跌眼镜——结局竟不是这样的。

穷书生考取功名后，官授县令，旧情不忘，一诺千金，多次邀求椒树去做县太爷夫人。椒树却始终都不答应，她辞谢说："我当初看重您，是怪姐妹们只愿结交富家人，想让人们知道脂粉罗裙中，也不缺慧眼之人。

"至于说白头偕老的约定，我早想明白了——您想想看，我这人放荡得很，根本做不了良家妇女。假如有一天登堂入室，却仍然纵情声色，您怎么受得了呢？那岂不是害了您嘛！何况良家妇女规矩大，从早到晚让我幽闭在衙门闺阁中，就好比坐进了牢房，我会更受不了！"

依椒树的文化程度，说不出"相濡以沫不如相忘于江湖"这样的酸词，但意思是一样的。

多年之后，椒树色衰，风流不再，妓院生意一天比一天冷清，但她始终没有去过衙署。

还有一个荒唐故事。

北齐皇帝高湛荒淫无道,他的皇后姓胡。不久北齐灭亡,胡皇后和自己儿媳吃不得苦,为了生计,两人就去做了娼妓。流落风尘后,竟然生意大好,于是婆媳俩再不愿回皇宫了。这样的事情普通老百姓都觉得羞耻,可胡太后对自己的儿媳妇说:"你有没有觉得,当皇后远不如做娼妓,真的是十分快乐。"于是乎,她俩就这样过完了快乐的卖笑一生。

开头说到苏小小,这个苏小小也蛮有意思。在苏承祖五十岁寿宴上,宾客齐夸他的六岁女儿苏小小可爱,将来必嫁豪门。

小小却不以为然,朗声说:我不嫁人,我要做妓女!

举座皆骇。

多年后,果入此行的苏小小对那些慕名而来的狂蜂浪蝶不屑一顾,她写道:"梅花虽傲骨,怎敢敌春寒?若更分红白,还须青眼看!"她为真正的心上人吟咏:"妾乘油壁车,郎骑青骢马;何处结同心?西泠松柏下。"

苏十九岁即殒命矣,但在她的眼里,自由比贞洁更重要。

古希腊有个斯多葛学派,认为人身上所谓的苦,其实就是"命运"和"自由"之间产生的紧张对立。人作为一种独立自主的道德主体，需要以极大的压力去面对外在力量的"命运"，也就是说人一辈子需要与自己缠斗的最大问题，无非是在必然性统治的世界中自由意志和独立人格如何可能。这是斯多葛学派对希腊古典理性主义道德哲学的重要贡献，也是构成西方文明核心价值的一个重要元素。

画家陈丹青说自己第一次出国的时候，大吃一惊，因为他看到街上的男男女女，人人长着一张没受过欺负的脸。这是他对西方文明的第一印象。

"一张没有被欺负过的脸"，是什么脸？

想到电视剧《大明王朝1566》，除了为所欲为的朱厚熜，从严嵩、徐阶、胡宗宪、赵贞吉，到吕芳、杨金水、陈洪、冯保……统统长着一张"被欺负过的脸"。这些封疆大吏、肱股重臣，人生不可谓不成功。但今天看来，这种成功其实等于"被欺负出来"的"成功"，那怎能配叫真正的成功呢？自古以来读书人即便身居要津，也是没有世袭特权的，士只是一种流品，而不得成为阶级。他们在政治花果山上，只能是"少爷/姑爷/师爷"格局中的师爷，不跪舔谄媚是要饿肚子的，倘若还做潜主的梦，下场就会很悲催。

钱穆的《中国历代政治得失》有一个观点我很认可，他说要解决中国社会的积弊，则当使知识分子不再集中到政治一途，应该奖励工商业，让聪明才智转趋此道。但两汉以来却使知识分子竞求做官，仕途充斥，造成政治上的臃肿，读书人成了"政治脂肪"。想自由想出头,却无命运自主权,只好用一生做赌注修炼工具人格,整日倨恭不一。

近代亦然。有记载冯玉祥御下极严,如韩复榘、孙良诚等虽官至上将,但只要稍有怫逆,亦须在众人面前,轻则面壁而跪,重则褫衣受杖。在电话里都要勒令下跪,且要追问:"跪下没有?"等到那边回答"跪下了"才肯罢休。诸将窃议道:"受辱如此,吾侪有何面目统率部下耶?"但是受杖、罚跪、面斥,都是冯军记功的默示,处罚越多,升迁越快,于是苟且之徒尚能恋栈不走,气节之士无不绝袂而去。这一点连毫无治军经验的陈公博都看出来了,他说:"冯玉祥焉得不败!"

斯宾诺莎《伦理学》说在自然状态下无"是"也无"非",自由很要紧——我们所遭遇的事在多大程度上由外界原因决定,我们就相应会受到多大程度的奴役——我们有几分自决,便能有几分自由。"人只要不由本愿地是大整体的一部分,就受着奴役!"脸上堆满被命运虐出来的脂肪,便只能是一副被欺负相。

"是"与"非"的规定性,如果可以收摄回来,归于自我,命运和自由的紧张关系也就迎刃而解了。

这种时刻,不免会想到苏小小、椒树脸上的表情。

喝汉酒

历朝历代,酒皆有传奇。我独偏爱汉代酒。

一

有记载说,汉武帝东巡,还没出函谷关,就有一个怪物挡在路上。怪物身高数丈,壮硕如牛,青眼闪耀,四脚杵地。随行百官都吓得半死,东方朔却不慌不忙,请旨用酒来灌它。灌了几十斛酒之后,怪物消失了。

汉武帝问是什么缘故,东方朔答说:"此怪名叫患,是忧郁之气孕生出来的。此地肯定曾经是秦朝的监狱,要不就是罪犯集中服劳役的场所。酒能忘忧,所以只有用酒才能消除它。"可见汉代时"忧患"其实是种动物。

同时,以己之美酒浇他人之块垒,史上记载这还是第一次。

汉代人对酒的推崇已到了终极拷问层面,动辄涉及生死,甚至党国命运。

《博物志》中记载:

> 王尔、张衡、马均昔冒重雾行,一人无恙,一人病,一人死。问其故,无恙人曰:"我饮酒,病者食,死者空腹。"

——三个大老爷们儿雾霾天出门,结果饿肚子的人死了,吃过饭的人病了,唯有喝酒那哥们儿安然无恙。

尚酒至此,难怪后来孔融感喟"樊哙解厄鸿门,非彘肩厄酒……无以激其气;高祖非醉斩白蛇,无以畅其灵;景帝非醉幸唐姬,无以开中兴……",合着如果不是酒的功劳,四百年大汉王朝压根就无从谈起。

……这道理,啧啧,后人简直要听醉了。

二

我曾喝过江苏汉墓出土的酒,庶几近似"文物",故讳言其来历。

作为窖藏(坟藏?)了20个世纪的年份酒,表面看其实也没什么稀罕，有点像湖南人做红烧肉时惯用的老抽，酱状琥珀色，异常浓稠，本身度数并不高。

人无敬不可立。自幼对酒心存敬畏，况且此酒出身奇瑰，敢不敬乎？故开喝之前须沐浴焚香，庄严供奉，神酿面前长揖不起。

之后慢舀一勺，缓缓兑入五百克上等茅台瓮中。

全场肃穆，诸雄双目紧合，以袖掩口，默然咽下，喉管轰隆，仿佛一千只蚂蚁急行军去偷袭贲门——要知道，No Tree Newbee（不是吹牛），此乃刘彻、东方朔、司马迁、班固、卫青、霍去病、李广喝剩下的佳酿——念及此，便又觉着像霍去病率八百骁骑深入大漠数百里在胃肠深处封狼居胥（事实上甘肃的酒泉就是因他而得名）。

此酒，自然也与卓文君相关。《西京杂记》里记载卓文君容貌姣好，"眉色如望远山，脸际常若芙蓉，肌肤柔滑如脂"，然而此篇渲染卓文君之美并不在于妍媸，而在于她"十七而寡，为人放诞风流""悦长卿之才而越礼"。两人竟相携在成都街头卖酒。

秀恩爱，死得快。长卿自幼就患有"消渴疾"（中医学病名，即糖尿病），口渴、善饥、尿多、消瘦，每天看见文君那么美，就更加口渴尿多。后来写了篇《美人赋》自责，也不起作用，居然渴死了。

卓文君悲痛，也给他作诔文一篇，流传久远。

成都平原的西南方，有地名"邛崃"，南河流经境内。汉代时，南河因为水量巨大，曾被误认为是岷江正流。《马可·波罗游记》中描绘它水面宽阔，"竟似一海"。

从《马可·波罗游记》中读到"竟似一海"四字后，大为激动，借着去四川观摩汉阙的机会，专门跑到邛崃，在南河边喝了一场。值得一提的是，所饮之酒竟然是一瓶 20 世纪 80 年代初邛崃县曲酒三厂生产的"蜀邛"牌老窖，瓶身的简易标签布满淡黄色渍斑，却不乏得意地自誉其酿作工艺已至少两千年。由于邛崃乃放诞少妇卓文君的家乡，所谓"文君当垆，相如涤器"指的就是这种酒。饮此酒时，正巧与对面的朋友聊及洪迈《容斋随笔》中汉朝几位母后的乖戾，酒桌氛围瞬间变得狰狞可怖。

经这一对痴人之玉手调弄过的酒，能入吾腹，饮酣视八极，俗物多茫茫，吾岂不狂妄哉！

三

某年腊月，岁在癸巳，暮冬雪霁，心情萧飒。丁门三弟子临时起意，为饮汉墓酒，自闽南、浙东、燕都同时出发，如林中响箭，疾赴金陵。

吾隐此物于怀中，于风驰电掣的京沪高铁上实时报道，以解闽浙醉鬼消渴之苦：

"文物已过泰安!"

"文物已过蚌埠!"

"文物已过长江!"

"文物已过中央门!"

…………

当然是开玩笑,否则相当于"文物"重归出土之处,江苏大地法网恢恢,我这蠢货岂不等于自投罗网。

出机场车站,旋奔南京大学西门晶丽酒店二楼。

丁师已候在满桌佳肴旁多时!惊见三人须发皆白,金陵雪染霜挂之故也,不禁抚掌大笑。

请出"文物"后,众皆肃然。但见窗外彤云密布,朔风渐起,雪下得越发紧了。

席间丁师聊及生态世相,古酒中立即有了几分霜重鼓寒之意。苍茫连广宇,寥落对虚牖,说时豪气侵人冷,讲处悲风透骨寒。推杯换盏间,诸位压抑心中激荡,且尽一樽,挽取长江入尊罍,浇胸臆!方我吸酒时,江山入胸中!

秘饮此酒竟至昏醺。

散局时,已近黄昏。三人揖别师尊,分赴车站机场,拱手抱拳,就此别过,各归南北东西。

火车上收到老师发来的短信一则,赫赫然七个字:

"从此天下藐名酒!"

途中伤感,不免想起当年毕业时,大家拿流行歌曲《新鸳鸯蝴蝶梦》为曲醉后戏唱李白《金陵酒肆留别》的往事。"金陵子弟来相送,欲行不行各尽觞。请君试问东流水,别意与之谁短长?"欢娱总是短促的,因此仪狄才发明出酒这种东西,使性情任诞者打破平均律。就像我们喝酒时,总有声音断喝道:

"先干一大的!把气氛搞起来!"

"你干了,我随意,让我们把美好时光无限拉长!"

"进了南二环,碰杯就得干!"(反正北二环南三环东四环西五环皆适用)

"周×不喝酒,白来世上走!"(反正这一句每天都适用)

几年后再见老师,沉吟之余,师尊津津乐道出当年汉酒欢宴细节种种,竟罕见地夸赞我几人有"林下风!"

某位师姐听说此事后,皱了皱眉头,说气氛有点偏诡异,听上去不像合谋喝酒,更像合谋杀人,所谓"事了拂衣去,深藏身与名。闲过信陵饮,脱剑膝前横"。

四

但是，回到主题，在汉酒中——"千日酒"——其实才是我最神往的欢伯冻醪壶觞啊！

汉代狄希了不起，他擅长酿造一种"千日酒"，喝了这种酒，会醉一千天。

有个叫刘玄石的人，很喜欢喝酒，便去狄希那儿要酒喝。狄希说："我的酒发酵了，但药性还没有稳定，不敢给您喝。"刘玄石说："没熟而已，姑且先给我一杯。"狄希只得给他喝了。

他喝完后还要，狄希说："你暂且回去吧，请改日再来，就这一杯，已经可以让你酣睡千日了。"

刘玄石只得告别，但心中有些不满。回到家中，竟然真的醉死过去。

家里人哭着将他埋葬了。

过了三年，狄希寻思道："刘玄石的酒一定醒了，应该去问候他。"

到了刘家，就问刘玄石在哪儿。刘家的人说他都死了三年多了。狄希说："今天该醒了。"于是就叫刘家的人赶紧带他去坟地。

远远看见坟上汗气冲天，狄希就叫人赶紧挖坟。

开棺时正好看见刘玄石睁开眼睛，嘴巴大张，拖长声音说："醉得我好痛快啊！"

他坐起来问狄希:"你搞的什么东西,我喝了一杯就酩酊大醉,到今天才醒,太阳多高了?"

坟边的人都笑他,却不小心被他的酒气冲入鼻中,结果也都醉睡了三个月。

五

倘若有幸在"千日酒"里一醉,掐指一算,等我醒来,咱中国人都已经登上月球了……

鸭子听雷

鸭子听雷，是闽台地区的俗语（客家话里也有类似词汇），意思是"说了你也听不懂"。

可以脑补一下画面：台湾农村的稻米由南向北渐渐成熟，有养鸭人赶着鸭群吃田里的漏米剩粒。鸭群浩浩荡荡抵达桃园新竹地区时，正赶上春雷响起的时节。轰隆一声巨响，觅食者瞬间惊呆——抬头，抻长脖子斜望天空，偏摆脑袋专注聆听……轰隆西边又是一声，脑袋立即摆向右侧，一副百思不得其解的憨蠢相，却也萌态可掬。

20世纪30年代，姜亮夫、蔡尚思在清华听陈寅恪先生用十八种语言讲《金刚经》时，他们形容课堂上的感觉就是"鸭子听雷"，以至于毕业后很长时间不敢自称是他的学生。

我对正史的态度曾经就像"鸭子听雷"，一侧听多了，渐渐懂得不必被唬住，应该多听四面八方的"雷声"。

一

古文经学把孔子当史学家,认为"六经"是孔子整理古代史料之书,偏重名物训诂,特色是考证,弊端是琐碎。宋学把孔子当哲学家,认为"六经"是孔子载道的工具,偏重于心性理气,特色是玄想,弊端是空疏。今文经学把孔子当政治家,认为"六经"是政治之说,偏重微言大义。特色是功利,弊端是狂妄。

古文经学对后世中国的文字学、考古学有奠功,宋学对后世中国的形而上学、伦理学有创举,今文经学对后世中国的社会哲学、政治哲学有戮助。《尚书》的今古文是问题,《左传》的真伪是问题,《周礼》是否实际政绩记载是问题,《易》的产生时期和思想来源是问题,《春秋》的笔削命意与《公羊》《榖梁》《左氏》的异同是问题,《诗经》有些篇目如《关雎》的美刺是问题,《静女》是否恋歌是问题,六书的起源、壁中古文的真伪、妖妄谶纬、镏篆隶的变迁无一不是问题……这就是章学诚、惠栋、戴震、洪亮吉、段玉裁、钱大昕、孙星衍、苗夔存在的价值。

二

于是,我开始对正史半信半疑,因为史料所记载的某件事物，可能并非字面的意思。

在我看来，吕祖谦《东莱博议》认为《郑伯克段于鄢》中过错在郑庄公，道理比较迂腐，但春秋之美就在于迂腐呆拙。钓者负鱼，鱼何负于钓？庄公负叔段，叔段何负于庄公？庄公是个马基雅维利好手，自封段始，便蓄意诱使其弟作反，养成其恶而加诛。失教罪小，养恶罪大，这不是春秋风度。后人佩服他而鄙视宋襄公的妇人之仁，是因为后人理想已近乎猪猡。

再比如班固，颇受历史学界尊崇，但吕思勉却认为他无识见，不懂历史是公器，把《汉书》写成了私家物谱，不配写历史。可能实际的情况不像我们从正史里读到的那么简单，我看《三国志》时，觉得失荆州怨不得关羽刚愎贪功，刘备不帮刘璋北取张鲁，反而心计太工，急于反噬刘璋，客观上给曹操腾出了平定关中和凉州的时间，于是不得已令关羽出兵牵制，这才是祸根。然而话说回来，刘备对根据地的渴望有错吗？虽说心计过工反招失败，真正阅历多的人不若少用机谋，循着正义应对一切即可。但刘备也不愿意关羽死啊。关羽死后的谥号其实是"壮缪侯"，其有菲薄之意，对他的全面神话是在宋以后了。

少不读"三国"，意思是"三国"的权谋政治太多，年轻人容易挫了真气。因为政治是社会上有了矛盾才被需要的，因此政治家对付的全是贪婪、强横、狡诈的人，缺乏手段可不行。一个大政治家往往是一个时代大局安危之所系，要用一种势力压服另一种势力,虽不是战争,性质与战争无异。说到政治,政治的事情最宜"气疏以达",即把各方面的意思,都反映出来。最忌锁闭视听,取快一时。官做得越大,其志向愿望就应该越大,其为人为众的成分就应该越大,其自为自私的成分就应当越少。一个盖世英雄,磊磊落落,如日月皎然,不会整天操心自己的子孙与禄位。正史很少凸显这样的价值观。

蒋济劝曹爽归顺,中了司马懿的阴毒,责己失信于曹爽,拒绝司马赏赐,发病而死。此乃残酷政变中的政治道德,所谓不为利回,不为义疚。

三

从缝隙里才能看出堂皇正史背后的端倪。

赵翼《廿二史札记》卷三《汉多黄金》一章中,汉代时,中土黄金产地已近枯竭,佛教徒还拼命制造金箔,镀金写经,而且这类消费的黄金无法复原循环使用,同时黄金价格比西方国家低廉,逆差拉大,导致经济萧条土地兼并,可能是农民起义的真实原因。

宫崎市定认为甲骨是用于练字后堆积的残骸,照他这么一说,那些民国的大学问家做的事情霎时变得可笑起来。不过在西亚,练字使用黏土板,写过后重新揉捏,反倒没办法保留下来了。另外,龟甲占卜习俗一直延续到汉初,后世出土的很多甲骨文词内容夹杂着与殷代不相称、像是很久以后时代的思想……正史读得越深，疑窦就会丛生。《老子》从内容看，出现的要比《孟子》还晚，可能是受到杨朱学派的影响，是试图超越杨朱快乐主义的个人主义主张。而坑儒，原因是秦始皇派方士去寻找长生不老药，但这些人当中有的骗他花费了大量金钱（能不骗他吗?！上哪儿找啊！），又说他的坏话并逃走，始皇帝一怒之下杀了四百六十人，称为"坑儒"不太合适，这些坏蛋该坑，因为他们干的都是坑爹的事。话说回来，这帮家伙也不敢不干啊，悲催。

《汉书》《明史》的颂圣声背后，其实可以读出一个好玩现象：不同地域的交界处容易出产独裁者，希特勒生于德奥边境；日本的织田信长、丰臣秀吉和德川家康都来自尾张、三河（不是燕郊哎，是位于使用银的西日本与使用金的东日本分界线附近）；刘邦、朱元璋都生于南北文化分界的淮河流域一带。受不同文明和风气的锻炼，头脑运转不因划一的教育而僵固，善于相对论思考，懂得发挥均衡感，基于现实才行动，适合在乱世应付困难局面。

"中国"一词虽语出何尊铭文，并在《诗经》《新唐书》《辽史》《金史》中被反复提及，真正作为主权意义开始使用是1689年9月7日的《尼布楚条约》，象征着梁任公意义上的"朝名"私产开始向公权概念转换。总说清政府丢失了一百四十万平方公里疆土，事实上清王朝之前，中国对四百毫米等降雨量线以西以北的地区从来就没有过持续稳定地获取与管理，是清朝康雍乾三世军事行动突破了这个农牧交错带，直到光绪设新疆巡抚，才有了这只大盘鸡。

有域无疆时代的帝王，是傻吗？不是。一是没有签订边界条约的必要，外兴安岭、喀尔喀蒙古以北、巴尔喀什湖以西除阿姆/锡尔两河流域外的地区全是亚寒带荒漠地区，与欧洲的地理环境需要签约的情况完全不同；二是也不知道和谁签。直到俄国东扩才有了签约对象。

自古以来黄河"善淤、善决、善徙"的特征，真正被遏制的确是近一百年的事。据黄河水利委员会的数字，三千年来，黄河下游决口泛滥一千五百次，不说夏商时期频繁迁都，你看从山东丘陵、太行山东麓到山西、河南的大部分地区都有史前文化遗迹，唯独今天繁茂熙攘的河北平原腹心地带一片空白，既无文明遗址，也无城邑聚落的可信记载，为什么？黄河年年奔流成泽，方向不定，喜怒无常啊！直到明朝，"伤田庐、坏城郭、妨运道、惊陵寝（盱眙/凤阳）"还要排列顺序表。行政区划上的"随山川形便"与"犬牙交错"原则，其实是有机心在其中的。长江、黄河为啥在江苏、河南是内江内河？老愤愤不平于苏南、苏北差距的人，懂不懂南直隶"犬牙交错"的深刻考虑啊？没有非常之难时，就无须国家操心了，省内自己调控即可。

四

再看《宋史》。

王安石推行买卖度牒，程颢认为是变相敛财，王安石说灾荒来临时这笔钱能救十五万人的性命。神宗颇以为是，遂外放了程颢。足见潜龙不能用世，乃为迂腐。

李纲等所有大臣均强烈主张高宗驻跸建康（南京），否则经营中原、河朔再无希望，愧对那里的人民。然而王伦带信儿说金人不归还渊圣皇帝时，高宗竟"大喜"，为统治权的延续真是不顾廉耻了。秦桧这骂名背的，比李鸿章还冤。

元祐党人贬岭南，根子在仁宗之后积累的入仕文人太多，程颐的洛党、苏轼的蜀党、刘挚的朔党……必定无一善终。

崖山灭宋、搞死小皇帝的是张弘范，他可是个汉人，根本不是蒙古族人。这种情况在中国历史上数不胜数。

五

采自中国第一历史档案馆《明实录》的样本显示，1550年左右海盗的爆发式增长，是由于海禁导致商人活不下去转变为海盗，充分说明"市通则寇转而为商，市禁则商转而为寇"（许孚远《疏通海禁疏》）点破的道理，这对今天的中国经济也并非全无警戒意义。

《清史稿》不可能告诉我们,日清开战时国际舆论其实是普遍支持日本的,即在宗主国和平等国(日国内民众都认为是"义战",甚至关键时刻朝鲜也更愿意接受日本的国际秩序理论)的媒体战上,与大东沟海战一样,清朝是零分。黄海交战,被击沉的超勇和扬威其实是陈旧的木头舰,定远和镇远未伤及筋骨,0∶5不重要,因为日本也即将吐血而返了。从战略意义考量,甚至可以说北洋舰队是胜利者,牌还在光绪手里。痛心的是朝廷已经流沙化,焉有能够主导趋势之理?镇远窝囊触礁,而定远竟然是自己主动炸沉的。

《复新疆抚台陶》中李鸿章"知我罪我,付之千载"的哀叹已是劫语。

八国联军袭来时,如何用法术闭住洋人的枪炮?办法是找来一个孕妇开膛破肚,令小儿头至腹外,钉在城楼上。这类惨毒闹剧并非独立的历史事件,矛盾不止于中外之间、满汉之间、帝后之间、维新保守派系之间——载漪伪造"归政照会"激怒慈禧太后;光绪鼓足勇气驳斥刚毅"民气可恃"——"民气两字是虚的,怎能依靠";而东南互保背后是大批士大夫发自内心对义和团的欣赏。

六

那么,中国两千年的政治制度设计只能用"专制黑暗"四个字形容吗？汉代其实是轻徭薄赋的。孟子早说过"什一而税，王者之政"，汉代是十五税一，实际是三十税一，甚至有百一之税（见荀悦《前汉纪》）。汉武帝把"少府"的皇家私款捐献出来，命令最有钱的盐铁商富自由乐捐，无人响应，才创始了盐铁专卖，这其实是国家社会主义。汉代固然人人服兵役，但考虑"三年之耕，一年之蓄"，如果不是卫兵和本地兵，而是边地戍兵，只需要三天，这不是什么苦差事，搁今天边疆三日游你得花一趟出国的钱。如果不想去，三天出三百块钱给政府，就可以不去。政府拿这钱雇人去。因为人口税的缘故，汉代的奴隶比普通民户的生活还好，不信你去读《史记·货殖传》。唐代相权不在君权之下，给事中帮皇帝确定诏书后，门下省如果反对，批注后可以驳回，叫"封驳"。刘祎"不经凤阁鸾台何名为敕"就是批评武则天的话；唐中宗未经两省私下封了一个人官职，自己也不好意思，没敢用朱笔用的墨笔，装诏敕的封袋不敢用正封改用斜封，时称"斜封墨敕"，意思是让下面马马虎虎承认算了。但这个官员到任后被讥笑为"斜封官"，被人看不起。足见传统中国政治在唐宋时不全由皇帝专制。唐朝的"熟拟"到宋朝成了"面取进止"，说明君权渐渐重于了相权。即便如此，宋代制度的缺点在于散弱，不在专暴。南宋宁宗时，已快亡国，皇帝下御札（手条），还激起朝臣愤慨，说事不出中书，是为乱政。谏议制度（清议）的制衡效果不错。如果谏官讲错了，被免职，声望反而更高，以后更有升迁机会。于是宰相说东，他们就故意说西，但他们不是政党，是分散孤立的，不像今天西方的反对党是反对政府的，因此有利于政策的清明同时稳定。

真正黑暗的专制，始于明太祖洪武十三年的胡惟庸案，宰相被废止，到雍正的特务政治时达到顶峰。清府学县学都有明伦堂，都卧着一块石碑，上面三条禁令：一生员不得言事（言论自由），二不得立盟结社，三不得刊刻文字（出版自由）。胡惟庸案始于云奇告变。一个太监在皇帝马前被打得奄奄一息，还要用折断的右臂怒指胡惟庸为贼臣，太祖幡然醒悟……这也太有画面感了。明太祖是个枭桀阴狡的昏君，刘基被毒死完全是他派胡惟庸去干的，最后成了胡的罪名；占城贡使与汪广洋妾从死不过是借此让人知道胡已经失宠了；李善长与封绩使元压根就是罗织出来的事件。胡惟庸本质上也不是啥好东西，与朱元璋这样一个自私惨刻的怪杰相处，下场好不了。明太祖深虑身后子孙懦弱，担心功臣宿将不受制驭，遂一一屠戮之。"通倭"竟然成为信谳，胡惟庸是做了明廷脱卸外交失败耻辱的替罪羊。朱元璋出身寒贱，寄迹缁流，同时赋性猜嫌，生怕被知识分子讥刺。起事之初装孙子，礼贤下士；大局已定后即开始吹毛求疵，屡兴文字狱——吴晗 1934 年就看穿的权变把戏，二十几年后不记教训，天真烂漫地写什么《海瑞罢官》，让我们说什么好。胡蓝二狱中杀的几万人几乎全是知识分子，其中不乏宋濂这样以一代帝师匡翊文运者。赵瓯北《廿二史札记》

统计过，与朱元璋稍有瓜葛的文士无一善终。朱所谓的设学兴教，不过是用刻薄寡恩者，通过廪禄刑责造就一批听命唯谨的知识分子出来，做驯仆，代替老一辈士大夫。这既是朱元璋巩固君权的方法，也是胡惟庸案的本质。

七

到了近代，总说阎锡山在山西境内修窄轨铁路是排外，按黄绍竑与阎锡山本人交谈所知，主要是经费问题。如果按标准轨，时间得三十年，窄轨只需要三年；标准轨每公里五万元，窄轨轻磅只需要一万元。日本当初也是由轻窄轨后改为标准轨的。看人挑担不觉累，不当家不知道柴米贵啊。

七七事变前，就战前两国的社会状况而言，中国对能否打赢战争的确是心里没底的。中国传统社会构造的组织性历来低下，连基本户籍信息都不准确。而在日本，近代化已完成了国家对社会的控制，战时粮食管制已精确到了每个国民每天的大米消费量。丸谷才一的小说《竹枕》对征兵的叙述，反映出日本庶民百姓已经成为近代国民群体的一面。而中国从甲午战争"李鸿章的私兵"到民国开盘后实力派割据一隅，等实现名义上的再统一，可以具备基本近代化条件时，留给蒋介石来凝结民族共同体的时间却不到十年了。中国近现代的母胎过于颟顸肥大，战时浑浊的后方社会与涣散的战时动员能力，不过是这个母胎上的一颗斑点。正如黑痣被切割后，胎记永远不会消失一样，今天中国诸多要害问题，根源不是十年二十年的问题，实在是一千年两千年的问题啊。

八

历史上中央帝国控制边远地区曾经有策略称"羁縻政区"，即一方面"羁"（强力），一方面"縻"（利益）。羁縻双方的目的都是保存。盘庚迁殷之前，国家、政权和人口频繁迁徙，主要原因是公元前4世纪左右，黄河下游的河道两旁才开始筑堤。在此之前，黄河的泛滥和改道是很随意的。依照当时的技术条件，固守一处抵挡洪水，无可能也无必要。为了保存，便把迁都当家常便饭。不过每次泛滥改道后留下的淤积区又是很适宜的耕种区，所以，迁都也不会离黄河及其支流太远。

明末清初，郑芝龙、郑成功、郑经、郑克塽以台湾为基础力图复明，康熙元年（1662年），清朝实行"迁界"（迁海）：从辽东到广东，沿海居民一律内迁三十里，有些省份径直迁五十里，在东部沿海形成一条长达万里的无人地带，近海岛屿也放弃，任其荒芜，目的就是为了困死台湾的敌对政权，保存安定。当然，尽人事也得听天命，存续不了，也要识时务——施琅后来的历史地位那么高，与中华民族统一的历史保存冲动有关，否则他一会儿叛清，一会儿叛郑，必是蒙羞万代，难以进入历史正册。历史激变期的殉难者，受儒学"义利之辩"观念浸染过甚，是故，朱熹、王阳明影响了宋明两朝末年士人惨烈的抵抗运动。

大中国疆域内的分裂与统一，其实文化的诘难并不严酷，因为中华民族各势力俱有对主流历史文化的认同感，而真正的异族劫掠侵占，就十分不同了。这就是为什么同样的"变节"行为，施琅和周作人的历史评价差异那么大的缘故，"保存"也要分时候分情景分场合啊。

九

中国历史上有一类文体，在《二十四史》《资治通鉴》之类帝王家谱的压抑与遮蔽下，在互嵌性社会文化的一锅锅烂糊粥汤里，在盛世君臣的谀辞文饰背后，如一簇簇微暗的篝火，于禅狐困鸣中顽强生长——这就是寄兴于天文地理、廷章国典、草木虫鱼、民俗风情、学术稽考、神鬼仙怪、艳情趣谈之间的，随笔、杂录、传奇、琐闻、志怪等著述，它们巨大至穹宇，微小若芥子，囊括千方，包罗万象，琳琅满目，落英缤纷。

我读这类野书，同样好比"鸭子听雷"，反倒更有些敬畏之心意在其中。

譬如殷芸在《魏世人》中说阮德如上厕所，遇见一鬼，丈余高，大眼珠子，肤色黝黑，身着一件白色单衣，头戴一顶平巾帻子,站立在一尺开外的地方,面无表情。阮师傅心安气定,一边往外掏自己的麻雀,一边呵呵笑着说:"人言鬼可憎,果然如是!"

那鬼听后无比羞愧,转身悻悻而逃。

我就承认自己没读懂这个故事。

如果说《二十四史》是雷吓唬鸭子,那本人更喜欢鸭子呆听雷声。听不懂,却心有戚戚。

我对笔记小说的兴趣,起因于对"彭、罗、陆、杨集团"运动肇端的好奇。中国的实录体史书始于萧梁,但元之前860年的记述经兵火焚毁或书虫蠹蚀都已散佚。《起居注》显示初唐到晚唐经历了一个从今上实录向先帝实录的演变过程,颇可玩味。南宋郑樵《通志》把《穆天子传》作为实录小类比较扯,搞得西王母真有其人似的。实录有意思的地方在于,客观上起到了政治鉴戒、道德劝惩作用,倘若实录不修,僭主昏君之遗臭留芳制约机制则不再,后果自己想去。但"实录"想做到"实",大家想想就只会"呵呵"了——唐武宗求长生不老药,把自己吃得浑身是疮,变成秃子,"十日而崩",《唐武宗实录》乃北宋宋敏求补修,都隐讳不提,史臣被帝制奴役至此,噫吁乎!五代十国曲笔更多,后汉隐帝刘承祐并非郭允明所杀,刘恕和司马光均有定论,然《后汉隐帝实录》乃后周所修,对后周太祖郭威军队弑帝一事当然要隐讳并嫁祸。周世宗柴荣明明是养子,非要记载为皇后所生长子……儒家知识分子投靠新政权后的谄佞传统源远流长啊。值得一说的是，自战国《穆天子传》始至今有不下三千种笔记小说，类似《北梦琐言》之类的笔记小说多摘抄实录，通过互证，倒可以弥补实录散佚的缺憾。

十

原味若供馔，晏私如暴殄，开蒙以来读书已有四十余年，精神上却都是断点（末梢知识），没有累积的成长。但世上没有后悔药卖。我与昔日之我，多少事，多少恨，只好从简静做起，跑到这些耸怪文章里，与古人结一个清芬的盟誓——我的发愿古人不会知道，正如雷不屑于鸭子怎么想。

歪着头听雷，却是鸭子的权利。

我爱重组，我爱弗朗叙美学

世界该是"万物一体"的样子，这是王阳明的秩序观。意思是说自然秩序、自我秩序、社会秩序、精神秩序……统统都是既定的秩序，民胞物与，礼乐分明，最好别搞乱了。秩序一旦重组，破镜难以重圆，总想复辟过去的完美，历史经验证明那是痴心妄想啊。

乔治·弗朗叙的电影《没有面孔的眼睛》中，主人公生物学教授詹尼西尔就是这样一位痴汉。森林中的一所医院里，詹尼西尔和他的护士一直在暗中诱骗绑架无辜少女，目的是将其麻醉后，从她们脸上活剥下脸皮，用来修补移植在他自己女儿克莉丝汀因车祸被毁容的脸上。女儿平时终日戴着瘆人的白瓷面具，骨瘦如柴，身着白袍，如鬼魅般游荡在城堡式的医院中……城堡的地下室关押着大量用来做实验的绝望狂叫的狂犬。

经我的严格考证，皮肤重组手术接连失败，牺牲者不断增加，其原因不是偶然的。

20世纪80年代末，圆明园画家村（在宋庄"革命根据地"、798"革命根据地"兴起之前，这个农村"革命根据地"大体承担着类似纽约苏荷、伦敦南岸、巴黎蒙马特或米兰托尔托纳的功能），啸聚了一大批外省流浪画家、诗人和导演，他们把村头小卖部的酒喝得精光，伟大作品却始终难产。有天深夜一哥们儿喝大了，反复思考这个问题，同时想到漂亮姑娘，痛感人生卑琐，于是跑到厨房，把左手放在砧板上，右手举起菜刀，咔嚓一声，将虎掌齐根斩断。

诸兄弟瞠目结舌了几秒钟后，在慌乱中把他送往西苑医院。车走后不久，有人转身看见那只手还搁在菜板上呢（万幸尚未被缺少下酒菜的醉鬼们刷上番茄酱撒上胡椒粉），匆忙包起来，追出门去狂喊：

"手！还有手呢！"

深夜的福缘门路上有两辆车狂奔，前边那辆送人，后边那辆送手。

与人造髋关节置换术的物理属性不同，人体自身的器官功能是生物化学属性的，原理极其复杂，人体仿佛有一种具备天然身份识别机制的特异功能，这就是为什么画家次日醒来后，发现他与自己的手在短暂的悲别离后又喜相逢了，而克莉丝汀却只能一直做行尸走肉。

本片制作完成于 1960 年，恰巧也是直到 1960 年，牛津大学教授梅达瓦与其他科学家才因为异体移植排斥与获得性免疫耐受理论赢得诺贝尔奖（包括能骗过人体细胞、与嘌呤结构相似的 6-mp 即 DNA 合成抑制剂的发明）。早两年的话，弗朗叙就会径直考虑克莉丝汀的大腿皮肤。但这么一来，这部电影还有啥看头？自我重组……那只配叫医学科技纪录片。

此片在爱丁堡影展放映时，有七个观众被揭皮术吓得当场昏倒，但仍有大量的弗朗叙影迷喜欢他作品中诗化的惊悚与幽微的悲剧（犬决、蛙鸣、白鸽与少女），说实话，弗朗叙美学其实是深度迷恋"重组"技术对温情现实的切割。

说到人体器官重组，除了圆明园画家，《天龙八部》里游坦之奉献角膜给阿紫女士的事件（金庸先生以为眼球与玻璃球一样可以摘来摘去玩耍吗？）……我由此开始胡思乱想，想到假牙和义肢的生命中不能承受之假；想到母螳螂为繁殖下一代而补充营养，交配后必须吃掉公螳螂；想到祖国传统医学理论认为吃什么补什么，那么有人吃猪脑呢？想到吕克·贝松的大片《超体》结尾时,美丽的姑娘露西重组成了一枚 U 盘……

医学科学太不可思议了,既然人体器官重组延续了生命是一件有趣而美妙的事,推而广之,将重组用于各行各业、击破陈腐秩序、焕发蓬勃生机理当也是一件积功积德的事,因为在一个闭环的系统内,所有要素必定渐次腐朽简直是个必然的趋势。例如企业重组,某出版社前几年从中国某某联合会重组到了国资委某央企,离退休老干部至今耿耿于怀,这里面纠结着大量要"面子"还是要"里子"的问题。打个比方,假如说中国某某联合会是中国的阑尾,那么某出版社就是中国某某联合会的阑尾——实在没啥用,早该割了谁也不敢动手,疼起来能要人亲命,发了炎却还没钱治……难道要等着疼死算了?重组给对付阑尾有办法的人,其实的确是不得已啊。

这是消极重组。

大多数重组其实很美妙,尤其是艺术形式的重组,是值得大力提倡与热爱的积极重组——如探戈最早起源于西班牙水手上岸后与妓女讨价还价,重组后人家成了世界性舞蹈;又如中国武警男声合唱团五百个男人在人民大会堂轻声唱《天路》;尤其是中国交响乐团与河南交响乐团联袂推出的磅礴恢宏的大型交响音乐史诗《亲家母,你坐下,咱俩随便拉一拉》。

我认出风暴

"在我的一生中,一分钟都没有浪费,我过得十分愉快。可是如果能重新开始的话,我将会更加自由地运用我的思想、我的身体和我的感情。"

李·米勒这样说,不啻晴天霹雳——真是说透了心中所思所想!我为何不能像她这样勇敢地说出来?!又为何做不到像她那样"一分钟都不浪费"?!

进而扼腕:为什么二十岁时没有读到这段话?!

骤生为她写部传记的强烈冲动。

同时,感慨一个人通过读书与交往,会遭遇众多如李·米勒这样有趣的灵魂。他们特立的思想行为,深刻影响了我们心智与趣味的养成。

瞧,这些人!

多　能

一

王瑶释义：知识分子，他首先要有知识，其次，他是分子（不是分母）。

轻描淡写一句，胜却啰唆文章无数。现代文学史研究界出过两位大家：北大王瑶教授和复旦贾植芳教授，他俩都是山西人，为这个专业学科培植了一大批柱石中坚。柱石中坚最重要的本质是什么？我想，当然就是"分子性"。

思想家、翻译家资中筠先生"分子性"很强。

同意资中筠的翻译感受：不要被那些晦涩难懂的书唬住，那多半是作者缺乏清楚表达的能力之故。

所以不必总拿生僻语句吓唬人。

但是话说回来，"知识总量"很重要，古今中外都得通，才能见招拆招。

"知识总量"有个小标志，即词汇量。便又想起赫塔·穆勒在诺贝尔颁奖仪式上说："我们能用的词语越多，我们就越发自由。"

二

前不久读《君士坦丁堡的陷落》,深感很多真学问实在是朗西曼爵士这类少数天才玩出来的。每当看到研究所和高校里面有些笨伯谋饭碗的那些苦文,就暗自替他们难过。作为贵族后裔,朗爵士三岁精通法语,六岁精通拉丁语,七岁精通希腊语,十一岁精通俄语,至于波斯语、格鲁吉亚古语等偏僻方言,他能讲十余种。在伊顿公学与乔治·奥维尔同班;在剑桥三一学院又和凯恩斯、伍尔夫同班,导师伯里本已退隐,不想再收学生,故意刁难他,甩给他厚厚一摞保加利亚语文献,岂料朗西曼解析起来游刃有余,洋洋洒洒,令伯里大为震惊,朗西曼从此成了他最得意的弟子。三十多岁时,突然继承了祖父的巨额遗产,于是辞去公职,开始全球自由游学玩耍,在伊斯坦布尔大学玩了三年,干出一部《十字军史》,成为拜占庭艺术和历史的权威;跑到中国长春和溥仪玩钢琴四手联弹;跑到埃及给国王讲解塔罗牌;在拉斯维加斯的老虎机上两次中了巨彩;在伊斯坦布尔酒店被德军流弹击伤……活了九十七岁,安详地死于拉德韦村的亲戚家里。

我个人对朗西曼这类自我主体性比较强悍的异人十分欣赏,我们太喜欢看别人眼色了,圆熟的智慧让这个民族过早衰老了,相应创造力也就衰微了。希望中国艺术界多一些特立独行者,多一些神龙首尾不见全须的奇异故事。期待中国社会的肌理之中，并非全然是爱占小便宜的虫豸，多一些胸襟器宇识见深不可测的人物与知性，因为人生的不完美方是常态。查理·芒格的话说得多好啊："要得到你想要的某样东西，最可靠的办法是让你自己配得上它。"不必非得以举鼎绝膑之力去横取。

三

是的，涉猎广博的人，擅长跨界玩票的人，比普通人更自由。

散文家、编辑家钟叔河先生喜欢干木匠活，常向朋友炫耀他自己亲手打的柜子、桌子："瞧，几多平整！几多硬扎！几多牢靠！"刘伯温所谓"多能鄙事"，意即一个书呆子不会干别的事情，其本行的功力往往也有限。

顾顺章是个反例，"八七"会议都当上政治局候补委员了，却技痒难耐，竟然到武汉游乐场去公开表演魔术。随即被捕，叛变，差点毁了中国革命。这个事例告诉我们，即便多才多艺，根基也要方正。

在堪称"多能"的中国精英里，佩服两个人：顾毓琇和赵元任。

顾毓琇是享有国际声誉的电机工程专家、自动控制学家和教育家，当过教育部政务次长和大学校长，同时还是文学家、剧作家、音乐家和诗人。

赵元任先生从康奈尔大学毕业时,明明已经具备申请数学研究生奖学金的水平,却觉得数学玩够了,转而开始研究哲学,并在二十三岁那年进入哈佛大学主修哲学。二十六岁取得哈佛哲学博士学位后,觉得哲学玩够了,又回到康奈尔大学教物理。赵元任精通英、德、法、俄等多国语言,会说三十三种汉语方言。罗素来华做演讲时,赵元任是他的翻译。每到一个地方,他都会用当地的方言来翻译,好几次被当地人跑过来非要"认老乡"。他是中国现代语言学之父,中国现代音乐学先驱,还是竞走冠军、游泳和溜冰高手……三十三岁那年与王国维、梁启超、陈寅恪一起被聘为清华国学研究院四大导师,教授数学、物理学、心理学、逻辑学、微积分、中国音韵学、普通语言学、中国现代方言、中国乐谱乐调、西洋音乐欣赏等课程,文理艺术一人全包。这一生,真可谓才具多能、任性猖狂。

四

论多能猖狂,又想起两位:高二适和王澍。

高二适一生以诗书为性命,一日无书则不能生。"文革"中藏书悉数被抄家掠去,他惊怒交加,从此得了心脏病,其后多次写信给章士钊,请他帮忙索还,信中表示:我在电视上见毛主席家拥有大量的书,我为什么不能有书呢?

如果甲跑来说乙的坏话，高二适便问："你这话和乙当面说过没有？"甲自然说没有。高二适便正色道："你要当面和乙说才是正理，你若不说，我代你说。"

他非常自信，厌恶虚伪的自谦。某次全国书法展，某著名画家给高二适写信，誉其书法为"全场之冠"。他读信后一笑道："我当然第一，何劳他这么说！"他有一方闲章云："草圣平生。"又曾在家藏佳帖上批云："二适，右军以后一人而已。"

青年王澍的建筑学硕士论文题目叫《死屋手记》。答辩日，教室墙壁贴满了这篇与陀思妥耶夫斯基小说同名的学术论文，他自己亲手干的。

他声称"中国只有一个半建筑师，杨廷宝是一个，齐老师（他导师齐康）算半个"。虽然论文全票通过，但东南大学学位委员会认为过于狂妄没有授予他学位。直到一年后经过重新答辩，王澍才获得硕士学位。

我认为这是1988年中国的一件大事，这件事应该写入中国建筑史，乃至中国艺术史。

他在同济大学读博士期间，一年四季洗冷水澡，每天踢足球。毕业论文完全用手写，交给导师卢济威时，卢教授称赞该论文是篇好论文，但是看不懂，只得私下向其他教授咨询请教。

王澍认为自己的建筑观是"业余"的，这种"业余"建筑观"强调自由比准则有更高的价值,并且乐于见到由于对信用扫地的权威的质疑所带来的一点小小的混乱"。2011年他被聘为哈佛大学研究生院教授,开了一门课叫"自然形式的叙事与几何"。

他在生活方面心不在焉,完全依赖老婆陆文宇,却反过来嘲讽老婆:"关注没有意义的存在是女性与生俱来的特质。而男人永远想做有意义的事情。而有意义的事又常是危险的,对生活是有伤害的。"

说出这些闪耀着尼采光芒话语的人,竟然是我的同龄人。

2012年2月,他获得普利兹克奖(Pritzker Architecture Prize,相当于国际建筑界的诺贝尔奖),成为获得该奖项的第一个中国人。

普利兹克奖评委会主席帕伦博勋爵这样评价王澍:"他的作品能够超越争论,并演化成扎根于其历史背景永不过时甚至具世界性的建筑。"

风　度

五

顾随厌恶当官者,他说的一段话,可谓尖刻之至:

"月来常见政界中人,觉彼等都阴森有鬼气。其背人私语——即北京话所谓咬耳朵——又大类女郎也。其笑靥迎人,暗里藏刀,又极似娼妓。乍见之颇毛戴,见惯亦平常。'见怪不怪,其怪自败',其信然耶?"

另有王芸生曾在一篇文章中写:"傅孟真先生有一次对我说,他想写篇'中国官僚论'。他说,中国向来臣妾并论,官僚的作风就是姨太太的作风。官僚的人生观:对其主人,揣摩逢迎,谄媚希宠;对于同侪,排挤倾轧,争风吃醋;对于属下,作威作福,无所不用其极。"对于傅氏高论,王芸生深有同感,因此才把它写入文章。王说:"这道理讲得痛快淋漓。这段官僚论,的确支配了中国历史上大部分的人事关系。"

真乃"官论双璧"!

顾随一生,翩若惊鸿,孤默自恃,将一堆学生培养成了大师泰斗。五四运动时,他在北大风华正茂,1959年,他回忆道:"……海样英雄气概,画中祖国江山……"我们这代人也曾有过顾随那样的"当年",有过炫酷青春的惨烈与壮美,因此多年过后,不少人才成就了一身不畏迂阔之讥、八风坚卓不动的本事。

经验表明,没有胸怀天下的凛然风度,难逃经营私小之尺寸机阱。

六

爱因斯坦曾经对周有光说:"一个人活到六七十岁,大概有十三年做工作,有十七年是业余时间,此外是吃饭睡觉的时间。一个人能不能成才,关键在于利用你的十七年,能够利用业余时间的人就能成才,否则就不能成才。"这俩人的一生,都印证了这段话的精确。可见有了兴趣还不够,懂不懂时间管理很关键。周有光曾经希望在京都大学随河上肇先生学金融,接管上海时是新华银行的总行经理,后来改行做语言文字研究,成一代宗师,还娶了合肥四姐妹之一,后来活到一百一十一岁,闲暇时间真的没有虚度。

说到时间管理,其实也不复杂,别把它当成纵向概念,可以像伊壁鸠鲁那样横向来理解。伊壁鸠鲁有一份快乐清单:
1. 自然而必要的(朋友、自由、思想、食物、蔽风雨处、衣服);
2. 自然但不必要的(广宅、私人浴室、宴饮、仆役、鱼、肉);
3. 既不自然又不必要的(名望、权势)。那些"把快乐等同于庞大的财务规划,把愁苦等同于低收入的人",人生真的是虚度了。

爱因斯坦和伊壁鸠鲁告诉我们:入世和出世都可以做到风度翩翩。

七

论及知识分子的入世态度，很有意思。法国的公知分两类：一类止于表态、签名或参加集会，如纪德、杜加尔、罗曼·罗兰、莫里亚克、波伏娃、萨特；另一类直接干实事，如马尔罗是个抵抗运动的兵团指挥官；加缪1940年发表伟大的《局外人》时，真实身份是个"余则成"——地下情报工作者；圣埃克絮佩里写出《小王子》的同时是个飞行员，牺牲于对德空战。

康梁则是近现代中国知识分子极具标本意义的镜像。严复认为太后行将就木，德宗虽身体不好，却也是清立国以来最具现代变革意识的君主，挨几年是没问题的，着什么急啊。可恶的是康梁名利心过于炽烈，导致后来袁慰廷卖君卖友的惨烈结局。他俩倒好，一溜烟跑日本去了。严认为最无耻的就是这种人。

后人论康梁的缺陷，可谓诛心之论。

中国知识分子自古有"十全十美"的人设理想，希望通体光明，这是中了三代春秋时期传统伦理原典的毒，遇到险象环生的处境时，往往不敢真革命，就装装假仗义。

八

王彬彬兄邀约回南京喝酒,电话里说想起他那篇文章:《留在沪宁线上的鼾声》,击节赞叹了很久。

1932年10月15日,陈独秀在上海寓所被捕(四年前他的两位爱子延年、乔年已在上海龙华慷慨赴死),当晚火车押送他去南京,他竟在车厢内呼呼大睡!多少妄称看破生死、得大自在的人们,在这鼾声面前做何感想?

到了南京,军政部长何应钦受命审讯他,何应钦与一干狱吏竟然出于仰慕,纷纷备好笔墨,求仲甫题字。陈独秀倒也不客气,洋洋洒洒写了"三军可夺帅,匹夫不可夺志""威武不能屈"等条幅,还给一个年轻军警写了"莫等闲白了少年头空悲切",这画面真是千古一绝。

陈仲甫的狂,早在他光绪二十三年赴南京乡试时已峥嵘毕露,他说"所谓抡才大典,简直是隔几年把猴子狗熊搬出来开一次动物展览会"。

1933年4月,审判开始后,惊心动魄的辩诉轰动了全国。

章士钊为给他开脱,说陈独秀已是托派,托派多一人,即江西红军少一人……其实陈与江西方面无任何关系(请注意:这的确是事实)。但陈独秀的狷介傲气被激了出来,他在庭上反对辩护律师这种说法,他对江西方面是寄予莫大希望的!宁愿重判。刘海粟佩服之至,去狱中看他,作画一幅,陈题词上头说"行无愧怍心常坦,身处艰难气若虹"。潘玉良感佩之下,身为中央大学教授,参加画展时的作品居然是《陈独秀在狱中》——历史上这种不要命的女人倒也少见。

这场著名的审判还未结束,《陈独秀自撰辩诉状》连同《检察官起诉书》《章士钊律师辩护词》《江苏高等法院判决书》等已经汇编一本《陈案书状汇录》,由东亚书局出版,瞬间售罄,还被东吴大学、沪江大学法学院选为教材,真神瑰传奇也。

至1937年8月出狱的五年间,陈独秀并非出了研究所进监狱,他是把监狱当成了研究所。服刑期间,还写信指导其他学者的写作,他自己则写了《中国古代语音有复声母说》《连语类编》《古音阴阳入互用例表》《荀子韵表及考释》《干支为字母说》《实庵字说》《老子考略》《甲戌随笔》……一大堆水平高妙的音韵学、文字学专著。陈立夫怕读者误会《小学识字教本》("小学"实际是"文字学"的古称)为小学生教材,建议改名为《中国文字基本形义》。陈独秀很恼火,不肯改书名,退回了五千元稿费,自己油印了五十册奉送朋友。

伟人就是伟人,囚在笼子里也是伟人。庸虫就是庸虫,身居高位也是庸虫。

《陈独秀南京狱中资料汇编》一书曾经想募点经费供出版,结果当然是扯淡无果。我想,可能这正是仲甫先生烛照洞察国民性、在押解火车上打呼噜、生无可恋的理由吧。

九

1982年乐黛云在伯克利做客座研究员时,和朋友卡洛琳合作了一本《面向风暴》(*To The Storm*),她看见卡洛琳的小女儿只有几个月大,但十分任性,"眼睛里闪耀着野性而热烈的目光",从不喂饭,爱吃什么吃什么,爱吃多少吃多少,想往哪爬就往哪爬,想尿就尿想拉就拉从来不训练,大小便自理。卡洛琳反问乐黛云的是:"为何这么早就去训练小孩控制自己和压抑自己?"

汤用彤先生惊讶于儿媳不识《诗经·桑柔》,儿媳乐黛云便以雪耻之勇熟背了《诗经》。"谁生厉阶,至今为梗",谁搞出来的祸端,至今还在产生灾害。各级党校干部培训第一课应该领读《诗经·桑柔》。中小学基础教育的体系与理念也是如此。

1992年上乐黛云先生的课,兴味盎然,课堂笔记能记下她说的每一个字,结科论文也得了高分,内容随即淡忘了。很多年过去后,才真正从她那里悟出一点点道理。谢谢她敏锐的风度给我们的启示。

十

黄永玉在集美学校上中学时,不爱学习数学物理,考试总是零分——他对初中一年级还让学生玩一些幼稚的牵手游戏感到可笑,屡次考试都无法过关,在集美两年,留了五次级,前后的同学就有几百人,最终没有在集美毕业。但他找到了一个好去处——学校图书馆。这个不爱上课的少年,凭兴趣阅读翻译小说,读所有能丰富他想象的读物。虽是战时,学校图书馆仍不断有新书、报纸、杂志寄来,如《西风》《刀与笔》《耕耘》《宇宙风》《良友》《人世间》……几十年后,曾有拍摄黄永玉电视专题片的摄影师,在集美学校图书馆找到过他当年在安溪借阅过的图书,大批色泽黯淡的借书卡上,都写有他的名字。酷爱阅读的习惯伴随了他一生,文化层累投射于他的艺术,方才恢恢宏宏,自出机杼。

初中没毕业的黄永玉如今在凤凰、香港、意大利、巴黎都有豪宅,北京的万荷堂完全是一座巨型庄园。那么多听话的学生从最高学府读完博士后出来还在为找不到工作、买不起房犯愁,可见听话、控制、压抑几十年下来,反而变得不安全——焦虑、恐惧、脆弱、无助,还得重新学习儿童时代要学习的素质——目光澄澈、无所畏惧、尊重本能、删繁就简、敢舍敢弃、直奔主题;学习畅快淋漓的、洞彻了人生"偶在性"与"一次性"的生活智慧。

可笑的是,这种风度,人家小孩子生下来就拥有。难怪李贽那么赞美"童心",难怪克尔凯郭尔说"你应当重新成为孩子"。所以,我见不得大人训斥孩子,你有什么资格?!那小鬼做你的老师绰绰有余!

十一

据说懒惰也是一种风度。

16世纪之后,随着工业化和阶级冲突的加剧,时间不再属于上帝,而是被交回到人的手里,道德被空前强调……"懒惰"于是成了一宗罪。

懒汉是无能者、失业者和寄生虫的同义词,后来甚至成了焦虑抑郁症的病理现象——据说是一种神经官能症瓦解了这类人的意志。

个人时间与工作时间开始变得泾渭分明,更变态的是周末和假期也有了律令——必须去做运动和锻炼,必须去电影院剧院打发时间,必须去郊外旅行……而早上赖床,晚上看着电视不挪窝,沉浸于游戏机或电脑无法自拔,而没有抓紧闲暇时间去提高自我的修养,都成了对自己的不负责任,自己都隐隐觉得有罪。

拉丁词 pigritia(懒惰)包含了蜗牛、缓慢、软体动物和拖延的意思,常用来指责懒人遇到生存考验时缺乏韧性,稍有挫折就放弃努力。《坎特伯雷故事集》(英国诗体短篇小说集。有同名电影)最后一篇里神父讲道,认为懒散是在推卸责任,要像对待生命最后一天那样对待每一天!

20世纪80年代有首革命歌曲《清晨我们踏上小道》里自豪地唱:"太阳还没有出,你们就出发了!"——给祖国勘探石油去了。

我记得拉伯雷《巨人传》里高康大给自己立下的规矩是"人生不受法律、法规或准则的拘束,想什么时候起床就什么时候起床,吃、喝、劳作、睡觉都顺从自己的心意。……没有人强迫他们",归纳总结为一条,即"想怎么样就怎么样"!罗伯特·伯顿《忧郁的解剖》里干脆宣布:懒惰是贵族的特权和特征!因为他们认为工作与自己不相称,只有工蚁才工作呢。

有人驳斥:大家都不工作,岂不饿死?

法国著名散文家拉布吕耶尔在《性格论》里告诉我们:自由并非游手好闲,而是自由安排时间……自由并不是无所事事,而是自主决定做什么和不做什么。

卢梭在《忏悔录》里比较过具体情况:如果缺乏活力和计划,懒惰就等于奴役,但是如果注入激情和兴奋,懒惰会让自由充满可能。近代法国政治哲学的奠基者拉博埃西说:下决心不再受奴役,你就自由了。

你看王尔德表面上像"葛优躺",像北京网吧里北京孩子在电脑游戏前的姿势,实际上在当时那是优雅,是被疯狂模仿的风尚。

历史学家米歇尔·佩罗就认为奥勃洛莫夫(俄国作家冈察

洛夫小说中的主人公)"象征了绝对的隐逸","他甚至不用看地下,双脚就能准确无误地滑进拖鞋里",只要想到旅行,就吓得魂不附体。深深爱着他的奥尔加泣不成声地问他:

"你那么善良、聪明、温柔、高尚,得的这病名字叫啥?"

他有气无力地答道:"奥勃洛莫夫主义。"

在尼采看来,这是对工作(生产本位体系)的超越,是对可憎文明的沉默反抗。但我觉得拉乌尔·瓦内然在《优雅懒惰颂》里说得更像芒刺:负罪感剥夺了懒惰的智慧,堵住了通往优雅的道路。

每个人在时间里拼命追逐却永无收获,疲累不堪最终却变成令自己厌恶、而非希望成为的人,只能把希望寄托在退休、疾病和死亡上,以终结痛苦——要想终止这样的时间,没有比罢工更好的机会了。

马克思的弟子和女婿拉法格指出,由于相信西西弗是幸福的,你们便撸起袖子干吧干吧,用你们的个人苦难换取社会富足,害怕失业,被工作盲目的、反常的、致命的热情所异化。唯有懒惰,才能恢复你们被掠夺的人性。让我们"日以继夜地无所事事和大吃大喝"。

这真是个说不尽的词语。只有在被文明普遍压抑,懒惰反倒成了拯救之路、德行之母的时候,懒人们才想起悄悄在内心嘟哝:

全世界的懒汉们,联合起来!

十二

风度有时是一点散淡拙朴的碎屑光芒。

一个人的女儿死后尸体不腐,但渐渐失去了重量,这个人就抱着女儿的尸体,每年都到梵蒂冈去登记,希望梵蒂冈把他的女儿封为圣迹。这件事坚持了几十年,最后梵蒂冈没有封他女儿,却把他封为了圣者。这个故事告诉我们什么?

北京奥运会期间,我在北科大体育馆目睹吴静钰夺金牌。比赛结束后,需要与对方教练握手,注意到泰国教练轻拍了一下吴的后脑勺,然后帮她解开护胸的搭袢,以示祝贺。我会经常感动于这种温润的风度。有这样风度的人,日常生活中大多是崇尚慢的、简单的、不为物役的人。话很少,但出口,必是谦和而有主见的。有人的地方就有江湖,就有凶残卑琐妒毒自私,但它们统统不是春风拂面、好整以暇的对手。

1914 年秋天,胡适于《留学日记》中评价韦莲司"eccentricity"(古怪),"……其人极能思想,读书甚多,高洁几近狂狷;虽生富家而不事服饰;一日自剪其发,仅留二三寸许"。1925 年秋天,韦莲司打听到胡适的近况后,浅笑赞美说:"He is making history(他正在创造历史)。"

真羡慕这俩人那点惺惺相惜的小心思。

君子绝交,不出恶声。唐纳至死未说过江青一句坏话。这当然也是不简单的风度。

十三

而王世襄的"风度"可就不是普通人学得来的了。

王世襄"锦灰堆"系列翻阅过,其本人情况大家所知却不多,后经他唯一的私淑弟子田家青娓娓道来,甚是活泼生动:

玩圈儿内自称"高手"者云,王世襄多面无表情地听,从不夸耀自矜。觉得不着调者,理都不理;对明白可教之人,三言两语便能点醒。此谓"真人不露相,高人不咋呼"。

比如看画,跟欣赏京剧一样,真正懂京剧的行家是"听戏",听味儿听名堂,侧坐在茶座上,偶尔看看舞台。

王世襄的朋友也都是奇人,据赵萝蕤(翻译家,陈梦家夫人)说陈梦家(古文字学家、考古学家、诗人)一辈子没得过任何病,连感冒都没得过,只有脊背上长过一个小粉瘤,切除后就成完人了……所以他被邻居遭批斗发出的"杀猪声"折磨得自杀了。朱启钤是古代织物大收藏家、历史档案学家,创建中国营造学社,创办故宫,当过国务总理,袁世凯、蒋介石、周恩来都为他宴请祝寿,但社会上只知道他的学生梁思成,而不知这样山高海深般的巨擘大家,对于这种情形,王世襄很不以为意,因为他见识过朱启钤和陈梦家的风度。所以有人当面恭维他是"收藏家"时,他连声"实不敢当"并非谦辞。

王世襄说话很讨厌"最好""绝对""最早""唯一"这些词,他经常打断田家青说"你应当说,这是你至今所见过的……"他看图录时唰唰翻，一旦停下来按住，那就一定是好东西。他见过的器物90%不吭声，看上一件确实不错的，两个字："嘿，好！"如果是特别打动人的、不得了的绝品，加两个字："嘿，嘿，真好！"如果是古物，就加上一个断代："够元，够明。"

——嘿嘿，和我在外面饭罢结账时冲店小二说"好店！人民的饭店！"可一拼。

王世襄的学生田家青后来写《清代家具》一书所收珍贵家具照片下面的说明中，故意把尺寸写错，以防伪造。结果后来拍卖市场上竟然还是出现了赝品，尺寸也按照错的做伪，令人哭笑不得。

王世襄写文章有个习惯很好，写完后"挑废字"，以使之流畅。

德国总理送给中国总理一部奥迪A8防弹车，指定给中央文史馆王世襄等几个人使用，但王一次也没用，每次出门都是骑自行车或倒三趟公交车。他最津津乐道的是自己买菜做焖葱、丸子粉丝熬白菜和炸酱面，每年冬天自己动手换烟囱。他是簪缨世家的贵公子，却高人不摆谱，绚烂已极，归于平淡。这也可以叫"四个自信"啊。

王世襄的"放鹰"和"熬鹰"真是逗，人跟着跑，碰上庄稼地也得呼哧带喘追；熬鹰需要六天，每天二十四小时，两人倒班看——就是盯着鹰对视，不能让它闭眼休息。鹰也玩心眼儿，常常闭上一只眼休息，人还得两面同时盯。

一生短促，要做圣人，做奇人。否则与蜉蝣何异？！

十四

有历史争议的人物，其实也不乏"风度"。

抗战期间，华北政权变更了三次首脑，分别是1937年、1940年和1943年。这几个节点上，王克敏、王揖唐、齐燮元、靳云鹏、吴佩孚、曹汝霖……各自的态度特别是情绪皆大可玩味。

1937年遴选头脑时，日本特务机关长喜多诚一有个选拔标准：要在北洋政府任过总统或总理，同时没在国民党政权任过职。于是初选出靳云鹏、吴佩孚、曹汝霖三人。靳以"礼佛有年，无心问世"的话辞谢；吴佩孚表态"如果要我出山，日本则必须退兵，由我来恢复法统"；曹汝霖委婉以"愿以在野之身，赞助新政权的成立"与日本人周旋。三个人都是聪明人，能看清大势，而且有议价的本钱，才能在历史的巨流河中选对路径。

其实华北伪政权也没我们想得那么简单，十四年抗战期间，他们都与国民政府暗通款曲，留好后路了。因此战后其实都没怎么重判。

在日本人劝诱下，韩复榘曾两次策划山东独立，却遭到他的部下孙桐萱师长的极力反对。你道如何？后来的史料显示——是因为孙桐萱接受了蒋介石为监督韩复榘与日本勾结的费用五万元，而这五万元是蒋介石个人掏的钱。

想当老大？你做好孤独寒冷慷慨牺牲当箭垛的准备了吗？如果没有，千万不要贪慕那个位置，否则坐在上面就好比一只烤全羊。

十五

风度也可以是亲密关系的一种别致姿势。

说说我的长沙之行。

先上岳麓山。东晋陶侃在这里筑有"杉庵"，唐代裴休、沈传师、刘长卿结庐于此，士人"得屋以居，得书以读"。岳麓书院清净邃远，颇有"大泽深山龙虎气"，吞吐了"千百年之楚材"。南宋乾道三年（1167年），朱熹不远千里自闽地来院讲学，与张栻辩论，这是中国历史上一场著名的学术PK。

他俩还一同爬岳麓山看日出。此地竟然因为两个男人缔结的友谊，奠定了全国学术中心的地位。朱张讲学以来，培养了王船山、陶澍、魏源、曾国藩、左宗棠、郭嵩焘、唐才常、沈荩、杨昌济、程潜……

又去马王堆。模拟画像上十八岁的辛追，柳叶眉，杏核眼,小尖鼻,薄唇嘴,美目盼兮,巧笑倩兮。辛追辛追,终于变成了红粉骷髅,两千年后被万人阅遍。人们把她从两层楼高的井字形棺椁里捞出来,搁在水晶罩子里。

所有精美的漆盒上都快乐地写着:君幸食、君幸酒。可为什么我并不觉得她喜悦?!

她只留下三个字:妾辛追。

她老了。在绘着天上、人间、地狱三重景致的T形帛画上,她体形臃肿,胃里还有一百多颗未消化完的甜瓜子,证明不再漂亮之后,女人们就会迅速变得嗜吃而贪婪。当年利苍死的时候,他们家境并不好。所以1号墓里她丈夫的陪葬品很少,堪称寒酸。之后辛追为何变成了大款富姐,就不好说了。

日本人说3号墓主人是辛追的情人。她公然把他葬在自己身边。好风度!

在湖南省博物馆看见了李瑞清的字。

此人早年曾从师武陵(今湖南常德)余作馨门下。余老太爷喜爱他的才华,把大女儿许配给他,但嫁过去不久便去世了。

余作馨又把第六个女儿许配给他,不久又去世了。

最后老师把第七个女儿又许配给他,第七个女儿也去世了。

余作馨第七个女儿是李瑞清最后一位夫人,名梅。她的死使李瑞清至为哀痛，遂鳏终身，并更字"梅痴"，以志隐痛。

李瑞清食量过人，尤其喜欢吃螃蟹，曾一次吃过一百只，因而自戏别号"李百蟹"。

他是我的老校长，20世纪初执掌南京大学，以"嚼得菜根，做得大事"为校训，还留下一座"梅庵"。

他究竟有什么魅力，令余先生的女儿前仆后继？！

十六

百伤之中，情伤最恸。

李瑞清的情伤浸润着中国古典士大夫风度。英国诗人普拉斯和哈代的情伤，则闪烁着工业革命后现代荒原般的刀锋寒光。

地转天旋的日子迟早要终结——休斯受不了西尔维亚·普拉斯的神经质，转身逃往自己的角落。几年后的一天，普拉斯哆嗦着抽烟，接下来把自己弄得妖冶非凡，惶惶不安地出现在一间写字楼办公室里，暗示她的经纪人可以碰她。

那矮胖经纪人难掩慌乱地干咳了半天，示意这不可能。

之后，普拉斯面无表情地写了下面的句子：

> 每个女人都崇拜法西斯分子，
> 脸上挂着长靴，野蛮的

野蛮的心，长在野兽身上，像你……

她仍痛楚地想着他，直到独自一个人病死在郊区那个废弃的仓库。那天深夜突然开始下起暴雨，浑浊的水把床都漂起来了。

我许多朋友如果是女性的话，命运与风度可能会与她重叠。

"脸上爬满了螃蟹"，这是哈代一首不太难读的诗的末尾一句。

全诗是说他在小酒馆门口伫立，吃惊地听见里面的顾客都在议论他老婆是个烂货（"出租马车"），然后转身，扑通掉沟里了，"脸上爬满了螃蟹"。

很喜欢哈代和爱伦·坡作品的风度，胜过后来过于狞厉的现代诗与现代小说。

十七

读《1984》不断乐出声来，温斯顿最终出卖了裘莉亚，偷偷在走廊上塞小纸条的甜蜜终于成了笑料，因为他疼。想起我国一桩类似事情：甲申之变后不久清军攻破了南京，钱谦益作为旧朝遗臣，又是一方名士，面临着命运的选择。柳如是劝钱谦益以死全节，钱谦益思索再三，终于点头同意。两人乘舟漂进西湖，月光清冽，柳如是一脸悲切与圣洁，斟好酒，端一杯给丈夫，自己举起一杯，缓缓说道："妾身得以与钱君相识相知，此生已足矣，今夜又得与君同死，死而无憾！"钱谦益受她的感染，也升出一股豪壮的气概，举杯道："不求同生，但求同死，柳卿真是老夫的红颜知己啊！"两人幽幽地饮完一壶酒，月儿也已偏西，柳如是率先站起身来，拉着钱谦益的手，平静地说："我们去吧！"钱谦益从酒意中猛地惊醒过来，忙伸手到湖里搅了搅水，抬头嗫嚅着对柳如是说："水太凉……"

读《伊利亚特》时，看到荷马描述那男子被一根刚劲的长矛刺中心脏后，心脏还在怒不可遏地"咣咣"乱跳，跳得长矛尾柄竟然有节奏地颤抖！长长舒了口气，心想男人也不都像温斯顿和钱谦益那样没风度嘛，虽说这是个三千年前的男人。

很多女子在关键时刻显得比男子有风度——据说渣滓洞里不曾叛变者大多是女人。

1919年刘师培年仅三十六岁即辞世时，其传奇发妻何震因受刺激精神失常，后来削发为尼，法名"小器"，不知所终。人群中的优异者，大多清高敏感，发愿宏远，于义无再辱时，可能决绝自戕，也可能默养韬晦，而不求闻达终归小器，遥看草色近却无，何尝不是人生一种？

刘师培、何震夫妻的故事，让人想到《世说新语·伤逝》载王子猷、王子敬的事情。不禁感慨父子兄弟夫妇，只有兼而为好朋友的,感情才能真笃,不然再好亦只是互尽义务而已。

十八

男人之间、好朋友之间该是什么样的风度?有学者为金庸遗憾,认为他的十四部著作中,各类侠之大者均写及了,唯独欠缺的是未写出两位男子共赴江湖的主人公模式。2007年我编过一套新武侠,作者之一陈宇慧(民国巨头陈诚之孙女,麻省理工毕业后,一边写武侠小说,一边在香港生孩子,生了四个孩子。奇怪的女子啊!)与我聊天,说她确实是想把赵观和小昊天的故事写成我憧憬的那个样子。陈宇慧对伟岸男子的想象,是希望除了有一点佻达外,还特别会有两男子间的机锋、契合与牺牲。

梅贻琦病重,胡适去看他,回来后非常生气,大声说:"这是愚蠢!我本来很想看看梅先生,他也渴望能够见见我。他还没有死,一屋子愚蠢的女人在唱着歌祈祷,希望他升天堂。——这些愚蠢的女人!"

再看看这两对好朋友:

1923年春,洛尔迦与达利形影不离,散步、逛博物馆、泡酒吧、听爵士乐。有一回,达利把一张二流作品卖给一对南非夫妇。兴奋之余,他们叫了两辆出租车回学院,他们坐头一辆,让另一辆空车跟着。此举被马德里富家子弟效法,流行一时。由于野心与才华的互相投射,二男的关系很快从友谊发展成爱情。

北野武没出名之前,幻想着某一天有钱了,一定要买一辆保时捷跑车。而真的功成名就的时候,他发现开保时捷的感觉并没有那么好,因为"看不到自己开保时捷的样子"。于是他让朋友开,自己打个出租车,在后面跟着,对司机说:"看,那是我的车!"

王守仁说:交友,相下益,相上损。意思是说处朋友应该相互甘拜下风才能获益,相互争高低只会污损。

十九

亲密关系如果体现在大人物身上,姿势尤其奇特:

甘地光着身子好歹还披个袍子,列侬从来都是直接裸体在家里接待朋友。

洛尔迦夜里读书写作,白天穿睡袍在屋里晃荡。他经常忽然把白发苍苍的母亲举起来。

二十

海明威在巴黎的日子,貌似远不如在西班牙与非洲传奇,但《流动的盛宴》里那些不咸不淡的散文读来却甘之如饴。

《圣米歇尔广场的一家好咖啡馆》其实只描摹了一帧剪影：朗姆酒很甘醇，这时进来一个滑嫩清新的女孩，他注视她（海明威式的荷尔蒙），有点小激动和心神不宁，立即想把她安置进自己的小说情节里，但人家已经把自己安置在顾盼门口的地方，料想是在等人。他继续写作，削铅笔时卷曲的碎屑掉到酒杯下的小碟子中。

我看到了你，美人儿，不管你在等谁，也不管日后我能否再见到你，现在你是属于我的……整个巴黎是属于我的，而我则属于这本笔记簿和这支铅笔。

他深深进入了小说情节，不再抬头，也厌烦了朗姆酒。……小说完成，疲惫，抬头，姑娘已离开了，希望是跟一个好男人走的，但想到这里他感到莫名悲哀，点了一打葡萄牙牡蛎和半瓶干白……每写完一篇小说，就像刚做完一场爱，空洞失落又开心……哦，那些金属味的牡蛎的汁液。

这是我改写过的海明威散文。我喜欢改写大师作品，缘于认为他们没写好。

再去巴黎时，把《饥饿是很好的锻炼》打印出来攥在手上，从卢森堡公园出发，走天文台广场到沃日拉尔路，或从圣絮尔皮斯教堂广场向塞纳河走到奥德翁剧院路12号，一路饿着，最后受不了了，在利普饭店坐下来，要黑胡椒粉炸薯条，要粗大的法兰克福式的塞维拉香肠蘸黄芥末酱,要半升冰啤酒!这是最好的饥饿旅游攻略!饥饿是一项很好的锻炼,从中可以获得很多知识。只要别人不懂,你就超过他们了。

是的,来日可待,每天写一点东西,别的事都无关紧要。一笔钱花光了,别的钱就会来的。

作为一个混混榜样,他更多地在自己的散文里告诉读者:只要你愿意,你所在的城市与巴黎一样,也可以是一场流动的盛宴。

海明威的风度,是我心目中的大作家风度。

二十一

名伶姜妙香先生遇一劫道的,此公把姜先生身上搜刮一空,扬长而去。姜先生一边气喘吁吁地追,一边喊:"回来,回来!我这还有一块表哪,您要不要?"事后,熟人问姜先生:"您真是!他都走了,您干吗还叫他回来?!"姜妙香答道:"他也不容易。"

想了想又说:"从我这里多拿点儿,就少惦记别人点儿。"

姜先生是中共党员。

二十二

曾听周勋初先生说,李白的朋友死在了千里之外,他决定将朋友送回四川。背起尸骨上路前,他悉心地用刀把朋友的肉剔干净了。

这是件真事。

激 烈

二十三

那年在日坛公园为方掬芬老师贺八十寿辰。饭桌上她女儿说,小时候与妈妈出门,不肯一起走,总是走妈妈对面的马路。因为她有点羞耻,觉得别人的妈妈是妈妈,她的妈妈是小孩(方掬芬老师是中国儿童艺术剧院的院长,个子约一米四)。

这番话在我听来有点激烈,方老太太却开心地笑。

方老太太的先生、剧作家王正曾经是我的前任。王正有一次签字回来,被方老太太厉声斥问:

能饿死吗?!

原来激烈是一种遗传因子。

二十四

　　读《方以智晚节考》。以余英时先生的结论,《清史稿·密之本传》和马其昶的《桐城耆旧传》对方密之罹难死节语焉不详,康熙十二年重修《桐城县志》时,方密之仅逝两年,显示出此事的蹊跷与世识之讳莫如深。方被解往广东途经万安时,自沉于惶恐滩(另说乃疽发致卒)。

　　此间的意义在于个人的道德救赎,何故在明亡二十八年后,仍类似深潭投石,激出"阶层良知"这样的价值命题——二十八年过去,清朝鼎革已见气象,殉国举动其实丧失了必要性。但他临行前却说:

　　"吾赊死。"(我只欠一死了。幸过六十,更有何事不了。)

　　之前方以智曾断续出家近二十年(1650—1671)躲避入仕,按钱穆(宾四)先生的分析,他的逃儒归释乃其迹,非其心。因为以他为代表的三教合一的主张,不但是晚明学风的习气,还是不能把他当作禅师、更应该视为遗老的佐证。

二十五

　　在中山音乐堂听李垂谊。

　　他的名言是:"一段美丽人生不在于最后结果,而在于走每一步所发出的万丈光芒。"

每一步都发出万丈光芒！……耶稣和孔子他老人家这么讲话才比较合适吧。少年轻狂何等快意，还有郎朗小弟，据说他有时竟然用嘴叼着笔给崇拜者签名。

此人俊俏，自小便跟随两位姐姐四处演出。自茱莉亚音乐学院毕业后，突然想当董事长，就去哈佛大学学经济（究竟是哪位宝钗姐姐说服他入了劳什子仕途经济?！），并因此做了时髦的华尔街企业顾问。

但在商圈逛荡了五年后，他难过地发现自己的灵魂不在那个圈子里，于是重新背起大提琴，在美国和欧洲遍访名师，特别是逮着弗朗兹·海尔梅森（Frans Helmerson）后猛玩，终于名动天下，其才华最后竟然令那位大师级的老师着迷不已。

近代文化史的三宗谜案（王国维投水、周作人附逆、李叔同出家）中，最震颤人心的还是弘一法师舍下已经极不简单的世俗修为，遁入空门，决绝之背影渐行渐远。

如果生命里有一件事你很想做，不做的话你觉得生不如死，那你一定是很幸运的。

从李垂谊的舒曼和肖邦中，能够听出激烈的端倪。

二十六

我也倾向《君主论》其实是一部反讽作品（狄德罗和卢梭的观点），否则你如何理解《佛罗伦萨史》《李维史论》《用兵之道》以及剧本《曼陀罗》的作者，为何要在启蒙运动时期写这么一个玩意。

马基雅维利三十三岁那年，一个名叫博尔贾公爵的梅毒患者，意志坚定，心狠手辣，令他震惊且着迷不已——因为博尔贾是那种用暴力与欺骗达到目的、把政治权术玩弄到极致的地方头子，此人对他政治哲学逻辑的形成影响巨大。

话说马基雅维利的确是个纯爷们儿：四十四岁那年在监狱里熬过了六次"吊坠刑"（双手背缚，由滑轮绳子吊高再突放，使犯人肩膀脱臼）；出狱后"每天都去造访某个姑娘以恢复活力"，四十五岁犯花痴坠入情网，以"巨大的甜蜜"爱上一位被遗弃的人妻；潦倒后，这位前佛罗伦萨共和国第二秘书长每天跑乡下客栈和当地砖窑工人掷骰子玩，偶尔会停下来思忖：命运女神如此待我，她会不会觉得羞愧?!

为何良善的品质会把一个领导人引向毁灭，而罪恶的品质却带来安全和繁荣?!优秀的领导必须知道"如何恰当地为恶"——亨利八世、土耳其苏丹们、克伦威尔、拿破仑、希特勒把《君主论》翻的稀巴烂，基辛格死不肯承认自己喜欢这本书（反应似乎有点过度哦）。

1971年伯林在《纽约时报》总结《君主论》的解读方法竟有二十种之多：罗素认为它是"恶棍手册"；某布尔什维克主义者称赞该书辩证地把握了权力本质，堪称马列主义的先驱；还有一种女权主义解读，从家庭剧的角度，焦虑地用象征男性的事业（法律、政治）去对抗代表着无知、易怒的女性形象的命运女神……

伯林在《反潮流》中可谓一语中的：对于马基雅维利来说，正统的道德要求几乎不值得探讨——因为它们根本无法转化为社会实践。

这个结论令我们无比悲观！

德行在相当长时期内可能仅仅是理想。西班牙在统治马基雅维利家乡意大利南部的时候，鼓励内斗、告密，对后世影响深远。有研究表明，现在意大利南部黑社会发达、民主制度失效都与此有关。

这又成了警示录摇身变为操作手册的肮脏历史镜像。

因为马基雅维利的出现，一部政治思想史又增添了几分激烈。

二十七

史称严复急于用世却不谙韬晦、好逞口舌之快、时有激烈言辞、为时人所侧目。

此人思维超前且喜议论，使得了解他的李鸿章"患其激烈，不之近也"。曾纪泽（曾国藩次子，中国近代史上第二位驻外公使，与郭嵩焘并称"郭曾"）也评他处世有"狂傲矜张之气"。加上私德不谨，意志消沉时立即吸食鸦片。所以悲叹：

"四十不官拥皋比，男儿怀抱谁人知？"

孙文跑伦敦去，和严复曾经有一段著名的对话。孙在当时认为，中国之进步，唯有全民革命一途，他希望能够与一切精英分子合作，同其志。严复到伦敦逗留时，孙文正在北美，他风尘仆仆地赶到伦敦，劝说严复支持革命。但严复表示："中国民品之劣，民智之卑，即有改革，害之除于甲者将见于乙，泯于丙者将发于丁，为今之计，唯急从教育上着手，庶几逐渐更新乎！"（后来果然执掌北大，足见坚持理想，终有实现之日以抒胸臆。）

孙因此回答了那句有名的话："俟河之清，人寿几何？君为思想家，鄙人乃执行家也。"（人能活几年啊，去等着黄河水慢慢变得清澈？！）

二十八

阿城辞职准备做生意，与出版单位头头谈了以后，头头要提拔他当组长。阿城问头儿，当了组长，能开除手下的人吗？头头说不能。阿城说，那不等于把我放在火上烤吗？

关于河豚的吃法，阿城建议第一次点的时候，带点微毒，别剔干净（那就别苛求厨师有没有上岗证了，这这这……）。吃的时候极鲜，吃后身体感觉有些麻麻的。"我建议你此时赶快作诗，可能你此前没有作过诗，而且很多著名诗人都还健在,但是,你现在可以作诗了。"脑子里快速背诵前贤忠告:男人写诗就学坏,女人学坏就写诗。

据我的导师丁帆回忆,多年前在苏北乡下吃河豚时,旁边需要放一桶粪便,万一中毒,即可来一口,催吐,以求活下来。

不激烈不过瘾,不敢冒险不配做艺术家。

二十九

在厦门宴请国际剧协主席拉门度·马珠姆达先生、瑞典导演家协会主席拉佛里先生、国际戏剧研究学会副主席聂珂玲女士,后两位与我飙酒(58度金门高粱)。我后来提议干脆换大杯一口闷,聂说:"喝半杯!"我迅疾说:"不可以!"她无奈喝掉。我笑着说希望她理解这是在中国,中国也有她家乡那样的"我好奇之蓝""我好奇之黄"。

三十

那年去美国出差,见识到一些美式激烈。

抵纽约当天,住进格林尼治村一家酒店,狄兰·托马斯、西蒙尼·博瓦尔、斯坦贝克、海明威、福克纳、沙林杰都曾在这里划拳喝酒,然后喝高了互相挑衅。后来一位英文老师每周邀请麦尔维尔、爱伦·坡到这里密会——居然是密会。

在纽约看见哥伦比亚大学（1754年建校）洛氏图书馆前的雕塑《母校》，它是我最想目睹的世界性雕塑之一。1968年，一些美国大学生戴着毛主席像章，要冲进去把这座藏有六百万册书的图书馆烧了。白发苍苍的老教授在雕塑前面躺下说：烧吧，先从我身上踏过去再烧。

看见世界贸易中心（双子座）遗址正大兴土木，这里吊车和脚手架林立忙碌的景象，是纽约唯一类似中国城市现场的地方。几年后，六百米高的"自由塔"将耸立在原地，你丫再来撞撞试试。老美的脾气和恋爱中的傻瓜一样：你骗我很容易，可一旦我知道你是骗我，我就再也不相信你了。

三十一

音乐和电影中的激烈，有时十分摄人魂魄。

《牯岭街少年杀人事件》片长四个小时，却丝毫不觉得枯闷，黑暗中那个少年就是少年时代的自己呀。片尾，收音机里冷峻地播报着大学录取新生名单，仿佛听见里面马英九、陈水扁、龙应台、陈文茜……的名字，而小四在炎热昏暗的街角紧握一柄日本短刀，终结了自己的沮丧。

米高梅兴高采烈地把安东尼奥尼请到美国去拍《扎布里斯基角》，赔得一塌糊涂，导致财务状况雪上加霜。安东尼奥尼本来安排的结尾是一架飞机在空中画出一句:"干你,美国!"最后被米高梅的老板剪掉了。米高梅能容忍这样的败笔,正是它作为一家伟大公司的理由,它片头的狮子,至今还在猎猎低吼。

忽然想起路易·马勒电影《烈火情人》中的内阁部长史蒂夫,电影最后,部长辞职,为了那个女孩,心满意足地穿行于乡村陋巷,拎着菜篮子。

叔本华说过,女人像小孩,思想介于小孩和成年男人之间,只看到眼前之事和鸡毛蒜皮的小事,执着于现实。女人比男人更具怜悯之心,但因为是弱者,造物者赋予其"狡计"赖以生存,先天就有谲诈、虚伪的本能。

叔本华是通过这种偏激言论,来发泄他对母亲的不满,因为母亲是个交际花,不愿意带着个小男孩混迹于衣香鬓影中。

恋母而受挫的后果很严重,就像导演法斯宾德,把他妈弄去当自己电影的演员,目的是让他妈妈在拍摄时可怜巴巴地望着他,听他的指令。

小法斯宾德九岁时,妈妈对他很冷漠,还和一个十七岁的小男孩好上了,那十七岁的小男孩老在他面前以继父的身份自居……小法斯宾德把所有的零花钱都拿来给妈妈买礼物,为的是讨她欢心,为的是绝望之下能"购买"到妈妈的慈爱。

法斯宾德只活了三十七岁,却拍了四十五部电影,做导演的同时,还经常亲自扮演角色。他是双性恋,不光嫖,同时

我认出风暴

还卖。

看他的《玛利亚·布劳恩的婚姻》,玛利亚·布劳恩显然就是女性化的法斯宾德。

鲁宾斯坦快要咽气时,一口气吃了十二只牡蛎。

同去给一个音乐奖当评委,早餐时遇见刘索拉,忽然想起许多年前在大学宿舍的肮脏被窝里读小说《你别无选择》时的甲亢劲儿。里面有个"功能圈"的隐喻,至今每逢阴雨天仍又疼又痒。多年来,我平时出门通过带现金,而非带银行卡或非手机支付的办法,来爆破刘索拉说的那种功能圈……一直觉得这个世界上有少量人,和我一模一样,认为明于微而昧于巨很危险。

懿　行

三十二

大学时期,讲授《古代汉语》的陈老师望之俨然,即之也不温,他教《左传》的办法可谓简单粗暴——从《郑伯克段于鄢》到《伍员谏许越平》,给老子统统背个滚瓜烂熟,考试就是背诵原文!

他眉头紧蹙,手里拿着板子,背错了就打,打我们这些改革开放以后考上本科的大学中文系学生!

感谢老陈。多年以后,《左传》原文旧句已忘得一干二净,《左传》之美却早已沦肌浃髓,导致我们这批学生中的有心人,为人处世都颇有左传之风,走起路来从背后看都是虎背熊腰。

《子鱼论战》中讥诮宋襄公的"四不"自辨(不重伤、不禽二毛、不以阻隘、不鼓不成列),子鱼认为军礼精义在于"明耻教战,求杀敌也",军队的果毅就是要杀人,不以杀人为目的的战争就是脑子里进了地沟油。

周郑交质的教训,深意在一个"信"字。僖公二十二年晋文公说:"信,国之宝也,民之所庇也。"可见那个时期的中国人绝对不会去做"三鹿奶粉",想都不会去想。要是"信不由中",缺乏内心制约,不管交换多少人质,缔结多少盟约,都是扯淡。

臧僖伯谏观鱼,我理解不是简单的正名、正礼规,因为鲁隐公这样的公众人物,只能出现在祭祀和兵戎场合,春蒐、夏苗、秋狝、冬狩,举止不可轻佻失范。这就是权利让渡……不像我们,动辄便忘峰息心,认为世俗的欢乐才更值得。

晋灵公不君,鉏麑清晨潜入赵府杀赵盾,见他端坐中堂,"不忘恭敬",羞愧之下撞庭中槐树而死。提弥明搏杀灵公所使噬咬赵盾的猛犬,最后殉死……春秋的"死士",实乃有致有节的古风。——赵盾的感慨也有意思:弃人用犬,虽猛何为?

祁奚请免叔向,祁说服范宣子赦免叔向之后,不见叔向径直回家——叔向未向祁奚感谢，径自上朝去了。施恩者也好，受恩者也好，两两相忘。

李陵在《答苏武书》中说：人之相知，贵相知心。那些总把感谢挂在嘴边的人，交往起来好烦。一句话：话多是件很庸俗的事情。

三十三

1921年，严复死了，遗嘱除对财产做分配外，并以三事谆嘱家人："一、中国必不灭，旧法可损益，而必不可叛。二、新知无尽，真理无穷，人生一世，宜励业益知。三、两害相权，己轻群重。"

好一个己轻群重。

为什么两害相权时，各单位的老大总感觉自己的员工像一群行为需要矫治的问题儿童？

三十四

不久前看到洪子诚先生在上海主持了一个座谈会，话题是晚年周扬。衮衮诸公发言时语焉不详，言辞闪烁，身段柔美。窃以为周扬的晚年其实并不复杂，气候回暖，使得他的本我挣扎出来罢了。

身居要津，必惹忌恨。鲁艺时期的"抢救运动"在人心中埋下了地雷，有人听到周扬小儿子因翻车不幸身亡时，竟幸灾乐祸地说："那个理论家的作品完蛋了！"新中国成立后某位省领导讲到《安娜·卡列尼娜》（周扬翻译）时说：有什么了不起，安娜不过是个婊子。周扬辗转听到后气得直哆嗦："有些人什么都不懂，却在那里领导文艺，像这样的人，要整理出材料进行通报！"

足见文艺沙皇也是有私重脾气的。20世纪80年代痛定思痛，四处道歉，被道歉者其实已然麻木——大多七老八十行将就木了，枯槁之人互相还有什么可计较的。

三十五

再看何其芳，作为所长第一个给他的学生朱寨贴大字报，随即铺天盖地。朱寨绝望的感觉是：你们都在我身上擦吧，把自己的手擦干净！

但朱寨对何的理解是"他是领导，受命之下，当时完全可以让别人出面写这张大字报，可他却亲自做了，这是光明磊落"。的确如此，何不久还提拔重用了他。文学所评职称，何其芳毫不犹豫把还在受批判的俞平伯定为一级，自己定为二级，以至于之后成了他的严重罪状……

这样一个胸襟坦白的君子，一生最真诚的理想就是写好

《毛泽东之歌》。

何其芳私下给自己的比喻是"约伯",一个正直、敬畏神、远离恶事的耶和华仆人,甘愿吃尽所有苦难,在信仰路途上挣扎。

不禁想起一个笑话:一个医生不知得了什么病,浑身都疼。他知道自己快死了,躺在床上大喊:

"哪一个高明的大夫能把我治好,我把祖传的长生不老丹药赠给他!"

看着这些同胞前辈的背影,不知为何想起了罗素的经典名言:"我绝不会为了我的信仰而献身,因为我可能是错的。"罗素不仅怀疑权威,也怀疑自己原有的看法,他主张不断以新的理论,不断的辩论,不断的修正来更新思想。

三十六

想起《旧唐书》崔涣祖母于《诫子》书信中引辛玄驭的话:"儿子从宦者,有人来云贫乏不能存,此是好消息。若闻赀货充足,衣马轻肥,此恶消息。"看来教育的首要问题是母亲教育。

崔母对"进取心"的理解,比很多现代人高明多了。

三十七

1885 年，李鸿章舍弃金石学泰斗、进士出身、年近五十岁的大学者吴大澂，突然另外重用二十六岁的袁世凯出任驻朝鲜公使。理由是这个年轻人"胆略兼优，能识大体……熟谙国俗，时务练达"。袁的忍韧、承担、机心和梦想，当时没有一个人能看出来。同时，李鸿章还为一个人撑过腰：郭嵩焘。

2012 年我去伦敦，特意参观了郭嵩焘作品曾提及的圣保罗大教堂。看到晚祷时给唱诗班伴奏的管风琴，是亨德尔和门德尔松当年亲泽过的旧物，20 世纪七八十年代它曾用于在里面举行的丘吉尔葬礼与黛安娜婚礼。大葬和大婚的共同点，可能不仅是大吧？

读《郭嵩焘日记》，能感同身受刘锡鸿"矜己自大、语言陵蔑、阴郁构陷"带给他的痛苦。刘锡鸿是被清廷派到英国监视郭嵩焘的，这个人一生固守"用夏变夷"的决心和希望，是一个不折不扣的顽固封建卫道士，还经常通过告密诬害郭，可谓颟顸卑琐。

但在《乘槎笔记》等叙述中，仍广有刘锡鸿、斌椿之流对伦敦自然风物的诚恳赞美，读来如拂春风。同时，刘的《英轺私记》中，也称赞君主立宪制"无闲官，无游民，无上下隔阂之情，无残暴不仁之政，无虚文相应之事"，还曾得到过郭嵩焘对他"亢直无私"的赞赏。两人闹翻，我推测也不全是刘锡鸿的单边责任。

所以评价一个人，不必把他一竿子打死。

三十八

我这点同情，充其量算是对幽微人性的恻隐之心，并非钱穆所谓对历史人物的温情和敬意。

恻隐心是一种美德。贝克特在得到午夜出版社社长兰东出版他小说的允诺后，回到家里难过了半天，轻声对妻子说："那小子要因为我破产了。"

贝克特无愧为我的偶像。

这类欧洲偶像还有不少。2011年6月，我特意赶到布达佩斯匈牙利国家歌剧院去看《帕西法尔》。当日，只知能目睹亲聆亚当·菲舍尔（Adam Fischer，当今最伟大的瓦格纳指挥权威，拜罗伊特新千年版《尼伯龙根的指环》的指导）和弗兰茨（Christian Franz，饰帕西法尔），到现场才惊悉巨星梅耶（Waltraid Meier）当晚出饰女主角。她音色纯粹有如黄金，是一个人格极高洁的慕尼黑知识分子。散场后去后台找她，可惜卸妆去了，只见到菲舍尔。

三幕间场歇罢，乐队的部分号手来到阳台上，召唤大家回剧场，曲子名曰《信仰动机》。小号一句嘹亮之后，抽烟的，喝水的，扯犊子的……统统给我回来。

三十九

中国的戏剧演员中，最感兴趣的是马连良。

马先生八岁入科，每天清晨去西便门外喊嗓、练念白，数十年坚持不辍，不动烟酒，严格律己。我曾经编辑过一本《马连良艺事年谱》，被他巨大的演出量惊得目瞪口呆，其心意之专一、热爱之痴狂，足以佐证其巨大声名绝非巧取浪得来的。有一次与翟惠生聊，他说"青京赛"马派演员特别少，原因是马派难，不仅唱功苛刻，关键是念工、做工要神出于形前。

1942年秋天赴奉天演出（敌伪区）、1952年赴朝慰问演出（要钱）这些行业公案，更多显示出马先生的天真单纯和约伯式的牺牲精神。每次看《清风亭》《四进士》《一捧雪》，都能深深体察历史鼎革时刻他内心的荣辱。令人不由不想：是什么东西如此强韧，支撑着他舞台上的流利与潇洒？！

近些年看到很多马派戏，怎么看怎么觉得像图书行业里的一个词——"盗版"，踉踉跄跄，跌跌撞撞。听王安祈聊起，当年台湾的图书也经常盗大陆的版，为了掩人耳目，常把作者的名字挖掉一字，如周贻白署名为"周白"。听后感慨，尚存一分羞耻就好，别丢干净了。

诗　意

四十

与张小果兄喝酒，聊起其父。张庚先生认为剧本作者最好曾经写过诗，好的戏剧应该有诗性。张庚至少有两点值得纪念：1. 倘辞官不能，则做个有卓越学术识见的官；2. "他的理论不吓唬人"。

好剧本应该有诗性，好演员、好导演身上也应该有诗性，否则不会去打破成规。

四十一

京剧表演艺术家吴钰璋先生 2019 年去世了。想起那年和他在南礼士路的烤肉宛吃饭，聊及窦尔敦脸，吴钰璋说自他的师祖金少山先生使用"淡蓝"后，无人再用"纯蓝"。这一改变，大有深意，我觉得这件事很有诗意。

四十二

我有个执拗的观点：如果一个人年轻时没写过诗，很难成为一流的小说家或艺术家。

莫泊桑说：不要把尿撒掉，小便里有首饰。我要戴上这些首饰去拜访全世界的女人。

同意桑塔格说的一句话："伟大的作家要么是丈夫，要么是情人……可靠、讲理、大方、正派。"要么带有美德的天赋，要么带有诱惑的天赋。

你看莫泊桑和桑塔格这些话，本身就是硬邦邦的诗歌。

四十三

几年前读布鲁诺·舒尔茨《鳄鱼街》，风格晕眩，如油画斑驳。查资料，果然他本来就是个画家。罗尔纲曾觉得哈代小说布局十分匀整对称，在李庄听陶孟和说哈代做过建筑师的助手，才恍然大悟。看来好小说不见得都是作家写出来的，有时候是非职业作家玩票玩出来的。

四十四

看安哲罗普洛斯的电影《养蜂人》，突发感动。那种时间不能驻足的感觉，如张枣在重庆歌乐山轻拍着一株幼树的叶子对朋友说："看，这一刻已经死了，我再拍，已是另一个时间。"这部作品里的缄默简直是美德，不是一般理解的那种对悲苦、逼仄、纷扰、庸俗的承担，而是对人局限性处境的无话可说。影片自始至终都是灰蒙蒙湿漉漉的，他常被人提及的《永恒的一天》和《尤里西斯的凝视》，在自以为是方面不如这部。他的电影充斥着大量游离于生命体验之外的超现实意象，看那些沉默的长镜头和三百六十度全景画面：《养蜂人》中斯皮罗带着一车蜂蜜千里走单骑，《雾中风景》中未成年的小姐弟对父爱悖论式的寻找，《鹳鸟踟躇》里那场两岸相隔的婚礼……这是电影意象吗？分明就是诗歌意象！

四十五

萨冈的《肩后》回忆了她漫不经心的写作生涯。《你好，忧愁》名声大噪后，有个结巴记者采访她，她也故意结巴着回答，她妈妈在外面客厅里假装试披肩，笑得几乎要晕厥在地。

《肩后》是她最后一本书……正好她那两天在看高更的《此前此后》，也是遗书性质的，读得心惊肉跳。萨特被这本书感动后曾经说，在高更面前，我无比自卑……要想达到真实，必须有某样东西被打破！

我意识到自己的问题：迟迟不去下决心打破。

四十六

打破之后才能获得诗意。然而现实生活中,却常常是诗意被打破。

齐泽克说不敢来中国是"异乡情怯",怕神秘感被戳破后会失望。

1921年芥川龙之介来中国,结果发现……已非日本人在中国古代诗文中认识的中国,而是一个中国古代小说中展现的世界,猥亵、残酷而贪婪。因此他认为:要想了解真相,中国古代诗歌和小说的阅读不可偏废。

到中国旅行前,芥川龙之介想象中国男人一定都像古代中国诗文中诸葛亮、李白、杜甫、辛弃疾、苏轼、文天祥那样,光明伟岸、个性分明、讲气节、懂礼貌。……但刚下船,他就看到一个中国男人当众脱下裤子,朝美丽的江水里撒尿。

四十七

还有一些诗意,是被故意打破的。

读安伯托·艾柯的图书策划"选题报告"(即他的随笔集《带着鲑鱼去旅行》)时,我止不住地狂笑。

"报告"煞有介事地评价一个畅销书选题,即那本"无名氏"著的《圣经》。说选题内容描写的是异装癖者勾搭天使;

其中挪亚方舟故事完全是模仿凡尔纳（Verne）的《八十天环游地球》；最后说："我建议设法搞到前五章的版权，这样子我们才会万无一失。同时，根据发行部的意见以及图书市场的现状，应该改一个好听点的书名。《亡命红海》如何？请二、三审阅示。"

这老兄决定重写纳博科夫的《洛莉塔》，主要情节改为年轻的主人公亨伯特醉心于白发苍苍的老妇，书名姑且就叫《奶莉塔》：

"奶莉塔。我青春年少时的鲜花，夜晚的煎熬。……那些布满如火山岩浆般沟沟坎坎的老脸，那些因白内障而变得水汪汪的眼睛，那干枯抽搐的嘴唇因掉光了牙齿而凹陷进去，一副精致的消沉表情，嘴边不时还有亮晶晶的唾液流淌而显得生气勃勃，那令人自豪的粗糙的手……"

亨伯特劫持了女主人的奶奶，让她坐在自行车前横梁，把她带到一个收留贫困老人的收容院，并在当天晚上占有了她，这才发觉这女人并非初试云雨（广大读者简直晕倒在地需要抢救！）。黎明时分，他在半明半暗的花园里抽烟，一位形迹可疑的年轻人鬼鬼祟祟地问他，那老女人是不是他的祖母。亨伯特大惊失色，马上带着奶莉塔离开了收容院，在公路上展开一场眼花缭乱的角逐……

被老艾柯的"选题报告"乐得前仰后合。老艾柯式的诗意，是一种浓烈反讽性质的诗意。

四十八

2001年深冬,我在冰凉彻骨的南大鼓楼校区宿舍被窝里,哆哆嗦嗦读完了燎原的《海子评传》,当时在心里已把它与《凡·高传》《陈寅恪最后20年》这类传记比肩。有意思的是,十年后,在我手里出了《海子评传》的修订本。

最近又读了他的《昌耀评传》。

昌耀这个人,经历有点像我的一个前任杜高,实际情况比他还要惨烈——杜高"归来"之后,处境和生活安定下来,闲逸就是一种幸福。而昌耀,直到撒手人寰的21世纪初,还像另外意义(心灵?)上的劳教犯,他的苦难配不上他这个人。

我去过青海,从海东、海南到海西,再到德令哈,一路上都在默念他的诗:

子夜。
郊原灯火像是叛离花枝的彩蝶
....

这使月光下的花苞
....

月亮骑士

跨在驴上

…………

睡了的月亮

在驴背上摇晃

当然还有《慈航》《大山的囚徒》《凶年逸稿·在饥馑的年代》……上面这几句，竟然是他1957—1962年写的。这意味着什么？意味着从粪便中站起来一位中国的聂鲁达或洛尔迦，当年的牛汉和蔡其矫也未必有这样的深层艺术景观与语汇。

昌耀与几个女子的交往，堪称惊世传奇。杨尖尖、杨尕三姐妹，到底长得有多美？昌耀是把她们妄想成陀思妥耶夫斯基那个小书记员了，或者贝阿特丽齐？莎乐美？另外一个女子修篁有圣母气息，以至于昌耀说："我真想叫你妈妈！"但他能做的唯一一件有劲儿的事，却是：

骨脉在洗白、流淌，被吸尽每一神经附着：
淘空是击碎头壳后的饱食。

说的是自渎。

他死得与赫拉巴尔（捷克小说家，在医院五楼喂鸽子堕亡）一模一样，为了尊严，爬到病房窗户边，太阳说：来，朝前走。

张开双臂，一跃而下。

留下遗言，坚决要求回湖南与母亲合葬。五十多年前，昌耀的母亲也是跳楼身亡的。

好吧，再多的理论分析，都不如尼采那句名言：

> 我爱这样的人：他创造了比自己更伟大的东西，并因此而毁灭。

四十九

2011年曾专程驱车至阿特（Attersee）湖畔的斯坦因巴赫（steinbach）苦寻马勒的"作曲小屋"。住在一公里外负责看管小屋的姑娘，竟微笑着将门钥匙拱手交给了我们——千米之外那间伟大的房子里，可存放着马勒的钢琴与手稿啊！必须承认，中国人在这类信任面前，是如此不知所措。送一首我的旧诗给她："怀念青春何以感伤/因为我作为侵略者闯入家乡/酸涩的草莓挥霍不尽/慷慨的姑娘高举着铃铛！"

这里的神秘令人颤抖。

我确定自己在附近看见了酒神狄奥尼索斯与牧神潘。

五十

看诗人狄兰·托马斯的传记。

狄兰脸上挨了画家一拳,涂点紫药水,马上就给揍他那个画家的老婆写信,大意是我要你不是蚊虫般的一天,我要你大象般、疯狂野兽般巨大的一辈子!画家老婆信还没读完,就跑来吊他脖子上了。俩人都是热烈而迷糊的笨蛋,所以一生贫困。狄兰·托马斯嗜酒如命,某次在"白马酒吧"一口气喝了十八杯纯威士忌,接着又干掉两扎啤酒。之后,扑到河里淹死了。

读到这里,不知为什么没有想到狄兰自己的"通过绿色导火索催开花朵的力量"或者"赴死的光荣,比死亡更强大",却想起另一个人说的:

"我认出风暴并激动如大海。"

大江　大河　大酒

每当来到大江大河面前,我都会产生喝场大酒的冲动。

一、台湾海峡

南方水多,量大,比如八百里洞庭已经很寥廓了,但想想它在古代的名称"云梦之泽",何等气象!

从厦门说起。
厦门的夜景很像卡塞尔的感觉,但卡塞尔的清冷,让人真正感到老欧洲的美人迟暮;厦门则是一位冶艳的少妇,柔靡温婉。

于鼓浪屿三丘田码头登岸,冈峦盘旋,意境盎然,遇见许家旧居。许家出了一堆钢琴家,曰斐星,曰斐平。斐,英文可以等于 Colorful，即"有文采的、显著的"，《说文》讲"斐，分别文也"；《易·革》讲"君子豹变，其文斐也"；《礼记·大学》讲"有斐君子"。小岛不足两平方公里，出了殷承宗、陈佐湟等两百多位音乐家。

在岛上吃到莲雾、煎豆腐块、豆花、海蛎饼、秋刀鱼、椰子、金包银。这个金包银，实在应该叫"银包金"，外面的皮是藕粉做的，半透明状，很有嚼劲。里面的馅，肉丁笋丁香菇一类的，甜甜咸咸的，永生难忘，之后逢人便强行推荐。

懒得抬头看日光岩，俗人察察，我独闷闷。在港仔后的海滩边躺椅坐下来，要了一杯意式双倍浓缩，口味奇诡，想起曾在伊斯坦布尔的艾利亚希腊地中海餐厅喝过，标准名字叫 Espresso Double。配置比例为一杯水堆十四至二十克咖啡粉。乍一听 Espresso Double 这个名字还以为咖啡粉的含量是 Espresso Single 的两倍，实际并非如此。不过的确有种名为"Espresso Double"的咖啡，就是将双份的 Espresso 置于一个杯中。最好的方式是再另要一杯威士忌（Straight Whisky），一口一口地换着喝。

我呷一口 Straight Whisky，呆看面前傍晚台湾海峡的潮汐。

我在等厦门大学的几个教授，他们带了一整箱印有马英九头像的金门高粱酒，正在上岛的轮渡上，准备给个下马威，让我领教什么叫"南方之强"。

几人在海边从傍晚喝到凌晨，我若无其事。

姓傅的教授在马路边吐得一佛出世二佛升天，姓金的教授把眼镜弄丢后靠扶墙才回到房间，姓蒋的教授一个体操后空翻摔在两米深的灌木丛间……

第二天，傅教授醒来后羞愧地说：

"我把鼓浪屿弄脏了……"

二、汉江/东海/寺前港/洱海/西湖

某年春节，在湖北襄阳雪后的汉江边，热气腾腾的露天窝棚下，我一口牛杂面，一口72度霸王醉。深圳开往乌鲁木齐的绿皮火车轰隆经过时，襄樊汉江长虹大桥虎躯久久震颤。

岸边一个身穿蓑衣的汉子在深夜垂钓，安忍如山，纹丝不动。

某年初夏出差去汕头，太平洋西岸在汕头这一段感觉颜色是赭灰的，很奇异。海滩边，几条狗跳跃奔跑着在追逐海鸟！我一开始以为是嬉戏行为，等晚上在海边喝酒时，上来一道菜居然就是烧海鸟！汕头人只喝威士忌，我们一边喝着单一麦芽，一边啃着海鸟，一边茫然望着南澳岛，不远处就是刘永福啸傲台海的总兵府，以及四十四岁的陆秀夫背着七岁的宋帝赵昺崖山跳海前的恓惶遗存"宋井"。

某年深秋在江南水乡周庄，觉得阡陌沟壑之水边也不必不

喝。结果喝完一瓶女儿红之后，醉得站不起身来。在周庄吃到一种小巴鱼，没几两肉，长得很滑稽。手指碰伊一下，立即生气，旋即肚子气得硕大滚圆。约三四个小时后，想想没什么气好生，又瘪下去了。渔民将伊的肺摘出来单烧，鲜美异常。立即发短信给丁老师请教，老师回信，说它有一种族哥，也在皮上长刺，被某些酒店拿来冒充河豚，皮反裹起来吃，养胃。

恍悟其实吃的是河豚家表哥，难怪只卖二十元。

某年在大理洱海边，与卿成、老臧喝了一种96度的白酒Spirytus Rektyfikowany，英文译为Rectified Spirit（蒸馏酒），中文译作斯皮亚图斯，是一款原产波兰的蒸馏伏特加，据说是世界上酒精度数最高、最烈性的酒。西方人称之为"生命之水"。极烈，只浅尝一口，嘴唇就会瞬间发麻、脱水；但它的口感最接近水，容易使人大意。多数用于酒吧制作鸡尾酒，加上任何果汁都可以是绝美的鸡尾酒，比方说加上西红柿汁可以制成血腥玛丽。由于酒精浓度极高，Spirytus着火点很低，非常易燃，喝酒的时候不能吸烟，否则容易让人误以为你在表演川剧绝活。由于比医院等机构一般消毒用乙醇度数还要高，紧急时刻可以作为消毒药品使用（酒精度太高反而不能很好地消毒，因为会瞬间使细菌表面形成坚硬的蛋白质层）。在某些酒吧里，有一种说法：谁能一口气喝完一杯Spirytus酒，然后走一段直线的路而不显醉意，这杯酒就不要钱。

一杯下肚，宛如一千只蚂蚁急行军去偷袭贲门。席间说笑到一则奇闻，大理有个姑娘以我的一本散文集《老虎的觉后禅》为名开了家客栈，工商注册时不幸遇阻，碰上个有文化的公务员浪人，在办事大厅窗口内嘲弄她：姑娘，您是要开青楼吗？（"觉后禅"即李渔的《肉蒲团》。）

再，某年在杭州西湖边夜醉后，在苏小小墓边看见保俶塔一带成了天上的街市。

三、南海

十五年前，在祖国最南的南方——三亚，前单位的全体同事在一条搁浅于港湾的大船上喝得烂醉。

我当时在那个出版社当个小主任，下面一群小兄弟，但从不喝小酒。

当天全部烂醉。

小梁脸蛋浑圆，乐观开朗且善佯谬，当晚竟兀自向大海深处走去，若不是大李及时发现，他就蹈海自杀了。

次日被我骂个半死。

五年后，小梁在京沪高速山东境内打瞌睡发生车祸惨烈身亡。惊回首，三亚那晚莫不是谶举？！

夜晚的南海是一块黑色地毯，舒卷到远方后，无远弗届。

这里的海水有一部分是从泰国湾与孟加拉湾倒灌过来的，多数还是注入了北部湾的南流江与红河。我和大喜各拎一瓶山兰玉液酒，深一脚浅一脚在潮汐线边走，大喜借着酒劲说：我要辞职了！

我没说什么，举起瓶子和他清脆地撞了一声。

看我面无表情，神色冷淡，他又说七十岁后某日蠢动起来想喝酒时，他会惦记我。

沉默许久，我想起李白的《玉真公主别馆苦雨赠卫尉张卿》："……吟咏思管乐，此人已成灰。独酌聊自勉，谁贵经纶才？……"

四、黑龙江

幼时读《尚书·禹贡》，以为禹不过是个水利部长，随山浚川，任土作贡，最终"禹锡玄圭"——得了个国家最高科技奖，功成身难退，稀里糊涂接了帝位。多年后再细品此篇，惊叹他被委以"随山刊木，奠高山大川"之重任——负责给高山大河命名！

这真是有史以来最阔达的职业！假如时光可以倒转，我十分愿意追随在他屁股后做个参谋。

"五百里绥服，三百里揆文教，二百里奋武卫"，他治水之后形成的九州郡图，竟然至今格局未改，北京一开重要的会,河北/天津/山东/山西/辽宁……根据圈圈的远近,拱卫帝师的功能各有不同。祖宗之法,殊易变哉?!

　　北方的大江大河在遥远的古代统称为"水",直到北魏郦道元所著《水经注》中,大部分河流还是称为"某水"。由于黄河多次改道,先后侵夺或影响了附近的漯水、漳水、济水、汶水、淮水、泗水、汴水等河流,给命名这些河流造成困难。为了准确指称,改变了原来河流称某水的叫法,改为"某河","河"也从黄河专名逐渐变为河流通名。距离黄河较远的河流,因为不受黄河影响,水的名称保留了下来,比如今天长江最大支流"汉水"等。

　　但东北地区的河流怎么不叫河,却都叫作"江"呢?黑龙江本来叫"黑水",为什么出现这种瞒着锅台上炕的情况呢?

　　于是乎,为弄个究竟,我约朋友文豪一起到黑龙江边喝酒。他从沈阳出发,提前一天到达漠河县城,在那里等我。

　　出了古莲机场,我叫了个出租,司机黑瘦,一身酒气。

　　聊,我问本地难道不查酒驾?

　　人家答说:警察不敢管,若管,就找人削他——谁家还没几把枪啊。

　　然后我就不说话了。

　　在漠河县城与文豪会合后,我们找个地方去吃饭。

　　我的朋友文豪,奇人也。二十年前,他抽烟是两根一起抽。于是我们喝了两瓶北大仓,点了两份酸菜炒土豆,两份麻辣牛肉。结账时,坚持要付两份钱,老板眼珠一瞪,认为我俩在耍他,大骂"扯什么鸡毛犊子"!

次日早餐吃馄饨,我果断分给文豪一粒,大声说"有福同享"!

我们租了一辆车去找黑龙江,中途要穿越二十八站林场,才能到达中国的最北点。此地因慈禧老佛爷巡视途中驻跸而得名,野生的白桦林修长幽深。沿途上路边厕所,发现整体是木头结构,蹲坑离厕所底部约六米,人都收拾停当走出几米远了,才听见阿物落地之金声——并且是落在阔叶松上。

在北红村,惊见到一块大石碑,上书五个大字:

"我找到北了!"

买了两打俄罗斯啤酒,来到江边。黑龙江是墨绿色的,"黑水"之名不虚也。传说中的大马哈鱼不在这一段产卵,江面宽阔,流量很大,心中痒痒,很想下水游一把。

想起《闯关东》里放木排的汉子,但事实上江里没有木排,也没有任何游船,对岸俄罗斯是绿树茂盛的绵延崖岸,除了一个哨卡,没有任何人烟。

喝了一会儿,发现鹅卵石间有一页广告单,A4纸大小,拿起来读:

游客须知

友情提示——请注意俄方政策：

越界就抓捕，抓捕就判刑。

逃跑就开枪，反抗就击毙。

我愣了一会儿，低声说：天不早了，文豪，咱们回去吧。

五、浑河／巴音河／北戴河／北塘

沈阳的浑河古称"沈水"，沈阳建城于沈水之北，遂称"沈阳"。后因水流湍急、水色混浊而得名浑河。我与一个当地朋友曾在浑河边光着膀子痛饮绿牌啤酒，要了一锅东北大骨头棒，他每啃完一只，就把大骨头向后"扑通"一声扔到浑河里，头也不回。

后来我皱着眉头说散了吧，从此没再约过他。

在青海湖畔喝酒未遂，原因是宗教禁忌。心有不甘，与朋友一口气驱车到了德令哈的巴音河，才得偿所愿。河边酒楼窗口边，可以目睹德令哈城郊一带风物的苍劲，想到放翁的《十一月四日风雨大作》，也想到赵翼所谓"身阅兴亡浩劫空……有史深愁失楚弓，行殿幽兰悲夜火，故都乔木泣秋风"的意境。三盏天佑德青稞酒饮罢，做出一个小决定：

绝对不可以去看一百米之外那个虚幻的海子纪念馆。

北方的海,更喜欢渤海。

每次到北戴河和北塘,酒量都自动飙升一倍。

我最喜欢的三首毛泽东诗词:《沁园春·长沙》(师门长沙聚会我没去,他们去了湘江却一口未喝,让我很生气,替湘江难过了一个月)、《七律·到韶山》、《浪淘沙·北戴河》。

据说《浪淘沙·北戴河》比曹操的《观沧海》更具宇宙感和美学容量。那好吧:

大雨落幽燕,喝一大杯!

白浪滔天,喝一大杯!

秦皇岛外打鱼船。喝一大杯!

一片汪洋都不见,喝一大杯!

知向谁边?喝一杯!

往事越千年,喝一杯!

魏武挥鞭,喝一杯!

东临碣石有遗篇。喝一杯!

萧瑟秋风今又是,喝一大杯!

换了人间。喝一大杯!

北塘,是塘沽附近的一个海湾。我们结队去吃那里的巨蟹时,当然要喝直沽高粱。在北塘并不曾看见海,只是想象它稀稀落落有几条木鱼船,安静地泊停在岸边。天色晦暗,恍惚是我在基隆看见的太平洋景象,在那里,注视渺茫而无意义的波浪,却莫名其妙地想起洛阳的邙山。

这个侯,那个王,千乘万骑上北邙。我点燃烟,继续想到神户的南瓜灯、旧金山的夜场乐队或者海德堡的有轨电车。我想,我越朽老,越爱你们。

六、汾河 / 丹河

在山西,被我与朋友喝过最多次的水系是汾河与丹河。

当然,酒必须是汾酒。

汾河是黄河第二大支流,古称"汾水",山西作协原来有本文学杂志就叫《汾水》,不知道现在还办不办了。《山海经》曰"管涔之山,汾水出焉"。唐代中叶以后,秦岭、陇山一带的树木已砍伐殆尽,不能够满足建筑宫殿的需要。"近山无巨木,求之岚胜间",吕梁山成了伐木重点区域,岚县、离石、汾阳一带采伐柏木的工人多达三四万人。砍伐的大量木材束为木筏,顺汾河而下,至河津入黄河。因此当时出现了万筏下河汾的情景。汾河流域历经唐宋金元各代垦殖、采伐,以前林草茂密的青山绿水变成了满目荒芜的光山秃岭,水量大减,水土流失加剧。西周、春秋时期汾河上的大航运从此消失,水源枯缩,成了赤足可涉的小川浊流。

汾者,大也。

那种所谓大,只好靠喝大之后的想象了。

我的朋友王哲每喝必大，每大必高谈阔论。他酒后旁若无人的传奇演说，在汾河岸边的各个火锅店与杭帮菜馆子里广为流传。所有深夜等待打烊的女服务员在厨师的掩护下，向他身边悄悄靠拢过来，假装集体看电视，其实是在迷醉地听，听他浊浪滔天、枚乘《七发》式的排比句，同时思考自己下一步该不该开始快意恩仇。

我经常与他喝酒到半夜一点钟，一瓶53度玻璃汾和半斤上等肥牛在我胃里旅行了一圈后，及时撤退出来，浩浩荡荡气势恢宏地奔向马桶。

每次喝酒前，我都抬头望望委顿的汾水，悲从中来，然后盯着面前这些酒肉发愣，悲哀地想：任你们香气馥郁，使命也不过是去我的胃里度假旅行……我的胃，我那冤深似海的胃，我赔了夫人又折兵的胃，天底下最苦命的胃。

如果为河流喝酒，最后把自己喝死了，会被人民追认为傻子吗？

老家另一条河叫"丹河"，是山西晋城与河南焦作的母亲河。战国长平之战时，秦将白起坑杀赵卒四十万，河水被血染红而称丹河。当地百姓难解心头恨，又无计可施，就发明了一款小吃"烧白起"——其实就是烧豆腐，现在去高平还能在县城街头随处买到，味道一般般。

我喜欢与朋友李涛在丹河边的珏山深处喝酒。李涛习惯酒前在丹河里钓鱼，钓上来后，又全部放生，他说那些鱼多数是血红色的。

极爱晋城珏山暮色暝合时的光景。据说每逢中秋，盈月自后山款款吐出，丹河水面波光粼粼，世界陷入无法言说之渺茫。此等时刻，怎能不浮一大白？！

丹河边有条小路，本地农民蹲成一排，愁苦地看着我俩。

他们的面前堆满笼子，每只活鸡都蜷缩在逼仄的单人标准间内，郁闷地甩着脑袋东张西望，令人刹那间想到少女玛丝洛娃、少女德伯家的苔丝和少女秦香莲。

七、黄河

黄河！黄河！

2005年的宁夏之行，感慨良多。

君已见到黄河之水天上来，怎么还能压抑自己如大鼓槌胸的浩荡酒意？！

去黄河之前，先去了西夏王陵。

李元昊可以算作一个中世纪东方的"狄奥尼索斯"。他不是安于苟且的男子，他想到过既然死是人人有份的，何苦要仰人鼻息？！于是丝毫不掩饰对宋、辽（契丹）以及蒙古的厌烦，不断地挑衅这些强悍的邻居。至于他觊觎儿媳妇的事情，后人修史多循儒家伦常,其实那位绝色女子当时只是他儿子的初恋女朋友,尚未成婚嫁事实,大家都有权利作为那女子的选项啊。红粉如骷髅,李元昊临终前哀叹自己生的伟大,死得憋屈,稀里糊涂被儿子一刀削去了鼻子,看上去好像鼻子里来了滔滔的例假,第二天死于失血过多——我的疑惑是:这位老大雄起于行伍,整日在尸体中摸爬滚打,身边竟然不备几包金创药?!见过死的,没见过死得这么憋屈的。死得这样难看,还好意思因未进入《二十四史》而耿耿于怀,我盯着他死后的馒头包(所谓西夏王陵三号墓),心里这么想。

但他们的文明,还是令人赞叹的,比如在当地博物馆居然看到一位化了淡妆的观音菩萨,定力不够的青年人看见后会耳热心跳。

当然最难忘的,是在黄河上漂羊皮筏子。喝了半斤大夏贡之后,我邀请那个皮肤黝黑、古怪缄默的船夫一起吼几嗓子《兰花花》,他回头看了我一眼,面无表情,又继续埋头划那两根木头桨。我被唬住了,只好闭上嘴,仰脖再来一口酒,歪过头去,怔怔地看这条沐浴着下午温暖和煦之金色阳光的北方大河——在张承志的笔下,它雍容而浑浊,正像现在这个年纪的我。

而那船夫,好比河边贺兰山岩画中他的祖先,清癯而渊默,只是讨生活,不喜欢搭理人。

次日,我即由银川重返首都机场,经香港直接前往台北。

一觉酒醒,我已踯躅于安谧的台北街巷,元灯初上,惘然袭来,好像中秋快到了吧。

浮华人生,总在路上。很多景致都早已淡忘了,不知为何,那条雍容而浑浊的大河,却始终茕于心中,沉郁不去。

前不久,我又去了黄河。在内蒙古清水河县境内的老牛湾,有一座明代的长城古堡以雄壮不可遏制的荷尔蒙气质,直直杵入黄河中央。

一钩弯月升起时,我摆了张桌子在岸边,打开一瓶老牛湾封坛酒。

周围静下来,能听见持久而奇异的闷响,是黄河离开内蒙古河套平原后,拐弯掉头闯入山西万家寨时的宽广波涛声。

边喝边想,等有钱了,就把我喜欢的人统统养起来,让他们想干嘛就干嘛!

然而,这场黄河酒,并未构成在大江大河边痛饮的记忆巅峰。

因为我酝酿已久的、真正的黄河大酒地,乃是在晋西北河曲县一带。

那里的黄河,以气藐古今之势,劈开晋陕大峡谷,向南滔滔绝尘而去。

此岸是高耸峻冷的悬崖,对岸是陕北的府谷县。

我要找到一个人，夜半三更，他在对岸陕西的后坟寨茆山头，我在这厢山西的石径禅院峰顶，各自摆好酒桌，边喊着号子，边喝将起来。

一轮圆月，高悬于黄河上空。

但是这个人，你是谁？你在哪里？！